こころの
kokoro-no-rashimban
羅針盤

西丸與一
NishimaruYoichi
対談集

かまくら春秋社

こころの羅針盤

装幀・日下充典

目次

撮影　川口雅弘・崔建三・高原　至・永野一晃・町田康良・宮川潤一

心を育てる快感

小山内美江子

おさない・みえこ●脚本家。一九六二年NHKテレビ「残りの幸福」でデビュー。「3年B組金八先生」「徳川家康」「翔ぶが如く」など第一線で活躍。小説に「できることからはじめよう」等ある。JHP・学校をつくる会の代表としてボランティア活動にも熱心に取り組んでいる。三〇年生まれ。

気負わずに活動を

西丸 脚本はもちろんのこと、小説までお書きになっているうえ、今度は、ボランティア活動を率先してなさっておられる。どんな方だろう、きっと、とてもお元気でしゃきしゃきした方なんだろうと思いながら本日はやってまいりました。

小山内 人生、どこかに節目があると思います。私のボランティア活動も節目があって始まったことなんです。あれは、NHK大河ドラマ「翔ぶが如く」(原作・司馬遼太郎)の脚本を書きはじめた頃、九十一歳で母が亡くなりまして、これからどう生きていこうかと考えました。自分は還暦を迎えたところでしたが、平均寿命から考えてあと二十年生きると仮定し、ライターとして、一人の人間、一人の女性として、どう生きていこうかと考えたわけです。

ちょうど世界が湾岸危機で揺れている時期で〝日本は金は出すが血も汗も流さない〟という批判の声があちらこちらからわき起こっていたんです。私も戦争の体験がありますし無関心ではいられませんでした。でも私は〝血〟はいやですから、〝汗は流しましたよ〟と言い返してやりたくてボランティアを始めたんです。もうひとつの理由は、作家としての好奇心ですね。そのころ、周辺はトレンディー・ドラマばかりであまり満足できませんでしたから。そんなわけで、とりあえず、湾岸戦争が始まる前のヨルダンに、一緒にやろうという仲間と行くことにしたんです。

西丸 行動力がおありなんですね。いいことだと思えば、何でも積極的にやっちゃうタイプなのかもしれませんね。私のおります医療センターでは、どうしてもボランティアの皆さんのお力に頼らざるを得ないのですが、先生のように行動力に富むボランティアがおいでになるというのは心強いことです。ところで、日本は外国と比べると歴史もまだ浅いわけですが、ボランティアのあり方についてどう思われますか。

小山内　本当に簡単なことからやればいい、負担にならないように無理することはない、各人がやれることをやればいい、そう思います。私たちの会は、お金のある人はお金を出してください、知恵ある人は知恵を、そして、両方ないけど暇と行動力のある人は行動力を――という考え方が基本です。

西丸　メンバーにはどのような方が加わっておいでですか。

小山内　俳優の二谷英明さんがおいでですが、昭和五年生まれなんです。十五歳で終戦を迎え、戦後の日本の成長とともに青春を過ごしてきた人ですので、日本が危険な局面に立ったときに、前の戦争みたいにズルズルというのはいやだという意識を持っているんです。同年代の私たちが発起人で、途中の世代が少なくて、あとは、すとんと若い世代の人たちがメンバーに加わっています。

西丸　行動するにはお金がかかる。たくさんの方からカンパが寄せられているとは思いますが、資金は本当に大変でしょうね。若い人たちを海外へ派遣する費用はどうするんですか。

小山内　基本的には、一年に一口五千円の会費を納める基礎会員がいるんですけど、たとえば、湾岸問題やPKO問題がとりあえず終息に向かうと、どうしても活動への熱が冷めてくるわけです。そこで、たとえば婦人団体はじめいろいろな団体、グループに訴えたり、講演会を開いてお金を頂いてプールしたり、無料でご提供いただいた会場で、入場料を頂戴して、俳優さんやスポーツ選手ら著名人にご提供いただいた品でオークションを開いたり——と、多彩な活動を繰り広げています。ですから、自分でも驚くほど忙しい毎日なんです。

西丸 具体的に現在、取り組んでおられる計画と申しますと。

小山内 カンボジアでの小学校建設計画です。学校を作るお金は講演会活動で確保できたのですが、現地に赴いて実際に建築作業にあたる若者たちを派遣するお金が足りないんですよ。

体験から学ぶこと

西丸 そういうところへ何かのお役に立ちたいと出かけていくことは、時には学校へ行くより若い人たちが成長するうえで効果が期待できるのでは？

小山内 学校では専門のお勉強をしていただかなくてはいけませんけど。

西丸 そうですね。学校より入り込みやすいのですかね。専門の勉強をしなくてよいから……。でも、現場での体験を通じ若い人たちが育っていくのはいいことですね。

小山内 自然環境、生活環境の厳しいところに行くと、日本の若者たちは非常に素直になりますよ。イラン・イラク国境周辺に学生と一緒に出かけたときのことです。彼らが「きょうはいけないことをしてしまいました」と言うんですね。なんだろうと思って聞いてみると、ご飯を残した、というんです。暑い国だということもあって、お料理に使われているオリーブ油が胃にもたれてくるんですよ。でも、自分たちは善意の尊いお金を使ってやって来たのに、もったいないことをしたと反省しているわけです。日本の若者がこんなしおらしいことを、と思いましたね。で、「二人前を三人分にすれば丁度いいと最初から言っておいたでしょ」と注意する

都内にて

んです。胃腸をやられて下痢をした子には、本からの知識はあるのだろうけど、ああいうところでは、そんな知識など役に立ちませんから、そこで昔からの知恵を伝えるわけですよ。〝シルバー・ボランティア〟の一人としては、非常に〝快感〟を覚えるわけです（笑）。国内では、若い人に親切であれこれ話してあげてもよけいなおせっかいと嫌がられるけど、国境ではみんな素直なものですから、ご年輩の方でその種の快感を得たいという方には、ぜひご一緒にとお誘いしております。先生もいかがですか（笑）。

西丸　小気味よいお話で興味がそそられますねえ（笑）。いずれにしても、日本の若い人たちが、物の大事さに理解を示したということはうれしいですね。ちょっとした一言、なにげない指摘で教育をされるというのは素晴らしい。

　私がまだ孫弟子のころのことです。仕えていた先生に従って、そのまた先生のお部屋にご一緒させていただいたことがあります。その先生はドアの外でコートを脱いで髪をなで、一礼して「コンコン」とノックして「失礼します」と入っていきました。助手の私は見よう見まねで、そのまま同じようにしました。修身の時間に、部屋に入るときはコートを脱ぐことを教わった覚えはありましたが、ああ、なるほどこういう手順なんだ、目上の先生に会う前の気持ち、そのプロセスが大事なんだ、ということを教えられました。

小山内　この前、ロシアを訪ねたとき、三年間あちらに抑留された体験をお持ちの六十九歳の方がご一緒にいらしたんです。なんとしても、もう一度、ロシアの大地を踏みしめたいというお気持ちだったようです。最後に、沿海州最南部の日本海に面した港町、ウラジオストック郊外にある、亡くなった抑留日本兵の墓参りをしたときのことです。その方が過去のつらい体験を、淡々と語り始めたんです。自分は炭坑でトロッコを押していた、ひもじかったのでキャベツを盗んで皆で食べた、また盗みに行ったら撃たれ、死んだ友がいた、そんなおなかを空かせた自分たちに、鉄条網越しにロシア人の老婆が食べ物を差し入れてくれた、あのときの老婆は死んでしまっただろうけど、それでなくても社会状況、経済状況の苦しいロシアのお年寄りになにかしてあげたい、恩返しがしたいと思ってここまで来た――。若者たちは静かに聞いていましたよ。人生の先輩が、過去を語り、未来ある若者たちが耳を傾ける光景は、じんと胸にくるものがありました。

西丸　若い人たちへの効果は大きいですね。

小山内　非常に大きいです。そういう環境に置かれると、お年寄りを敬う心が自然に生まれるのか、意見を尊重してくれるんです。自分たちに分からないことは、これも素直に意見を求めてくれます。すると、私たちの方も素直な気持ちで「こうしなさい」とか「こうした方がいいと思うよ」とアドバイスできるのです。非常に快感がありますね（笑）。

西丸　ほかにも若者たちにまつわるエピソードで記憶に残るものはございますか。

小山内　ミニバスでタイの国境を回ったときには、参加者の人員を確認する係の若者が、一人まだバスに乗ってないのに出発を合図してしまったんです。そしたら、向こうからワーッと一人走ってくるんですよ。日本のように、町の明かりがあちこち見えるような所じゃありません。夜は、本当に闇に包まれます。こういうところで一人残されたら、どうなるか。〝勘定係〟の君は決して先に乗ってはいけません、ステップにカッコよく片足かけて、最後に自分を勘定に入れて出発しなさい、とすぐ注意しました。そしたら、それからは言われたままに正直に、ステップに片足をかけて人数を勘定するんですよ（笑）。かわいいんです。

西丸　そうやって、われわれの体験してきたことから伝えるべきことは伝えていくことが大切なんですよね。

文化とは〝伝承〟

小山内　おおげさな表現をするようですが、文化とは〝伝承〟であると思うんです。先ほどのお話のように、昔はコートを脱いで一礼して、とお年寄りから教えられましたよね。そういうふうに伝わっていかなければならないと思いますし、わたしたちは伝える手間を省いてはいけないですよね。ボランティアに参加する若い人たちが、将来、社会のどういう分野に散って活躍するかわかりませんが、若い時期に、人生の先輩からあれこれ話を聞いておくのは悪いことではありません。

西丸　われわれは伝えていく「責任」がありますね。先生の脚本や小説を読ませていただきますと、「心の葛藤」といいますか、親子の愛情なり、先生と生徒の交流なり「心の問題」をテーマにしてこられたわけですが、その延長上にボランティア活動もあるように見受けられます。ご執筆の方では、これからは、どのような作品をお考えですか。

小山内　肉親、そして、そうでない者との心のつながり、どこまで解りあえるのかといったことが私の作品のテーマですから、次回もそのような作品になるでしょう。振り返ってみても、スタイルこそ違え、一貫して同じテーマで書いてきたように思います。

西丸　ボランティア活動の今後は？

小山内　あと二年は突っ走ってみようかなと考えています。そのあとは、中間の年代層の人たちが育ってきていますから、これまでとは少々、異なった形で続けていこうと考えているところです。

西丸　少し〝地味なボランティア〟（笑）を狙うわけですね。六十五歳になっても、まだまだ大丈夫だと思いますよ。

小山内　この間、インドの地震の救援に若い方が二人現地へ飛んだんです。心配しましたが、無事帰国して、私の所に来て、ちゃんと座ってあいさつするんですよ。今どき、座って、という子はいませんよ。やはり大変な思いをしてきたのでしょう。感動しました。

西丸　お話をうかがっていますと、ボランティアの魅力のひとつには、若い、たおやかな心を育てる喜びがあるように思います。先生のお姿を拝見しておりますと、心を育てる、心を耕すという面において、「金八先生」の作者として、またボランティアに励む活動家として重なる部分があるように思われます。今後とも、大いに〝快感〟を味わって下さい（笑）。

〔対談後述〕　大学にいたためか、私は若い人を育てるということに強い関心を持っている。小山内さんとお話ししていて、また一つ、人を育てる手法を教えられた。歴史物でも素敵な作品を書いておられるが、「肉親、そしてそうでない者との心のつながり、どこまで解りあえるのかといったところが、私の作品のテーマ」とご本人がおっしゃるように、金八先生をはじめ、その作品のどれもが、心の問題を柱に一貫して書いておられることが分かる。

そんな一つのテーマというよりも、信念のようなものを感じながらお話しをしていたのだが、「文化とは伝承であると思うんです」という言葉が、私の中に強く残っている。子供は親の背中を見て育つというが、若者は先輩たちの背中を見ているに違いない。

対談が終って、ボランティア活動をする若者たちを、暖かい眼で見続ける小山内さんが、ちょっぴり羨ましく思えた――。人を育てるんだというような大上段ではなく、ごく自然流で人がついてくる、そして育ってゆく。妙な表現だが、小山内マジックを見たような気がしたのである。

「シルバー・ボランティアの一人として、〝快感〟を覚えるわけですよ」と、謙虚に言われた小山内さんの笑顔は、やはり良かった。

（與）

田沼武能

瞳にうつる心

たぬま・たけよし●写真家。一九二九年東京・浅草生まれ。東京写真工業専門学校（現工芸大）を卒業後、サンニュース・フォトス社に入社。木村伊兵衛に師事。米国『タイム・ライフ』契約写真家となる。現在はフリーランス。写真集に『武蔵野』『文士』『世界の子供たちは、いま』『地球星の子どもたち』『カタルニア・ロマネスク』等。菊池寛賞（八五年）など受賞している。夫人は、料理研究家としても知られる歯科医の田沼敦子さん。

グローバルな視点

西丸　世界の子どもたちの表情を追った写真展「地球星の子どもたち－世界103カ国の瞳」(一九九四年一月二十九日～二月二十日。東京・渋谷Bunkamuraザ・ミュージアム)の会場に今回はお邪魔しているわけですが、大変な盛況、おめでとうございます。

田沼　予想以上の皆さんにおいでいただき、うれしい悲鳴をあげています。

西丸　食い入るように、皆さんご覧になっています。どの作品も胸に迫ってくるものがあります。感動いたしました。これまでに、いったい何カ国ぐらいの子どもたちの姿を写真におさめられたんですか。

田沼　足を踏み入れてもカウントしていない国や統合・独立などで勘定に入れるのが難しい国もあって、正確には答えられません。世界には二百に近い国々があるはずですが、私が撮影を始めた三十年ほど前には国連加盟国は約百五十カ国ほどでした。半分の七十五の国々の子どもたちの笑顔を目にすることが出来れば上々だと考えていたのですが――。

西丸　今回の展示には、どんな工夫が?

田沼　文化圏ごとにブロックにしました。アジア・オセアニア、中東・アラブ、ラテンアメリカといった具合です。ぐるっとご覧いただければ、世界の文化や民族の特色、違いをなんとなく理解していただけるはずです。

西丸　地球、そして人間を、文字通りグローバルな視点からとらえていらっしゃいますよね。ところで、江戸っ子の先生は、そもそもどんな理由で写真家になろうと思われたのですか。

田沼　僕は写真館の息子として生まれたのですが、子どものころは写真をやる気は全くありませんでした。本当は、木彫が好きでその道に進みたかったのですが、中学から上の学校に入る時代は、ちょうど太平洋戦争が始まったころでして、木彫をやりたいといったら、まるで〝国賊〟でも見るような視線を周囲から浴びたわけです。妥協案として建築を志したのですが、早稲田の第一高等学院を一次審査の内申書で不合格になってしまいまして。

西丸　成績が芳しくなかったのですか。

田沼　騒いでばかりで、学校では〝ワル〟のレッテルを貼られていましたから次の年も試験に失敗して、「卒業してしまったのだから、内申書のよくなるわけがない。何度受けたってダメだ」ということに、はたと気付いた次第です。そうこうしているうち、写真館の息子なんだから写真の学校に入ればいいじゃないかと、友だちが入学願書を持ってきてくれましてね。結局、当時、疎開していた栃木の足利から上京することになったんです。

西丸　日本写真家協会の初代会長であり、リアリズム写真の提唱者ともなった木村伊兵衛との出会いのきっかけというのは。

田沼　グラフ・ジャーナリズムの仕事をするのが夢で、一九四九年に「サンニュース・フォトス」に入社したんです。そこで木村伊兵衛の知遇を得ました。個人的な弟子にしていただいたのです。ただくっついて歩いて勉強させてもらうのです。給料などありませんから、外でアルバイトしながらの弟子入りでした。

味方を知る本能

西丸　これまで文士や芸術家、また東京の自然を追った写真集などたくさんお出しになっておいでです。でも、やはり「子どもの写真の田沼さん」のイメージが個人的には強いのですが。

田沼　子どもというより、本当は「ファミリー」を撮りたいんです。結局のところ、被写体は人間になりますので、赤ん坊からお年寄りまでフィルムに残したいという思いが強いんです。子どもにカメラを向けるとき、大人も一緒にファインダーに入るのですが、いまは「子ども」の部分だけが一人歩きをしまして。

西丸　田沼さんのとらえた子どもたちの表情を目にして感心することのひとつは、よくもまあ、あんなふうに自然体に撮影できるなあという点です。

田沼　犬や猫は、自分を嫌っている人間には寄りつきませんよね。それと同じかもしれないなって思うのは、この人間は自分にとって味方なのかどうかを咄嗟に見分ける動物的な本能といったものを、子どもは持っているんです。そういう意味で、幸いなことに子どもたちは、僕のことを〝危険人物〟だとは思わないのでしょうね。

西丸　僕も今度、味方と思われるか敵と思われるか、試してみようかな（笑）。ほかに撮影にあたって注意すべき点は。

田沼　目立っちゃいけません。空気のような存在にならないとダメなんです。つまり、忍者のように（笑）、相手に気づかれないうちに、その場、その場で撮ってしまうんです。「阿吽の呼吸」が大切。ズカズカと近づいてシャッター・チャンスを狙おうとしても、うまくいきません。

渋谷 Bunkamura ザ・ミュージアムにて

西丸　〝忍者〟になるには、年季が必要でしょうね。

田沼　「読み」がいります。子どもが次にどう行動するか、その読みが当たるといい写真になります。あの子の表情がよかったと思ってから撮影にかかろうとしても、後手後手に回ってしまいます。

西丸　カメラを構えているところに、ポッと被写体が入ってくるように、相手の心理が読めるのがコツなわけですね。

田沼　そうです。先手必勝ですよ。相手が次にどう出るか、即座に判断できるようにならなければ。お医者さんも同じだと思います。やはり長年の経験と勘が必要になります。

西丸　作品を拝見していて、つくづくと、子どもとは創造力というか、何かを創りだそうとするパワーを本能的に秘めた存在なんだなあと感じますね。目の輝きなんかにね。

田沼　子どもは、本能的に遊びたいのです。どこの国の子も、どうやって遊んでやろうかと目を輝かせています。それが、本当の子どもの姿ではないでしょうか。

西丸　物質的に豊かな国、発展途上国、それぞれに子どもは手近なもので上手に遊びますよね。

田沼　順応性に富んでいます。その点、何かないと遊べないというのは、日本の子どもたちくらいのもの。

西丸　「子どもの目の輝きは大人の作った社会の正直な鏡」と田沼さんはおっしゃっていますが、日本の社会はモノがあふれすぎて、自分たちで何かを創りだすという子どもたちのパワーが衰えてしまったのかもしれません。

田沼　私たちの目から見て貧しいと思われる国の子どもたちは、ちっとも自分のことを貧しいとは思っていません。たとえ、学校に行けないような子でも、素晴らしい自然のなかで牛の番をしながら、道端の石をサッカーボール代わりに遊んでいますしね。

西丸 そういう子どもたちと日本の子では、目の輝きに違いが出るのでしょうか。

田沼 発展途上国の子どもたちの目は澄んでいます。人間は何十万年、何百万年もの間、自然と共存共栄してきましたから、都会のコンクリート・ジャングルでの暮らしというのは、人類の長い歴史のなかで、あくまで特殊な環境といえます。目の輝きは、自然にいてこそ増すものではないでしょうか。

燃える思いを優先

西丸 かつて撮影した一枚の写真が、何年かのち、何かの拍子に、こころの底から浮かび上がってくるようなことはございます？

田沼 エチオピア難民の子、ケニアのサリドマイドの少女——目がとてもきれいだった子どもたちの写真が記憶によみがえります。彼らは慈善団体の施設に入っていましたから、十六歳になるとそこを出なくてはなりません。独立して生活できないのに——。

西丸 人間の〝運命〟というものを感じざるを得ませんね。

田沼 ハンディキャップを一人背負って生きているような境遇の子どもたちの人生については、運命といったものを殊に感じます。たとえば、枯れ葉剤の影響か生まれ落ちたときから光の世界を奪われてしまった子どもたち——。彼女らは自分なりの楽しみを見つけ朗らかに生き抜いていますが、なんとかしてやれないもんかという思いでいっぱいになります。

西丸　悲しい境遇の子どもたちを、いやでも目にしてきたと思うのですが、でも田沼さんは、いわゆる「社会派」といわれる写真家とは活動の舞台を別にしてこられましたね。

田沼　もっとグローバルな視点でやってきたと自分では考えています。過酷な運命の下に生きている子どもたちだけを撮影すれば、たしかにもっとジャーナリズムは乗ってくるかもしれません。でも、僕はそれを売り物にはしたくない。あくまで地球全体の子どもたちを撮影したいのです。

西丸　田沼さんの写真には、あたたかな人間性というものが感じられますね。

田沼　写真には、撮影する人の性格が非常に表れるものです。同じ対象にカメラを向けても、その人間の感性と表現力がプラスされたものとして写るんです。僕のような写真家の場合、これを撮影していくらの稼ぎになるんだろうと考えていたら仕事はできない。まずは、これを撮りたいんだという思いがあって、それに燃えなくては。

西丸　大学の医学部にいたころ、臨床の連中はいろいろな意味で経済的にも恵まれていたんですが、一方、基礎研究に携わる連中はあまりお金にならないわけです。でも、好きな研究をしているんだからと、けっこうあきらめたり満足したりしていました。お金には代えられない何かがあるのでしょうね。奥様のご理解なくては成り立たない（笑）。

田沼　結局のところ、「撮りたい」という欲求から始まります。そうなったら、撮影することしか考えないし行動に移しちゃいます。燃えるものを優先させてしまいます。それから先のことは帰ってきてから、です。サーカスの綱渡りの気分です（笑）。

西丸　これからは、どんなものをお撮りになるおつもりですか。

田沼　人間の暮らし、文化に関連したテーマを撮りつづけたいと考えています。むろんこれからも子どもたちの姿を追い求めるつもりですし、もっと広く世界の「ファミリー」を訪ねてみたいですね。

西丸　写真家とは、とても体力のいるお仕事だと思います。医者の立場から言わせていただくなら、ぜひ健康管理をお忘れなく、よいお仕事をなさって下さい。

〔対談後述〕　田沼武能さんの『地球星の子どもたち』という写真集を拝見して、どうしても田沼武能という人物にお会いしてみたいと思っていた。

目を輝かしている子どもたち。そこには、子どもたちの好奇心があり、輝きがあり、また悲しみも喜びもあって、それらが、ページをめくるたびに私に迫ってくる。

東京・渋谷で〝世界１０３カ国の瞳〟写真展が開かれていたのを機会に、会場に駆けつけた。

お会いした田沼さんは、やはりあたたかい素敵な方だった。お話しをしているうちに、私の方が、すっかり乗ってしまった。若いころの苦労話やら、子どもは本能で自分を嫌っている人間を見わけるというお話、そして日本の子どもたちのパワーのなさを、物質的に豊かすぎるからと嘆き、発展途上国の子ども達の目の輝きを強調された。世界中を飛び廻って、子ども・ファミリーを撮り続け、「子どもの目の輝きは、大人の作った社会の正直な鏡」と感じる田沼さんは、どんな環境の子どもたちにも、大きな味方なのだろう。

子どもの写真を撮ることが好きな私は、遂に自然体にうまく撮る奥義までも聞き出し、得たりとしたのだが、「写真には、撮影する人の性格が非常に表れるものです。同じ対象

と「 写真を撮るのではなく、その人間の感性と表現力がプラスされたものとして写るんです」 と

知

のお言葉……。田沼さんは、レンズを通して、大人の邪心を見抜く眼もお持ちなのかも知

れない。

（與）

以心伝心…ゴリラの口と人の目は

大島　清

おおしま・きよし●京都大学名誉教授、愛知工業大学客員教授、医学博士。東京大学医学部卒業後、ワシントン大留学。生物の生と性を一貫して研究している。『人間の生と性』『サルとヒトのセクソロジー』など著書多数。

動物に似る理由

西丸　大島先生の御名刺には「サロン・ド・ゴリラ」とありますが、これはどういう意味ですか。

大島　ああ、あれは、ヨーロッパのサロンは色々な業種の人が集って、それぞれ独特の文化を創出してきましたよね。それにならって、今の日本のセクショナリズムを離れて、せめて僕が生息しているところでサロンをつくって相互に交流しよう、ということで始めたんです。長いこと霊長類をやってきたので、それにちなんで、「サロン・ド・ゴリラ」（笑）。

西丸　そうしますと、先生が特に招集をかけたり、意図しなくても、自然に人が集まってくる。まさに、以心伝心ですね（笑）。

大島　同類相集うのは以心伝心でしょうが、それは恐らく人間だけでしょう、心意気で集まるというのは。動物の集まる理由は、もっとベーシック、自己保存、種族保存という本能的なものに立脚しています。ゴリラなどは、口が脳の表現器官といわれて、口の動きを見ると感情がわかります。ヒトは、目です。最初会って、目を見た瞬間に気があうかどうか、わかるなんていいます。大脳の下に大脳基底核と呼ばれる神経細胞の集まりが発達していて、目で感情を表現します。目を見れば、「この人はニコニコしているけど、本当は怒っている」と、わかるわけです。怒ると瞳孔が開きますからね。目をのぞきこんで瞳孔が開いていたら、要注意（笑）。

西丸　言葉につまって切迫すると、目で訴えたりしますものね。

大島　そうですね。われわれは言葉という大切なものを持っていますが、ノン・バーバルな、非言語的な信号というのは、実はもっと大事な役割をするんじゃないかと思います。しぐさ、表情、そういうものが、むしろ人間を感動させる。若い頃、脳とホルモンの関係を猫、ウサギ、サルを使って研究していたんですが、一日中、脳波を見る日々の連続でした。いちおう結果が出たので英文で発表したら、アメリカに来ないか、というお誘いがワシントン大学からありました。動物は言語がありません。動物の表情、しぐさでもって動物と相対していくわけです。だからヒトは、長くつきあっている動物に似てくるのも理由のあることですよ。

西丸　そういえば大島先生はゴリラに良く似ているともっぱらの評判だそうですね（笑）。ところで先生は霊長類を二十五年以上研究しておられたわけですけど、その前に、お若いころサケの研究をやっておられましたね。サケはなぜ生まれた川に戻るか、とかＲＮＡ[(注)①]とＤＮＡの関係とか、非常に興味深く見ておりました。そういう点がアメリカは大国だと思いますね。きちっと評価すべきものには金を出す。でも今、ここに先生がおられるからいいようなもの。頭脳の流出になるところでしたね。

大島　いやいや。まあ、それで何とかやりながら、始めは金魚とかカエルとか冷血動物の脳波だったんですが、どうも意に沿わないなあ、と。ところがある秋の日、サケがひしめきながら川を上っていくのを見たんです。研究室は米国大陸の北西部、シアトルの郊外にありましたから、川に行くと、そういう光景が見られるんです。それでツーンとくるものがありました。サケが僕に、オレをやれ、と言っているような、サケとの対話があったんですな。

西丸　これもまた、以心伝心ですね。

大島　なぜサケは、百パーセント自分の生まれた川に還ってくるか研究してやろう、と決意して、二年で帰国するところが五年かかりました。なぜ産婦人科医がサケをやるのか、とよく言われましたが、脳とホルモンの関係で、サケが生まれ出てきた処に子どもを産むために還ってくるというリプロダクション（生殖）という現象は人間のお産と共通するところがあって、そうそう突飛な話ではないんですよ。

西丸　そうでした。先生は産婦人科のご出身で[注②]時実利彦先生のご一門でしたよね。

大島　ええ、不肖の弟子です。とにかく五年間、川を上ってきたサケをつかまえて、口から水を入れ、電極を脳に突っ込んでいろんな川の水を鼻の穴から入れ、実験したわけです。そうしますと、ふるさとの川の水を入れるとよく反応することがわかったんです。ではなぜサケは生まれた川の水をおぼえているか、いつおぼえるか、ということですよね。受精卵の初期におぼえるんです。いったい、どうやって、その刷り込みが行われるか、そのメカニズムは簡単に説明できませんが凄いものがあります。

モノで育たぬ心

西丸　成果をあげられ帰国されて、いよいよ霊長類のご研究が始まったというわけですね。今のサケの話でいえば人間にも胎児記憶があるということになりますか。

大島　サルの神経伝達物質を測ったことがあります。胎児の脳をみてみるとすでに学習と記憶に関係ある[注③]海馬《かいば》の横構築ができあがっているんです。できあがってオギャーとうまれる。ですから、胎内のことを刷り込まれて記憶している可能性はあります。

西丸　ということは人間も然り、ですね。

大島　そうですね。胎児は聴覚が非常に発達しているんです。まず、体の表面を蔽っている膜

熱海にて

が発達し、皮膚の感覚が発達し、それから聴覚。音は完全に胎児にまで到達していますから、音の記憶は残るでしょうね。それとおなかの中で泳いでいる浮遊感覚、これは残るはずです。だから私たちが海に入って泳いでいるとき、宇宙と一体になったような感覚、ありますでしょ、シーンとした。

西丸　はい、ありますね、なつかしいような感じ。

大島　あれは胎内回帰なんでしょうね。

西丸　胎内にいるときというのは非常に重要ですね。人は、生まれてから、こう目に見えないものでしばられている、というようなところがありますね。

大島　目に見えないものでしばられている、というのは、さかのぼって三十二億年前の命が誕生したころから、遺伝子を組み換えながら、ずっと伝わってきているものがある、ということでしょう。水辺へのノスタルジアというのは遺伝子の記憶ではないか、生命記憶ではないか、と思うわけです。われわれ人間をのぞいて、水とこれほど戯れる霊長類も哺乳類も、まずいません。森林へのノスタルジア、水辺へのノスタルジア、幼児の泥あそび、こういう太古の記憶、胎内の記憶、色々と交じりあって浮きあがってくるんでしょうねぇ。最近では森林浴ですとか、ボディソニック、いわばあれも人工的に浮遊感覚の状態をつくりだしてどこか脳をいやしてくれるんでしょう。

西丸　私はこの春大学を退官してから老人医療の仕事に取り組んでおりますが、寝たきり老人を回帰させるのにボディソニックを使おうと言ってるんですよ。

大島　あ、それは枯れかけた脳の蘇生にはいいと思います。

西丸　胎児の母体における環境、いわゆる胎教についてはどうお考えでいらっしゃいますか。

大島　胎教をファッションとして捉えてはいけません。なにも難しいことじゃない。母子一体であることを認識することです。母親の環境イコール胎児の環境と考えて行動するのが一番。新しい命に対して弊害のあるものを決して摂らない、接しない、という慎重さで、おだやかな声で話しかけ、お母さんのやさしい気持ちがホルモンとなってヘソの緒から胎児の脳へと伝わるようにすること、この母子一体の認識が大事なんです。

　胎教でもって天才児を産みわけるとかＩＱの高い子を産む、とかというのは情ない話です。胎児のうちに一千億の神経細胞を作ってスタートラインに立たせる。あとは胎内から出ても、なお未熟なんですから、特に最初の一年、よく交流して一千億の神経細胞を資本にして、その配線を作ろうとする赤ちゃんに対して、適当な刺激を与えてやることです。神経細胞間の連結、つまり配線は、外部の環境からくる刺激で増えていくのですから。もし、この環境からくる刺激がいびつであれば、配線もいびつになります。ということは、人間の心はモノでは育たない、ということです。生身の人間との交流で育つんです。これが一番重要な点です。

西丸　では母体にいい環境で過ごして出てきた人とそうでなかった人とでは、差がありますか。

大島　神経細胞が育たなかったり、記憶の海馬、皮膚感覚が少し違うかもしれません。でも、それは修正が可能なんです。つまり天才児を産もうとつめこんでも脳の神経細胞を増やすだけで、ＩＱを高くしようとするには、その後の刺激が大切です。人間の脳にはソフトウェアとハードウェアがあって、ハードウェアに知識をつめこめば確かにＩＱはよくなるかもしれないが、人間はハードウェアの脳だけでは人間に非ず、連合野（注④）の一つである前頭葉からちゃんと鍛えられて初めて人間ということになります。ハードウェアにためこんだ知識を縦横無尽に発揮させるのが前頭葉です。前頭葉を鍛える、いわばソフトウェアを柔軟にしておくことが重要なんですね。前頭葉というところは、考える場所です、思考させる場所です。計画し、判断し、創造し、性に対する動機づけをする、一番大切な場所なんです。

西丸　かつて、精神病患者の治療のために前頭葉を切るということがありましたね。

大島　行動のプログラミングセンターなんですからそれを切ったら人間じゃなくなりますよね。今から考えると大変なことをしたものですよ。前頭葉のことがよくわかっていなかったから、ここを切れば凶暴な人がおとなしくなる、と判断したんでしょうね。

脳を活性化する法

西丸　あの当時はそれが最良の治療法と思ったのでしょうが、医学者は常に真摯な気持ちでいないと危険なことをしでかすという教訓だと思います。そういう意味でも臓器移植にも慎重でありたいと私は考えております。

ところで私自身のためにお聞きするんですが、では前頭葉を鍛えるためにはどうすればいいんですか。

大島　それはもう遅いと思いますけど（笑）。いや、そんなことはありません（笑）。前頭葉というのは動物の脳と密接な関係があるんですね。動物脳は動物的な感性の泉、それと食、性、集団の本能中枢のあるところです。産み育てる性を持っている女性には生まれつき発達しているが男性には発達していない。動物脳は別名大脳辺縁系といって、哺乳類の嗅脳が衣がえしたところです。そこは、動物的感性を育むというか、自然の中に入って小川の流れ、森のそよぎ、動物の鳴き声そういうものを感じさせて、考える時間を与えればいいんです。

西丸　では、田舎へ連れていって木に囲まれ土にまみれた暮らしをさせるといいんですか。

大島　そうですね。登校拒否の子なんか、それをやると生きかえったようになって戻っていく。これですよ。われわれは遺伝子記憶で求めているものを全部カットして育ってきてしまっているわけでしょう。この機械文明の世の中です。動物の脳は鍛えられないままに、不燃焼のままに、つまり神経細胞の配線の回路、これはだいたい九歳で基本的回路ができあがるわけで、性意識はもう少し早く八歳でできあがりますが、このころまでに正しい情報を入れてやらねばならないという大切な時期に、つめこみ勉強などをやると、いびつになってしまいます。ですから、その時期までに父親か母親が自然の中へ連れ出し、考える時間をたくさん与えてやるべきです。調べたり考えたりする習慣をつけてやることです。

西丸　体感、肌の感覚というのが重要なんですね。

大島　だいたい脳というのは肌が中にめり込んでできたものです。肌イコール薄膜の脳と考えていいわけです。ですから肌を鍛えると、脳が活性化されるのです。病院でも患者にとって一番いいのは手のぬくもり、看護の看は手で見ると書きますが、言葉はいらないんです。手を握ってあげる。肌をさすってあげる。これが基本的なことです。今の看護婦さんは、患者さんとの間に機械があって手をふれようとしない。手当てとは手を当てることなんです。手を当ててあげるだけで患者さんは安心するんです。

西丸　昔のお医者さんは脈でだいたいのことをいい当てたりしましたよね。三本の指を当てて、どこが悪いのかわかっちゃう。まさしく手当てですよね。

大島　むしろ監視装置の結果が出ないと診断できない、というのは困ったもので、僕は今の医療がもっと手をかざしてほしいと思います。それは脳にいい刺激を与えます。先ほどの前頭葉を鍛える、ということでは、サルから人間に進化する過程の中で、ヒトが何を獲得したかを考えてみる。それをどんどん活用すれば脳が活性化されるということを考えればいいわけです。第一に、かむ運動、咀嚼。かみくだくという効用以外に、血液のポンプ役をやっています。脳に信号をどんどん送る。かむと唾液の中にペルオキシダーゼという免疫物質が出てきて、ガンの予防になる。それが今の子どもはかまなくなってきています。大人の責任ですね。

西丸　ファースト・フードの、妙な文化の流行、これもいけませんね。

大島　そのかげに、母親の怠慢です。一番いいのは、生き物の形をした状態をさばいて、料理して、子供に見せることです。台所育児法とでもいうのでしょうか。家族の団らんの中で、よくかんで食べるということ。次に二番目に立ち上がって両手があきましたから、手が使えるようになった。これを活用すること。手を使って何かを作る。

西丸　小児科の先生に聞いたんですけど赤ちゃんが大きくなっていく段階で、ものをつかむようになると急に脳も発達するそうですね。言葉も出てくるとか。

大島　そうなんです。つかむ運動と脳の発達は非常に関係が深い。最近は便利になって、なんでもボタンひとつ押せばいい、ということになって手を使わなくなりましたね。手紙だってワープロ、サインまでワープロ。ワープロそのものはビジネスで活用する分はいいんですが、書く、という行為はなかなか神経伝達にはいいんです。

西丸　昔の学生は試験の前に必死で友だちのノートを写したりして、案外頭に入っていたものです。それが今の学生はコピーで間に合ってしまう。結果的には頭に入らない。

大島　写す、というのはいいんですよ。昔の学問はひたすら写すことだったわけですよね。今、写経をやる人がいるけどあれはいい。漢字の意味は深いですから。人生がわかってくるんです。手で彫像を作ったり、陶器を作ったり、手を動かしている人はいくつになってもカクシャクとしていますもの。三つ目は、足。二本足で歩きはじめたんですから歩く、ということは大事ですね。長命の国を訪ねると、だいたい斜面があって朝な夕なに山を登ったり下りたりしています。

西丸　現代の人間は余りにも便利になり過ぎて自然に対して不遜になっている。自然回帰、密林のゴリラの生活を見習えということでしょうか。

大島　そうです。人間よ、おごるなかれ、といいたいですね。

西丸　ゴリラがそう言っているのを先生は以心伝心でお感じになっているのだと思います。今日は有難うございました。

（注）①RNAとDNA
　リボ核酸とデオキシリボ核酸。ともに生物の遺伝情報をたくわえた核酸のひとつ。

（注）②時実利彦
　一九〇九〜七三。大脳生理学者。実験脳生理学の手法を米国より導入。日本の脳生理学のリーダー役を務めた。著書に、「脳の話」など。

（注）③海馬

海馬状隆起。脳の受けとった情報を整理して、短期記憶を長期記憶に変換する。

（注）④連合野

大脳皮質のうち、記憶、判断、意志など高等な精神活動を営むとされている。

〔対談後述〕 京都大学霊長類研究所におられた大島清さんのお名前は存じあげていた。対談をさせていただけるというので、あれもこれも伺ってみたいと、大いに楽しみにしていたのだが、果たせるかな実に有益で、楽しくまた示唆に富んだ内容で、何時間でもお話ししていたい気持ちにさせられた。大島さんも医学部ご出身なので、私など大脳生理学の講義を聞いているような錯覚のなかで、ぐんぐん引き込まれていってしまったのであった。

非常に高度で、難しい内容を、私にも、また一般の方々にもわかりやすく、しかも明快に話される大島さんは、さすがだった。お若いころ、シアトル郊外の川辺でサケを見て、研究心を燃やされた話。そしてなぜサケは、一〇〇％自分の生まれた川に還ってくるのか、この不思議ともいえる生態を、科学的にときあかした功績は、実に大きいものがあると思う。また人間の胎児記憶のお話。さらに浮遊感覚、胎内回帰ともいえる水へのなつかしさ、安堵感。さらにこの話は胎教につながってゆき、やがて大脳、特に前頭葉のお話となって、子供の教育法にまで拡がり、実に大切な教育方法を教えて下さった。

文明文化の発達しすぎた社会で生活する私たち、物が豊かすぎる日本。大いに反省すべきことだと感じ入った。「人間よ、おごるなかれ」と言われた最後の言葉が胸を刺す。ありがとうございました。

（與）

老いのこころ

木庭久美子

こば・くみこ●脚本家。東京生まれ。文芸評論家・中村光夫氏と結婚後、戯曲に取り組む。一九八四年『旅立ち』で放送作家組合新人賞、九一年『カサブランカ』で菊池寛ドラマ奨励賞受賞。九二年、戯曲集『さよならパーティ』を上梓。

老いるということ

西丸　戯曲集『さよならパーティ』を、大変おもしろく読ませていただきました。タイトルの「さよならパーティ」「ともだち」など、木庭さんの戯曲には、老い、死、病、といった重い問題が扱われていますが、実は、これは私の現在の職場のテーマでもありますので、興味深いものでした。

木庭　タイトルから、もっとロマンティックな内容を想像される方もいらっしゃるみたいで。わりとのんきなので深刻なのは苦手なんです。ただ、自分の近い将来の避けがたいこととして、私なりに考え書いてみたいと思ってまいりました。

西丸　老人問題は今、もっとも現代的なテーマですよ。僕なんかもっともトレンディーな職場にいる、とよくいわれるんです（笑）。高齢社会をどう、とらえていらっしゃいますでしょう。

木庭　実は、先だって『いのちの電話』の相談員が足りないというので、応募しようかと思ったんです。芝居なんか書いていても、ちっとも世間のお役には立っていない、という気持ちもありまして。取り寄せましたパンフレットには二十三歳から五十五歳まで、とあるんです。私にはもう相談員になる資格がないと気づいて愕然としました。考えてみるとこれはやはりけしからんと思いまして、調べてもらったんですね。そうしましたら、横浜は五十五歳まで、東京は五十八歳までというんです。五十八歳から二年間講習を受け、六十歳からスタートというわけです。六十歳で定年になってからでは相談員になろうとしても、できないんですね。理由は年をとると自由な発想ができなくなるからというのです。しかし若くても自分の意見が絶対だと思いこんで押しつける人もいますよね。

西丸　年をとると頭が硬くなる、という通念はありますが、そうならないような教育はできます。僕の今いるセンターは、二十年～二十五年後を想定して備えているんですが、そのころ日本全体の四分の一が六十五歳以上で、若い人の支援は期待できません。自分のことは自分で、という社会ですね。もう、いくつだから老人だ、とか言っていられません。六十五歳だから老人だ、なんていうのは実にいいかげんなもんです。これからの社会は、せきこむタクシー運転手の背中を、お客がさすりながら、なんて状況があり得るんですよね（笑）。

木庭　同年代の人と会うとそれはそれでホッとしますが、周囲がみんなそうだと、ちょっと、灰色で淋しいですね。

西丸　ええ、僕は、もうそのころはいないと思うので、若い人を励ます意味で言うんですよ、結構、高齢社会というのもいいもんだぞって（笑）。

木庭　私は常々、老人があまりのさばってはいけないと、自戒をこめて思うのです……。自分はここまで生きたのだから人のために譲る、ということも大事だと理性では思っています。

西丸　結局、想像力だと思いますね。老人を介護する若い人たちは、できる範囲で擬似体験をしてもらったりするんです。たとえば、おしめをつけるとどんなふうか、寝たままの状態は、どこが汚れやすいかとか。難しいですよ、いずれにしても、自分とは異なる状況の人たちを思いやるということは。

木庭　さまざまな老いがあるでしょうが、老いてボケてしまうと、本能だけが残る、というのは本当ですか。

西丸　本能といっていいかどうかわかりませんが、ある部分がそっくり残るというのはありませんね。欠落する部分があるから目立ってくるんでしょう。

死を受容する

木庭　身近な方に、アルツハイマーになられたお姑さんをお世話なさった方があって、お話を伺いとても考えさせられたのですが、たとえば拒食して衰弱していく方を、無理に入院させるべきかどうか……。

西丸　拒食症にかかった人は絶対食べないですよ。入院させ、栄養剤、点滴などをほどこしても、体力はどうしてもだんだんと落ちて、やがて死に至ることはわかっているわけですね。そうしたときに、リビングウイル、故ライシャワー氏などがそういう死を選ばれましたが、尊厳死を選ぶ、ということを表明している方もいる訳ですよ。

木庭　私も尊厳死協会に入っておりますが……。

西丸　そうですか、意識のはっきりして元気なうちに、これからの人は書いて意志表示をしておけばいいと思いますね。医師と患者の関係からいうと、語弊があるかもしれませんが、やりやすいんです。医療というのは、点滴、栄養剤だけではありませんでしょう。しかし治療していてもきざしがない、まして不治の病であるとした時、そんなときに積極的な治療はしないで、最低の生命維持に努める、ということですよね。本人のリビングウイルがないと難しいです。医者と家族と本人と、それぞれの立場がありますから。

木庭　そうですね。お医者さまの立場としては、そういうことは医学で教えないんですか。

鎌倉にて

西丸　こうしなさい、とは言えないんです。僕なんかは、こうあってほしいと思う、と期待をこめて話しています。つまり今まで、医学は病気を治すものとして何百年も歴史を経てきたわけで、死に直面した人をどう扱うか、ということではなかったんです。最近、ターミナルケアといいますか、その方面のことが真剣に考えられるようになってきましたよね。

木庭　これからは少しずつ改善されていくでしょうが、自分の死について、どういう死に方をするのか、この頃よく考えるんです。できれば、自分の意志で人生を終えたい、と思うんですが……。

西丸　最後の幕は自分でひきたい、ですか。僕もそう思っていますね。

木庭　でも今は、こんなふうに老いとか死とかについて客観的に捉えて考えていますが、実際、年老いてしまったとき、それを望むかどうかわからないのがこわいと思うんです。

西丸　それはね、たとえば苦しくなって「先生、殺してください」なんて言う人が痛みがとれると「お昼の献立は何だろう」と看護婦さんに聞いたりする。どこまで信用していいのかわからない（笑）。

木庭　生への本能というか執着というか、すごいですものね。肉体的苦痛に対しても、また、精神的な悲しみ苦しみに対しても、年をとると鈍くなるのでしょうか？

西丸　それは、年をとると楽になりますね。鈍くなる、というんでしょうか。僕は医者のくせに不遜ですが、医学はいたずらに延命させるのが目的ではない、人にはそれぞれ寿命というものがある、という考えなんです。その寿命をまっとうさせる手伝いをするものが医者の務めだと思っているんですよ。人間というのはアクティビティーがなくなったら終わりだと思うんです。あと、どのくらいで完成するか知りませんが、すぐれた人工臓器が完成するまで臓器移殖というものも、あってもいい治療のひとつと認めようという立場なんです。もちろんそのために脳死とかクリアすべき問題をきちんとクリアしてからですが。ただ、この場合、医者は、こういう医療方法があると提示するだけです。実際、臓器移殖を選ぶかどうかは、患者さん自身ですよ。それには、その人の人生観、経済力、また、死、運命を受けいれる力というか宗教もあるでしょう。それを選ぶのは患者さん本人の意志だと思います。

木庭　そうですね。しかし私は臓器移殖に関してはいろいろと疑問があるのです。人間の生への欲望はすさまじいものですから。臓器移殖を認めたら必ず裏で売買がはじまると思いますね。

西丸　これからゴーサインが出たとき、考えなければならないことですね。そういうとき、どう啓蒙していくか、ですね。そうなってくると医療は単に医療にとどまらないというか、心のあり方まで問題にしていかなくてはならないわけです。

木庭　そうですね。死に直面したとき、どう自分の我執をのりこえるか、あるいは受けとめるか、ですね。私はカトリックですがキリスト教があの世を想定していることは素晴らしいことだと思います。この世だけでは人間は救われないという気がしますから。

西丸　死を受容するのは勇気のいることです。それを個人個人で乗りこえるのをサポートするのが、宗教になるんでしょう。輪廻というのか、あの世というのか、今度はもっとましに生きてみよう、という気持ちは持っていますね（笑）。

愛について

木庭　私は四十七歳のときにカトリックの洗礼を受けたんです。母の死んだ年です。そして四十八歳で水泳と脚本を始めました。

西丸　どちらもミズモノですね（笑）。

木庭　私は二十四歳で結婚いたしました。後妻だったもので中村とは二十歳の年齢の差があるんです。三十数年間を共に過ごしましたが、彼が死んだ後、私はいったい夫について何を知っていたんだろうと、思いましたね。人間って五十歳すぎて、初めて見えてくるものがあると思うんです。人間の哀しさ、人生そのものが。夫婦の共同生活は、結局は誤解の上に成り立っているのではないかと思います。それはそれでよいのだと……。

西丸　なるほどね。ご主人の方からは、どう見られていたんでしょうね。二十歳の年齢差があれば、自分亡きあと、妻は、これまでの経験をいかして、なんとかやっていくだろうと、ひそかに思ってらしたんじゃないでしょうか。

木庭　さあ。どうですかね。ただ男の人は、妻に対してはコドモの面を露出しますでしょう。ですから、そういうことは口に出して言いませんでしたけど……。

西丸　思ってても、おっしゃらなかったでしょうね。僕なら思っても言わないな。

木庭　そうですか。私は、頼られるのが好きでしたから（笑）。彼は死の一週間前に洗礼を受けたんです。

西丸　病床で洗礼を受けられたわけですね。

木庭　はい。一応私が「洗礼を受けないか」と聞いた訳です。その時、三回聞きました。一度目と二度目、彼は「いやだ」と言いました。もうこれで聞くのは止めようと三度目に聞いた時、彼が受けるといったのです。私はその時彼の意志というより、不思議な力、つまり神が介入なさったとしか考えられませんでした。愛というのは時間をかけて育てていくものではないでしょうか。一時愛がなくなったように見えても、それは、育てればまた復活するというかよみがえる可能性があるのではないでしょうか。長くつれそってみないと、夫婦ってわからないと思いますね。

西丸　それには大変な努力と勇気がいります。何しろ育てるというのは大変なことです。

木庭　そうですね。よく相性がいいとか、悪いとかいいますけれども、それも、時間をかけてみないと結果は出ないのではないでしょうか。最近の離婚の風潮は、ちょっとちがうような気がしてなりません。私は安易に別れてはいけない、愛を育む努力を忘れないで、と思います。

西丸　人生は五十歳すぎてから見えてくるものがある、というご意見は、これからのトレンディーな高齢社会にむけて、励みになるはなむけの言葉と受け取りました。時間を味方につけて、何事も育む姿勢で明るい幕切れをめざしたいものだと思います。

〔対談後述〕　「人間って五十歳すぎて、初めて見えてくるものがあると思うんです」。対談のなかで、そう話された木庭久美子さんの言葉に、私は妙に同感してしまった。ご母堂を亡くした四十七歳の年にカトリックの洗礼を受けられたとか。そして「四十八歳で、水泳と脚本を始めました」。と言われて、私など、なんで両極端の水泳と脚本を始めちゃったのかなと伺ってみようと思ったが、楽しそうに話されるお顔を見ていてやめてしまった。

ご主人の中村光夫さんが、奥さんの久美子さんの最初の戯曲『ともだち』が公演された時、療養中の身体なのに「死んでも行く」と言って見に行かれたというエピソードがあるが、凄いなと思っていた。また中村光夫さんは亡くなる一週間前に、奥さんにならって洗礼を受けられたと対談で伺った。この二つのエピソードで、中村さんの久美子さんへの愛情が十分に伝わってくる。三十数年の結婚生活。〝彼が死んだあと、私はいったい夫について何を知っていたんだろう〟、そう思った木庭さんが、いまゆっくりとご主人の一つ一つについて理解し、かみしめているように私には見える。どうも日本の男性は、妻へのおもいをうまく言葉に出せないタイプが多く、結局は行動で示すことになるのだろうか。

そしていま、木庭さんは、ご自身のこれからの人生をどう生きるか、という話をして下さった。高齢社会に入ってゆくとき、淋しい気持ちの中に、誰にでも必ず来る死という試練に、毅然として相対する木庭さんの姿を想像してみた。自分の死について考える、そして良い意味で、自分の意志で人生を終えたい。そう考える木庭さんの臓器移植に関しては疑問があると言う言葉に、これからの高齢社会での生き方を垣間見る思いがした。（與）

「こころ」と「もの」

佐野　洋

さの・よう●推理作家。一九二八年東京生まれ。東京大学心理学科卒業後、読売新聞社入社。週刊朝日・宝石の探偵小説共同募集に『銅婚式』が入賞（五八年）、作家生活に入る。『華麗なる醜聞』で日本推理作家協会賞受賞（六五年）。第一回ミステリー文学大賞受賞（九七年）。主な作品に、『一本の鉛』『壁が囁く』『消えた人々』『推理日記』など。七三年から六年間、日本推理作家協会理事長を務めた。

無形のものへの対応

西丸　僕の法医学教室に来られたのはもう二十年ぐらい前になりますかね、結城昌治さん、三好徹さん、河野典生さんなどね、佐野さんもそうですが皆さんあの頃若かったですものね。

佐野　その時、純粋な青酸カリが研究室に置いてあったんですよ。

西丸　僕は佐野さんに「舐めてみますか」と言ったんでしたね。

佐野　先生がそう仰有る以上、解毒剤もあるに違いないと僕は思って、「本当に舐めていいですか」と言ったら、結城昌治が「先生だめですよ、本当に佐野は舐めちゃいますよ」。

西丸　良かったですね。あの時お舐めにならないで（笑）。ところで今日こちらへ来る前に眼鏡屋さんに寄って来たんです。メガネの龍頭が駄目になったので直してもらい、「幾らか」と聞いたら「いらない」と言うんです。そういう訳にもいかないので余分な小物を買いましたよ。

佐野　技術料ですものね。取らないのは変な話なんですがね。

西丸　気の弱いオジさんが新しい眼鏡を誂えることを期待したのではないでしょうか（笑）。アメリカでは弁護士に一言相談しただけでも翌日もう請求書がきます。

佐野　物と金とが一対一に対応している物質社会の一コマでしょうかね。ちょっと昔までは〝心付け〟という習慣があったでしょう。これは無形のものに対する行為ですね。どうも近頃の日本人は、金は物に対応するものであって、精神とか無形のものに対応しないというような……。

西丸　いい響きですよ、心付け、まさに心に付けるものですもの、一般社会では死語に近い言葉でしょうね。

佐野　昔は大工の棟梁なんて盆暮れには挨拶に来て、何処か悪い箇所はないか見ていったものです。旦那の方は手が入っても入らなくても心付けをしたものです。でも今は頼まなければ来ない。その代り実際に補修しない限り払いもしない、請求もされない、そんな世の中になってしまった。

西丸　相手の心に付ける有形のものとしてお金がいった。そしてそういう行為が心得であったわけでしょう。心の得――これも美しい日本語ですね。最近はどうも、こと言葉だけでなく人間の心までもが少しガサツになってきてはいまいかと思うのですが。

佐野　「三歩退って師の影踏まず」なんて当世あまり聞きませんでしょう。昔はガキの頃から上級生と一緒に遊んだりして自分から序列というものを理解していった。しかし今は上下関係をうるさく言うのは良くないという風潮がある。

西丸　数少ない例ですが、外でオーバーを脱いで部屋に入って来る学生がいます。そういう礼儀正しい学生には必ずおじいちゃん、おばあちゃんがいる。特におばあちゃんの影響が強いですね。確かに核家族化の弊害ってありますね。

佐野　それはやはり家庭教育だと思いますね。それと我々の時代の『少年倶楽部』には頁の隅の方に今風に言えばコラムがあって、その囲みの中に他所の家へ上ったら靴を揃えて置け、というような常識が書かれていた。

西丸　我々の子どもの頃には儒教の教えのいい面が生かされていた。どうもその辺が今は欠落していませんか。犯罪心理の上でも昔とは変わって来ているなと思うことありませんか、人を殺して夜な夜なうなされてそれが辛くて自白しちゃうなんてケース減ってはいませんか。

佐野　小説を書く上でそこが一番難しいところです。まともな人間であれば人を殺してうなされなければおかしい、しかしそんな人間ばかりでは推理小説は成り立たない。人を殺して平然の人間もいないと書けない、そこが難しいんですよ。だからアイツは殺されても当然だというような情況をつくって、殺人者の罪の意識を少なくしたりとか。

西丸　昔の刑事は死体を見ただけで或る程度犯罪者の身元が分るって言ってました。例えば死顔に布をかぶせてあればこれは身内の犯行に違いないとか、犯罪者の中に少なからず罪の意識があった。

佐野　それは言えるかもしれませんね。先日も普通の家の娘が、男にそそのかされて土地を売るために父母を殺しちゃった事件がありました。若い人の思考が非常に短絡的になってやしませんか。

西丸　それは間違いありませんね。親殺しの例は特別としてもやはり偏差値教育のヒズミが人間の情緒を阻害していることは確かでしょう。

佐野　数字に表される点数がよければ全て良し、という今の教育は感心しませんね。

西丸　キャンパスのエレベーターで学生と始終乗合わせたりしますが、挨拶してくる学生って滅多にいないんです。そういうことを〝なってない〟と怒る同僚に、彼らに諭してやればわかるはずだぞと言うと、それは大学で教えることでなく高校教育の問題だと言うんです。だけど高校の先生に言えば、中学、中学に聞けば小学校、小学校はそれは家庭の教育だと言うんです。そして家庭に言えば、だからこそ学校へ行かせているではないかと。何か大事なことが社会の

横浜にて

中で欠落していますね。そして教育にもたらい廻しがある。医療だけじゃなく……。

時代と言葉

西丸　そう外国の推理小説を読んでいるわけではありませんが、日本の推理小説の方がより緻密だと感じますが、いかがでしょう。

佐野　例えば『シャーロック・ホームズ』など昔は手放しで面白いと思いましたよ。でも自分がその業になってみると欠点が目についたりするんですね。ワトソンが平気でホームズのやったことを見落したりする。本当は見落すはずはないですよ。或いは不必要な会話の部分が気になったりとか、ですね。

西丸　僕の法医学の世界でもどうしてこれを見落したのか、ということがあります。それを見落さないからこそドンデン返しがあったりするわけです。そういう点でも佐野さんの作品の緻密さに感心してしまいます。考証もきちんとされている。

佐野　現代のように科学、医学が急速に発達してくると小説を書く方も勉強せざるを得ません。昭和初期には指紋すらなかったのが今やDNA鑑定の世でしょう。僕は迷宮入りの小説を書く方ですが、完全犯罪を構成するのは難しいですね。緻密ということでいえば、あのトリカブトの事件なんてよくぞ分ったという気がしますね。西丸先生もあの時、何か暗示でもない限り法医学者でも見落していたかもしれないとコメントされていた。

西丸　あれは事件を扱ったO先生が視野の広い優秀なドクターだったということがありますね。正直いって大掛りな殺人事件と分っていればそれなりの捜査費を使って検査もそれなりにやりますが、そうでもない限り先ずは担当者の〝カン〟みたいなものに頼らざるを得ないものがあります。しかし文学は科学とは違う、作品にひき込まれればそれで良しという作家も多いと思いますが。

佐野　面白ければいいじゃないかという意見もあります。しかし我々は時代に責任を持たねばいけないと思うんです。満州事変の頃、今でこそ驚くに価しませんが、満州鉄道が一二〇キロ出したって大変な話題になりましたよ。それを国威の発揚とかで二〇〇キロと書いたとしますでしょ、今のように客観的な文献が他にも残されていくような時代であれば別ですが、それだけしか残らないと考えると、正しく書くことが小説家として求められると思います。

西丸　八時に三日月が出たりするとまずいわけですね。

佐野　江戸時代の浮世絵だって江戸の風俗を書く場合に参考にするでしょう、橋とか富士山の見える位置とかというように。言葉遣いもそうです。十返舎一九を読んで江戸の商人はこう喋っていたんだなと、後世の人間は思うもんですよ。

西丸　正確に書くのは大いに結構だと思いますが、若い人の会話なんて聞いていて恥ずかしい言葉がありますね。

佐野　流行《はやり》の言葉って言葉になってない。例えば〝コンビニ〟、コンビニエンス・ストアの略ですが、こんなの嫌ですね。でもやむなく会話に入れたりします。一九九二年頃、コンビニエンス・ストアのことをコンビニと使っていたのは紛れもない事実ですから。しかし十年後に文庫に入れようとした時に困ることになるでしょうね。

西丸　時代の風俗を書く場合には止むを得ないでしょうが、出来ればその手の言葉は使いたくないでしょうね。

佐野　ですから、「コンビニ」という嫌な言葉を使う人だとか、自分は「コンビニ」という言葉は耳障りだとか前後に書いたり（笑）、それと差別語とされている言葉にも困ることがあるんです。例えば昭和三十年代には「女給」と言っていたのですから、その時代を扱った小説に、「ホステス」を使うと嘘になってしまう。

西丸　その点、法医学用語は気が楽ですかね。

佐野　今、盛んに耳にする脳軟化症なんてうまい言葉だと思いますね。軟化という響きは非常に脳がリキッドになった状態――こっちの考えとあっちの考えが一緒に混ざってしまうのではないかと連想させます。

西丸　そんな高尚な考えで作られた言葉だと思いませんが、言われてみると成程そういう解釈もあるなと思いますね。

佐野　脳軟化症の脳は解剖するとやはり軟くなっているんですか。

西丸　脳溢血のような疾患があって、そのあたりが、一部軟くなっていることはよくありますね。ドロドロというリキッドの状態までいくのは少ないですがね。解剖の話はどうも無粋でいけません。酒がまずくなるといけませんから、この辺にしておきましょうかね。

〔対談後述〕　佐野洋さんとのおつきあいは、本当に長い。もう三十年近くになるのではないだろうか。年齢もほとんど同じとなれば、同じ世代を生きた二人。ごらんのような対談になってしまった。

でも改めて言わせていただくが、二人の会話は、絶対に間違っていない。悪いものは悪い、良いものは良いのである。決して二人の老人のたわごとでも、愚痴でもない。もう一度、今の若けえもんに、背中を見せて、教育し直したいねという気持ち。その背中は、少しシミが出始めてはいるが……。

対談のなかでも申し上げたが、私は佐野さんの作品が大好きで、ファンの一人である。ストーリーも当然のことだが、私が昔やっていた法医学の立場でみても素晴らしいのだ。

このごろは、なかなかお会いする機会がないのだが、会ってお話しをするとき、いつも驚かされ、感服してしまうのだ。足で折鶴を折ってしまったり、ご自分の顔の似顔絵を描いて、よくみると平仮名で〝さのよう〟となっていたり……。でもそんな茶目っ気よりも、好奇心というか、さすが推理作家だと思ったのは、例のトリカブトの事件の前にお会いしたとき、トリカブトをつかっての殺人についていろいろ聞かれたことを不思議な気持で、いま思い出す。何故トリカブトの話をしたのだろう。また作品を読んでもわかるように、佐野さんの几帳面さ、失礼ないい方かも知れないが、その律儀さは、私にとって畏敬に値するのである。

私が以前に書いた『法医学教室との別れ』という本が文庫になるとき、佐野さんが解説をひきうけて下さった。私たちのことを懐かしく書いて下さったこと、この場をお借りして改めてお礼を申し上げたい。

（與）

人のため神のため

結城了悟

ゆうき・りょうご●神父、日本二十六聖人記念館館長。スペイン・セビリア生まれ。一九四八年、初来日、六一年以来、長崎に暮らす。著書『ザビエルの道』のなかで、「昼間には他人のために生き、夜は神のものでした」「いつも、その唇にはほほえみが溢れていました」と、そのザビエル像をつづっている。帰化前の名はパチェコ・ディエゴ。行動派神父として長崎新聞文化賞受賞。

「磁石」の仕事

西丸　スペインにお生まれになりポルトガルのイエズス会の学校で学ばれた神父が、長崎においでになった理由からお教え下さい。

結城　長崎の二十六聖人記念館がオープンすることになったのがキッカケでした。それ以前は横須賀、広島におりました。

西丸　帰化なさったのは長崎においでになってからのことですか。

結城　ええ、十二年前のことです。

西丸　日本語には「ここに骨を埋める」という表現がありますが、そうしますと神父は生涯、日本でお暮らしになるのですね。

結城　それは私が決められることではありません。帰化はしていますが、イエズス会から指示があればどこへでも赴きます。突然、死を迎えるようなことになったら、いまお話のあったように「ここに骨を埋める」ことになりますが。

西丸　帰化するにあたっては大変な決心が必要だったのではありませんか。

結城　キリストが人間を救うために人間になったように、キリストの教えに従った結果として日本にやってくることになったのですから、私は日本人にならなくてはなりません。私たち司祭の仕事は「磁石」のようなものです。ともに暮らす人々の仲間として、一緒にお手伝いすることです。「遠く」にいて救うことは不可能です。帰化の理由も、日本人として暮らし、みんなと同じ権利、義務を果たしたかったからです。

医学の限界

西丸　日本は高齢社会になりました。厚生省の発表によれば西暦二〇一一年、日本の人口は一億三千四百四十四万人と推計されピークを迎えます。そして、二〇一五年には六十五歳以上が四人に一人という時代が訪れます。右を見ても左を見てもお年寄りばかりという状況が想像されるわけです。私の働くセンターにもお年寄りは毎日たくさんおいでになりますが、では医学の力だけで心身ともの健康を実現できるかといえば、私には困難なように思われます。人間には心という医学だけではどうにもならない部分がありますから、殊に年配の方々には「信じるもの」が大切なように思います。その点、神父のお生まれになったスペインは宗教心の強いお国とうかがっております。

結城　たしかにそうですが、最近は、たとえば麻薬の力を借りて人生の苦しみから逃れようという社会的傾向も強まっています。

西丸　日本では、さきほども申しましたように、医学がお年寄りたちの肉体的、精神的不安をぬぐい去るうえで十分な働きをしているとは決して言えません。ましてや、お年寄りが増えれば、病は治すものではなく共に生きていくものだと考える方が増加します。人は弱いものですし、そうなれば一層、医学だけに頼ることはなくなるでしょう。ですから高齢社会が進展した場合、「自立」とか「共生」といった医学と自然との調和、人間同士の調和が大切になってくると思います。ところで、「ターミナル・ケア」という問題ひとつとっても、宗教心の厚い国と日本のような国ではそのとらえ方に大きな違いがあるのではないでしょうか。

結城　ヨーロッパでは十六世紀に不治の病の患者が入る病院がありました。そこに収容された
ら、患者も周囲の人々も、神に召される日の近いことを覚悟したのです。

西丸　それは教会の施設ですか。

結城　そうです。死後の世界へ旅立とうとする患者が精神的な平安を得るには、医学、家族、宗教の三つの力が必要になります。現代の医学の進歩は顕著ですが、その進歩が家族や神父を病人から切り離して患者を残酷な特別な部屋に収容してしまうことになったのです。そこには、家族といえども自由に立ち入ることはできません。恐ろしいことです。これまで人間は自分の家で家族に見守られ、家族に別れを告げ世を去りました。個人的なことになりますが、私の父は長い闘病生活の末に亡くなりましたが、最後は家族に「さようなら」と言い残して逝きました。核家族化の問題もありますが、現代の医療ではそういう死に方は不可能でしょう。

西丸　いま世界は、病院での死ではなく「在宅の死」を歓迎する傾向にあります。日本も例外ではありません。

結城　ただ、病人やお年寄りの世話にあたる人のいないのが問題です。病院に入ったからといって家族の世話が必要ないわけではありません。人間は最後まで人間、家族と別れることはできません。司祭が医者と同様、病室に入り、「気分はいかがですか」と患者に声をかけることは病む人の助けになります。

西丸　医者が患者さんにしてあげられることが何もなくなったとき、神父さんがベッドの傍らにいてくれるだけで、たとえ言葉を交すことが不可能でも、患者は心のやすらぎを得られるでしょう。

長崎・日本二十六聖人像前にて

結城　手を握ってあげると、もう口をきくこともできない患者でも手を握り返してくれるものです。

西丸　神父さんが、天に召されるお話をしてあげると、患者さんはとても安心するらしいですね。

結城　精神的に安心することは、いいことです。

西丸　たしかにそうです。

結城　手で話をする――これは、医療技術の高度に発達した現代にあって、見直されなくてはならない大切なことです。

デス・エデュケーション

西丸　核家族化の進んだ日本では年老いた夫婦が二人だけで寂しく老いていきます。その結果、子供の家庭をグルグルたらい回しにされます。これでは「ボケ」も早くなります。家族が傍らにいない、それは大変な問題だと思います。

結城　お年寄りには、自分に慣れた生活が欠かせません。

西丸　宗教団体によって運営されるニューヨークのあるホスピスでは、お金持ちも貧乏人も一緒に四人一組でひとつの病室に収容します。ですから、亡くなるときは仲間に見守られているんだという安心感を持てますし、三人は一人の死を見つめることによって死とはどういうものなのか「デス・エデュケーション」を受けることになります。私はこれをとても思いきった試みだと感じました。神父さんは、そういう施設は日本にはふさわしくないと思われますか。

結城　ケース・バイ・ケースで考えなくてはならないと思います。国民性の違いも考慮しなくてはなりません。私は、たとえば老人ホームでも、お金がない人、お金はあるけど一人で寂しい人、夫婦で死ぬまで一緒にいたい人たち——といったように、いろいろなタイプの人たちが一つのホームで暮らせるように考えていかなくちゃいけないと思っています。あるお坊さんが、子供の自殺の原因は、家にお年寄りがいないからだ、子供は人の死に接する機会がないから死の恐ろしさも感じないのだ、死に触れられるのはテレビだけ、ブラウン管のなかで死んだ俳優は次の日にはまた元気でテレビに登場してくるから怖くない——（笑）と話していたのが印象に残っています。

西丸　家族が一緒に暮らすというのは、これからの時代、ますます大切になりますね。ところで、もうこれ以上治療しないで自然に人間らしく死なせて欲しいという「尊厳死」についてですが……。

神の目的と人間

結城　前にも話しましたが、私の父は、家族と静かに言葉を交わしながら喜びをもって死を迎えました。父親の最期は、本人のためにも家族のためにもよかったと思います。ご質問についての教会の考えははっきりしています。安楽死はいけません。経済的な負担の問題など解決しなければならない点もあるかとは思いますが、死が近づいた患者の残された時間を豊かなものにしてあげられれば何よりです。

西丸　病床の私の母は「アイスクリームが欲しい」と言いました。お昼に食べさせたところ「ああ、おいしかった」と喜んでくれ、その十分後に亡くなりました。私は、そのときのことを本当によかったなといまでも母の表情を思い出します。話は変わりますが、臓器移植についてはどうお考えでしょう。

結城　する意思がないなら、する必要はないと思います。もし肺癌にでもなって、手術をしても働くことが出来ないとするなら、手術をしないで半年でも働ける方を選びます。

西丸　ヨーロッパには昔から、いま仰ったような考え方がありました。癌と心臓病のいずれかで命を落とすとしたらどちらを選ぶかという質問に、昔の日本人なら、アッという間に死ねる心臓病と答えたでしょう。ところが最近では宣告されても一年くらいは「死の準備」のできる癌の方が……という傾向になってきました。

結城　「宣告」は大切です。自分の病状を正確に知らなければ「準備」も不可能ですし、「死」という人生の最も重要な場面で「ごまかし」はいけません。

西丸　最後に科学と宗教についてうかがいたいと思います。バイブルはある意味において科学的だといいますが。

結城　いろいろな経験から科学は始まるのです。スペイン国王フィリッペII世は、医学的に理解していたわけではありませんが、足が腫れるので肉は控えた方がいいことを知っていました。

西丸　痛風ですね。

結城　また、イエズス会は断食を勧めています。食欲旺盛なヨーロッパの人々にとって時々、断食をすることは肉体的にも精神的にもいいことです。人間は神のお示しになる目的のため善悪を判断して行動するものですが、それまで悪いこととされていたことも、のちにいいことだと分かればしてもいいのです。人間の根本的な目的に沿って判断を下すのです。

西丸　人間の幸せのためには宗教に科学性をお認めになる、大変すっきりしたお考えだと思います。

結城　科学が正しい方向に発展していくのであれば、それに背を向けることは理性に背を向けることにもなります。しかし、現代社会では、本来、人間の生をささえるための科学が人間性をおろそかにする結果を往々にして招いています。人間はだれでも死ぬもの。私たちの務めは、いま生きているときに可能なかぎり人のために力を尽くすということにあります。人のために生きることは、神のために生きることに通じるのです。

西丸　人のために尽くす。人のために生きる。それは素晴らしいですね。いやあ、今日はありがとうございました。

〔対談後述〕　パチェコ・ディエゴ神父は、日本に帰化されて十二年。日本名で結城了悟さんとなった。

帰化するということは、大変な決心が必要なのだと思う。まして結婚などとは違って、キリストの教えに従った結果といわれる。そしてその教えを全うし、人々を救うには、〝遠く〟にいては不可能で、日本人として暮らすことが必要なのだと話された。

お叱りを受けそうだが、私は、なんとも宗教に縁遠い人間で、あまり信仰心も持ち合わせないまま今日に至ってしまった。不純な動機と言われてしまいそうだが、お年寄りの中にいると、人間はなにか頼れるもの、すがれるもの、信じられるものが、所詮は必要なのではないかと思いはじめた。まして核家族化が進むなかで、淋しい人たちも、病気に悩む人たちも少なくない。

死後の世界へ旅立とうとする患者が、精神的な平安を得るには、医療、家族、宗教の三つが必要になると神父は言われる。どんなに強がってみても、人間はやはり弱いもの。医学にも限界がある。となれば、やはり家族の愛、そしてなにか信じられるものを、人は求めるのだろう。その人その人の人生観の上にたって……。

最後に神父が言われた、〃科学が正しい方向に発展していくのであれば、それに背を向けることは理性に背を向けることにもなります〃という言葉と、〃人間の生をささえるための科学が人間性をおろそかにする結果を往々にして招いています〃という言葉は、私にとって実に印象的であった。

（與）

気力ということ

井上禅定

いのうえ・ぜんじょう●鎌倉・浄智寺引退、東慶寺閑栖。一九一一年神奈川生まれ。東京大学印度哲学科卒業後、京都天龍寺僧堂関精拙に参禅。四一年東慶寺住職。相模工業大学教授、臨済宗円覚寺派宗務総長を経て現在に至る。

人間とは

西丸　私の専門は法医学と申しまして、ご遺体を見ることが多い仕事です。医者ですが、生きている人はあまり診ません（笑）。死という場面で人と出会うわけです。よく、死体と向い合うのは恐くありませんかと聞かれますが、恐いとは思いません。恐い、というのとは違いますね。本当に恐いのは、実は死体ではなく、生きている人ですから。

井上　うん、うん、そりゃあ、生きている人の方が恐いよ（笑）。

西丸　生きていて、病気になって死ぬ、という過程があるとすると、私の場合は中間がなくて、いきなり死体と出会うわけです。検死を行いながら、この人は、どういう病気で亡くなったのか、どんな人生を歩んできたのか、と遡っていくんですね。

井上　私も、仕事柄、たくさん死体と出会いますが、出会いの状況が違う。解剖なさるわけですね。

西丸　はい。今までに八千体を越えますでしょうか。正直申し上げて、何度扱っても好きになれませんでしたね。でもこれは誰かがやらなくてはならない仕事と思い、やってきたわけですが、解剖していて、つくづく人間て強いんだなという感想を持つことがあるんですよ。

井上　強い？

西丸　はい。こんなひどい状態だったのに、いままで病気と闘って、よく生きてこられたなと。

井上　ほう。

西丸　人間は脳で考えますが、一つ一つの細胞は、考えることはしないのに、本能的に外からの敵と戦うんですね。病菌に対してもそうですが、元気な人でも、深酒をしたり、食べすぎたり、夜更ししたり、好き勝手なことをしていたためつけても、細胞は全然文句もいわずに、闘って正常に戻そうとしてるんですよね。そういうことを思うと、いままで、もっとこのいとしい細胞達のためにも、大事にしてあげればよかった、などと思うことがあるんです。

井上 その細胞というのは、人間の気力とは関係ないんですか。

西丸 病は気から、と言いますね。でも細胞は非常に生物学的に対応するものだと思います。

井上 気力でもっている、なんてことを言いますが、そういう場合は細胞も働かなきゃならないわけでしょう。ガン告知の問題でも、よく言われることですが、告げられた途端にガクッとくることもあれば、かえって強い精神力が湧いてくることもあるでしょう。

西丸 そのとおりですね。本来の恢復力にプラス気力でしょうか。気力ということについていえば、緊張と……。緊張というか、精神力というか、気持ちの持ちようで、全身の状態をいい方にもってゆくことはできると思います。相撲などでも立ち合い前の状態なんかそうでしょうね。これを〝陽〟と考えますと、〝陰〟とでもいいますか、人間受け身になったときを考えてみますと、人間というのは、徐々にくる刺激に対しては相当強く、抵抗力があるんですが、急にくるものにはもろいと思うんです。たとえば交通事故とかそういう突然の事態には、もろい、ということがあると思いますね。慣れたり順応したりする力は、相当強いと思いますが……。

井上 座禅を組むときなんか、盛んに気力と言います。臘八会(注)の一週間、まあ若い人がよく頑張っているようだけど、気でもっているようなものです。禅宗からみると、風邪をひくんだって、たるんでいるからだ、ということになってしまう。円覚寺の臘八は十二月八日から始まりますが、私が若い時行っていた京都の天龍寺ではもう少し遅いんです。真冬ですよ。砂利の上で座禅を組んでいると、眠りそうになるんで、お互いに突っつきあって起こすんです。不思議にどんなに寒くても、起きていれば決して風邪はひかない。ふと居眠りしちゃうと、たちまち風邪をひく。こういうことは、やっぱり精神力かな、と思いますね。

西丸 確かに精神力とか集中力とかいうものが、大きな力を発揮する時がありますよね。火事場の馬鹿力のようなことは実際ありますし。

井上 気力は、空気の気の力だけど、大事なもんだと思うね。重量挙げだって、呼吸を基本に力が加わって、あんなことができるわけでしょ。気力は、空気、呼吸をもとに、その調節の具合ですから、健康についても色々な影響があると思いますね。修行で気力が大切と言いますが、本当に、いわゆる「気力」のない人は、早く、まいっちゃう。

西丸 そういうことを思い巡らしますと、人間というのは何からできたのか、と思いますね。私など、今のところは、自然発生したのではないかと、そんなふうに感じておりますから、自然の力「気」といったように自然の介入したものを、人は持っているんじゃないか、と思うのですが。

井上 大雑把にいうと、すべては地・水・火・風・空これらの結合の具合で、できていると仏教では言われています。人間もそうです。ですから、他の動物と比べて、極端に変わっているとは思えないですよね。犬や猫と、違うということにもならないですよ。

西丸 まあ、仲間ですよね(笑)。

井上 人間は万物の霊長である、と言っても、暑ければフーフー言って、寒ければ震えている。その点、犬なんかは舌先三寸で体温調節していますからね。人間より、余程、大自然に対してうまく機能しているように思いますね。近頃なんだか病気が増えているのも、このへんから来

鎌倉・東慶寺にて

ているように思うけどね。自然から離れれば離れるほど、ますます病気がちになっているような感じがします。

西丸 まったく同感です。科学が発達するのが悪いんですよ（笑）。

不思議な時間

西丸 話が先ほどの座禅に戻りますが、気力が充実していれば居眠りして風邪をひくこともない、とのことでしたね。修行というのは大変厳しいものと伺いますが、自発的に、すすんで修行に臨まれるのですか、それとも、なにか別の動機を持って、敢えて修行されるのでしょうか。

井上 それが、うまくできていまして（笑）修行の動機とか意味とか、言ってられない。禅堂生活ではそういう状態に追いこまれてしまう。臨済宗では、黙って座ると雑念、妄想が湧くから「公案」というのをもらって、解くわけですよ。曹洞宗は、座禅を組めば仏の姿、姿が仏になれば中身も仏に近づける、という主義。私ら臨済宗では「公案」をもらって追いつめられるように、集中するわけです。夏目漱石も、円覚寺で参禅して叱られたりした経験が『門』という小説の中に出てきます。臘八の一週間は、肉体的にも追いつめられて、限界ギリギリのところを通る。そうこうするうちに、いい境地に行ける人もいますし、漫然と座って何も得ることのない人もいますし、いずれにしろ人為的に追いこまれて、鍛えられて、いい境地が手に入る、あるいは、それを垣間見るくらいの経験ができればいいんです。修行をしなくてはいけない、というのはそういう意味なんですよね。

西丸 なる程、そうですか。いや、一口に境地なんて言いますが、まあそれは大変なものなのでしょう。場所とも、心とも思えますし……。ところでこのごろ臨死体験などといって多くの例が集められたりしていますね。この世のものならぬ世界ということでは、今、ご住職のおっしゃったことと関係あるでしょうか。

井上　私自身の体験をお話ししますと、故郷へ帰った時のことです。ある晩、真夜中にふと目が覚めて、座禅したくなったので、座っていると、我ながらピタッと決まって、いい座禅が組めたんですよ。なんだか光り輝いているようで、阿弥陀様みたいな、この自分の姿を、隣に一緒に寝ている兄に見てもらいたくて、「兄さん」と何回も呼んだけど起きない。そのうち「兄貴！」なんて呼び始めるわけです。内心ちょっと恐縮するんですけど、なんとか、この姿を拝ませようと、大声で呼んだんですよ。ヒモを引っ張れば電灯がつくんだけど、こっちは形が決められちゃっているから、自分で引っ張れない。「兄貴！　ヒモ引っ張れ！　よく拝め」なんてね。今度は、母親にもこの姿を見せたくて「お母さーん」と呼ぶわけです。いい気分で、極楽浄土にいるみたいなんですよ。ところが、母親がやってきたころには、急に苦しみだして悶絶。初めのうちは、自分でも覚えているんだけどだんだん訳がわからなくなってきちゃって。大袈裟に言うと、暫しの宇宙遊泳から帰還したみたいな感じで、短時間のうちに極楽から地獄へ、時空がひとつになって迫ってきて「極楽も地獄もいらない、娑婆へ帰して」という気持ち。
　そうしているところへ母親の「裏の小川に行って顔を洗っていらっしゃい」という声が聞こえてきた。ああ、そうだ、と、そのとおりにして顔を洗い、水を飲むとスーッとして、我にかえったの。まあ、なんと不思議な体験か、と思って家の方へもどってくると、夜が白々と明けてきた。二月ごろで梅の時季でしたから、梅の花が朝日に輝いていたんですよ。それを見ていたら今度はうれしさがこみあげてきて、梅の木の下で踊り出す始末。もう兄などは、弟は気が違った、どうかしちゃった、と思ったみたいね。母親は落ち着いたもので「座ってお茶をお飲み」と言う。禅語に且坐《しゃざ》喫茶というのがあります。裏千家の七事式に且坐の茶事というのがありますが、母親はそんなことを知らずにこう言った。そこでお茶を飲んで、われながらエライことになっちゃったなあと、思いましたね。

医者として考える

西丸　われわれ俗人にはわかりかねますので、素人っぽい質問になってしまいますが、そういう悟境といったものは、求めて、手にいれようと努められるんでしょうか。

井上　修行のときは、求めるよりも、「公案」が与えられているので人為的に追いこまれてしまうんです。

西丸　いつでも、そのことばかり考えていて極限に至って、そういう境地が突然開けることがある、というふうなことですか。

井上　「公案」というのは、うまくできてて、にっちもさっちもいかないところに追いこまれて、どうにか切り抜けたと思うと、すぐ応用問題が出てきて、ぎりぎりのところに追いつめられる。悟りの境地、なんて余裕はないですよ。難行苦行で練りあげていくという方法だと思うけどね。

西丸　極限にまで追いつめられてしまう、ということを伺うと、ご自身が阿弥陀様になって光り輝いてしまった先ほどの不思議な体験も納得できるような気がいたしますね。言葉はふさわしくないかもしれませんが、限界を突破する最終的手段というか、逃避、回避、という要素もあるのでしょうね。心と体が、追いつめられて、別々の反応をしてしまう、というような場面ですよね。

井上 医学的に見ると、そういうことになるのかなあ。面白い話だなあ。わからないことが多い、という感じです。他の宗教、たとえばキリスト教では、神様はあくまでも神様、人間は人間、合体してひとつになることなんてないけれど、仏教では、仏様になるわけですから。阿弥陀様とひとつになっちゃう。真髄は、自らの宗教的体験によって会得するしかない、というわけです。悟りという大きなことを成すには、小さいことをおろそかにしてはいけない「平常心是れ道」ということで、死に関しても、死ぬこともあたりまえだ、と受けとめていく。

医者として聞いてみる

西丸 具体的には、例えばご住持はガンの告知について、どんなふうに思われますか。

井上 人によるんじゃないですか。どうせ死ぬということは、わかっていることですよね。ただガンの場合は、死そのものより末期の痛みに対しての恐れがあるんじゃないでしょうか。どちらがいいか、まあ、その人の問題だね。いちがいには言えないことでしょう。

西丸 臓器移植ということでは、いかがですか。どう考えていらっしゃいますか。

井上 あんまり無理なことはしない方がいい、と思います。私なら、他の人のものをいただいてまで、と思うけど、どうなんでしょうね。

西丸 私も、そういう立場でおりますが……。

井上　あげたり、もらったり、目玉ぐらいだといいけど、と私は思うよ。昔は、五体完備していないと、あの世に行ったとき都合悪い、なんて言ったもんだけど。まあ、それぞれ、立場がありましょうが、私は、無理なことはしないで、自然の方がいい、という考えです。

西丸　そうですね。私は、医者の立場として、人にはそれぞれ寿命というものがある。その寿命をまっとうするのを手伝うのが、われわれの仕事ではないか、と思うんです。

井上　なるほどね。

西丸　そういう考えでいきますと、寿命がまだずっと先にある方が、病気になって臓器移植するしか治らない、ということになると、それも方法か、ということになるんですが……。

井上　ああ、そういう考え方ね。むずかしいね。

西丸　医者は命を救うのが仕事ですから、安楽死、尊厳死などをめぐって、どうしても死ぬ方へお手伝いするとなると、これもむずかしいです。元気でいる時に、人間らしく、自分らしく死なせてほしいという条件を書いておくリビングウイルというのも、波紋を呼んでいます。生命維持装置を使わないでほしいと、最近では米国のライシャワー元駐日大使など、そういう方法を選ばれましたよね。

井上　ライシャワーさんは、そうだったんですか。日本では、死をめぐる論議はタブーの風潮がありますからね。フランスの哲学者が、自殺じゃなくて「自死」だといって亡くなったけれども、むずかしくて、なかなか解決つかないよ。私は、あくまで自然にまかせるしかない、自然がいい、と思いますね。

西丸　自然体がいいですね。先ほどのお話では、深刻なことをほのぼのとしたものに変えてしまうご住持のお人柄で、つい愉快になって伺いましたけれど、医学というか科学で割り切れないものがある、ということはあるんでしょうね。気力そのものでは病気は治せない、でも予防はできるし、病気と闘うことはできますよね。ご住持に、自然が一番と言っていただくと、納得がいきます。

井上　あのね、医者と坊さんとは似ているよね。どちらも頼まれなきゃ行っちゃいけない。違うところは、医者は治してもともと。死なせたら文句言われる。坊さんの方は葬式にどんな引導をわたしても戻って来ないから文句を言われない。アッハッハ。割がいい（笑）。

西丸　割が悪いですか、医者は。なるほど、そういう考え方もあるんですね（笑）。本日はありがとうございました。

（注）臘八会

釈迦が悟りを開いたと言われる十二月八日は臘月八日。臘八の大接心という禅宗の道場でも一番厳しい修行。

〔対談後述〕　われらが人生の大先輩、井上禅定師のお話が伺えるというので、大いに緊張して浄智寺の門をくぐった。

お会いしてみて、その飄々としたお人柄にまず驚いた。悟りを開いた方とは、こういう人なのか。非常に厳しい修行をなさった方と聞いていたのに、実に何事もなげに話される禅師は、魅力的だった。

そして人間には気力がなければいけない、と強調される。仏門で座禅のときも、この気力が大切で、これがない人は早く落伍してゆく。加えて仏教では、すべては、地、水、火、風、空の調和ある結合でできていると言われるが、人間はこの自然から離れれば離れるほど弱ってゆくように思うと話された。

確かにいま、おくればせながら、いろいろな理由から、地球をあげて自然への回帰と言われているが、人間というものは、母なる自然の中で、これを大切に、これと調和を保ち、これと離れてはいけないのだろう。

きちっと正座して、ちょっと背中を丸め、両手を火鉢に添えながら、淡々と話す禅師に、修行の厳しさについて伺ってみたが、ご自身の体験を懐しげに話して下さった。時に亡くなられた母上のお話も……。その中で、私には〝いい境地が手に入る〟という表現や、修行のときの〝公案〟という言葉が、妙に印象に残っている。

お話のついでに、現代医学のトピックスである告知や臓器移植について感想を伺ってみたが、実にさらりと、〝その人の問題だね〟〝あんまり無理なことはしない方がいいね〟というお言葉が返ってきた。そして最後の〝医者より坊さんの方が割がいいよ〟と大声で笑った禅師のお顔が良かった。

（與）

辻村ジュサブロー

心を癒す沈黙

つじむら・じゅさぶろー●人形師、舞台衣裳家、アートディレクター。一九三三年中国・東北部（旧満州）生まれ。河原崎国太郎の知遇を得て歌舞伎小道具製作から人形師に。『新八犬伝』でモービル児童文化賞、『真田十勇士』で芸術選奨新人賞。『お梶恋しや』の演出など舞台でも広く活躍。その妖しく美しい世界は、多くのファンを獲得している。

原風景

西丸　数年前になりますが、ジュサブローさんの『落日の中の少年』というエッセイがとても印象に残っています。地平線に沈んで行く太陽を「美しいというよりどこか恐ろしい光景だった。人は孤独なのだ……」。あの風景の中にジュサブローさんの原風景があるなって――。あの落日は満州のものでしたね。

辻村　ええ、十一歳まで満州で過ごしました。わけがあって生まれた時から預けられて育ったんです。一人っ子のように。仰るように確かに私の原風景はあそこにありますね。先入観も偏見もないかわりに、あの年頃って感受性は豊かですよね。その時期に植えつけられた大陸の自然、風土、人間――どれ一つとっても満州の生活は少年の私にとっては強烈なものでした。それとその親が大変な人でした。私は体が弱かったものですから、風邪をひいたといえば、ふとんを囲むように畳に炊きたての熱いご飯をぬって暖をとってくれたりというような――。ですから後年、親子喧嘩する度にその話を持ち出されたり、ちゃんちゃんこや、おしめを突きつけられて「これ着て出ていけ」って。弱いですよ。これは。

西丸　それは説得力十分ですよね（笑）。私も弟を亡くして一人っ子のように育ちましたから、たった一人で太陽を見つめているあの風景も心境もよく分ります。ジュサブローさんは満州ですが、私は広島の片田舎の町でした。転校させられて友達もいなく、いつも一人で線路の脇に坐って、じっと列車の来るのを待っていました。話は戻りますが、そのエッセイにはまた人形に感謝している、教えられたというように書いていらっしゃる。臨床の医者もそうでしょうが、私も死体から教えられることが多い。それは一つは死体はモノではないと思うからですね。

辻村　私は人形を作り終ったら、必ず「ごめんなさい」と言います。自然に逆らっているからです。どんなに上手に美しいものを作っても、人間に勝るものは出来ません。例えば、人が傷ついて、血が出る。止まってカサブタになる。こういう美しさを私達は作れません。ですから、この世に文明を作るのは自然に逆らっているのではないでしょうか。

西丸　人間が何から出来たか説は色々あります。しかし、人間は自然の申し子であることは間違いない。たまたま人間が万物の中で一番頭が良くて科学を作り出した。つまり自然があって、人間があって、その下に科学がある。この三つが調和しなくてはいけない。科学に人間が振り回されてはいけないんです。しかし現実は科学に振り回されていますね。臓器移植はどう考えられますか。

辻村　これも自然に対しての一つの逆らいだから、私は好きではありません。私は人間には与えられた寿命があって人間の一生は決っているように思います。生まれてすぐ死ぬ人もいれば、百歳を超える人もいる。五体満足の人、複雑に生まれる人——自然は苛酷なものです。

西丸　私自身は移植をしてまでも生きたいとは思いません。しかし、一つの治療方法としては考えてもいいでしょう。その場合、医者のやることはメニューの提示です。患者さん一人一人が好き嫌いでなく、経済的、倫理的、哲学的なものから人生を考えて選択する、医者はそれに助言をする、ということだと思います。「人形は沈黙の中で我儘になる」というようなことを書かれていますが、それはどういうことですか。

辻村　人間の我儘とは違います。人間の我儘、物欲なんて強いといったって限界があるでしょう。人形は口で言えないほど強固な意志を持っていると私は思います。絶対に動かない。しゃべらない。欲しがらない。その代りに言うこともきかない。こちらがだらしないと、だらしない人形が出来てしまう。人間が持っているより、きっと強い意志を持っているのではないかしらと、作りながら気づくことが始終あります。

一つの借財

西丸　人形をお作りになる時の気分によって、出来不出来ってあるでしょうね。楽しい時ばかりという訳にはいかない……。

辻村　こんな辛い仕事はないと思っています。今でも他に出来ることがあれば変わりたいくらいです。この仕事は、この世に生まれて来た一つの〝借財〟だと思って立ち向っているんです。だから私は、気分のいい時は作っていません。暗いとき、辛いとき、人に傷つけられて嫌なときに夢中になって作ります。自分で人形を作りながら、自分の場所が病院みたいになって癒してくれる。病気も知らないうちに治してくれ、心も癒されるのです。

西丸　それが人形に感謝するということにつながっているわけですね。そういう思いで作られた人形が人手に渡る訳ですから気懸かりではありませんか。

辻村　たまに人形展などへ借したりして、ひどい酷い姿になったりしたものを見て引き取ったこともあります。私は自分が死んだら人形も一緒に無くなって欲しいと思っているんです。今でさえ昔作った人形に会って嫌だなと思うことがあります。後世にまであれこれ言われると思うと本当に嫌ですね。その点、板前さんなんていいですね。作っているそばから無くなってい

都内にて

って、腕がいいほど姿形が後に残らないでしょう。うらやましい（笑）。

西丸　ということはジュサブローさんでもまだ満足する人形がなかなか出来ないということでしょうか。前の物を否定しないと進歩がないという哲学者がいますが、やはりそういう心境ですか。

辻村　私の場合はそうですね。あの時どうしてこんなの作ったのかって……。

西丸　人形遣いに託すということになると、もっとそういう苛立ちみたいなものがありませんか。

辻村　もちろんあります。人間が自我を出しているうちは人形は動きません。人間は死ななくては自我が無くならないのでしょうが、少しでも自我を落としていくことで人形に生命が宿ります。黒子は「無」になることへの戦いです。舞台の上は地獄の一丁目みたいなものです。「今日は〝やらなきゃ〟」と意気込むと人形は全然動いてくれない。逆に人形が勝手に動いているということがあります。そういう時は自分の魂がどこかに行ってしまうのではないかと思うような恐ろしい気分に襲われる……。

西丸　それが「無」なのでしょうね。無になる一瞬の一つに「焚き火」をじっと見ている時と言う人がいますね。

辻村　それもあるでしょう。とにかく自意識があるうちは駄目です。例えば文楽も同じですが、使い手が踊りの心得があったりすると却っていけません。

西丸　そういうところから、ジュサブローさんの場合は衣装などにも相当な気を配られている、ということになりますか。

辻村　ええ、人間の場合は裸の上に衣装を着せていきますが、人形は着終った状態が皮膚になるんです。どんなに重ねていても同じです。美しいとか面白いということで着けていては皮膚にならない。

形と心

西丸　つまり「形」でなくて「心」の問題ということですよね。今日はお召物は和服ですが、そういう意味では仕事をされる時のスタイルは余りこだわりませんか。

辻村　ジーンズの時もあります。吉原とか日本の人形を作る時はサンバのリズムで作ることだってあります（笑）。

西丸　アンバランスに聞こえるようだけど、それ、分るような気がしますよ。

辻村　作りものですから、どんなに生きたように作っても、例えば、耳をそばだてて聞いているように作っても、見てるように作っても人形だから聞こえないし見えていない。だから音なり何かを感じながら作ってやらないと、作品が音を発しないと思うんです。人間は六感があってもそれをどう受けとめるかは個々の感性でしょう。人形を作るにあたって私なりの感性を注いでいかないと通りいっぺんの人形しか出来ません。

西丸　感性。言ってみればやはり「心」でしょうか。よく「心」を人に伝えると言うでしょう。ある禅宗のお坊さんに「心を伝える」とは何かと聞いたことがあります。坊さんは、心はよく分らないが、心を伝えるプロセスはよく分る。例えば、目だけでも、口だけでも駄目、五感全部を使って伝えなくてはと言いましたよ。

辻村　「心」という字をよく見てみますと字画はバラバラでしょう。それをつなげるところに意味がある。本来、心そのものは通じ合わないものであって、その心を通じ合わせるところに私たち人間が存在する価値があると思うんです。それをちょっと親しいだけで、心が通じ合っていると錯覚してしまうところから誤解が生じてトラブルになるんでしょうね。逆に「無」という字は「ない」という意味なのに、どうしてこんなに字画が多いのだろう。字画が多いから無なんだろうかと思ったり、字から学ぶことも多いですね。

西丸　書きものを拝見していると、宗教のお勉強をなさったことがあるような……。

辻村　それが全然なんですよ。人形を作っていると、どうしても自然の摂理を考えながら作っていく。人間の手の指はどうして五本なのか、顔も一つ一つ違うでしょう。これは神様がそう決められたのだと思ったりして、それがもう宗教そのものだと思うんです。

西丸　私の仕事は死体の解剖ですから手遅れとかの心配はありません（笑）。しかし外科医など手が震えるようになったら仕事にならない。そういうことを考えられることはありますか。

辻村　今のところはお蔭様で別にありません。しかし、これから考えるものについては有り得るかもしれません。作り出せば早いのですが、私の場合、考えている時間の方が長い。現在、取り組んでいるものは大体、十年、二十年前に着想したものです。今、「古事記」をモチーフに歓喜仏をつくっているんです。これは日本のお堅い法律の枠の中にはおさまりそうもないのでちょっと展覧会でお見せするわけにいきません。どこかクラブでも借り切って夜にでも見て頂こうかと考えているんです。

西丸　いいですねぇ。その折はぜひぜひお誘いください。歓喜仏、それも仏様ですから、ご利益もきっとあるでしょうから（笑）。

〔対談後述〕 人形師、舞台衣裳家。人形作家としての辻村ジュサブローさんは、あまりにも有名な方である。対談の冒頭でもふれたように、ジュサブローさんのエッセイで、『落日の中の少年』というのを読んだとき、ああ、これだと感じたことがあった。満州で過ごす少年、それはジュサブローさん自身なのだが、広野の地平線に沈む太陽に、「美しいというより、どこか恐ろしい光景だった。人は孤独なのだ」と感じた心が、その作品の原風景なのではないかと。

これは、ご本人には失礼なことだが、私だけの感じ方として言えば、舞台でも、人形展でも、その人形の美しく華やかな中に、何故か怖さを感じたものだった。

辻村さんは、人形を作り終えたとき、それは自然に逆らっているのだから、必ず「ごめんなさい」と言ってしまうとおっしゃる。どんなに上手に美しいものを作っても、人間に勝るものは出来ないと。自然体を大切にする辻村さんは、人形との対話の中で苦しんで、悩んで作りあげる。そして最後には自分も癒されると。その作品の一つ一つに、やはりそれぞれの思い入れがあるに違いない。

「自分が死んだら、人形も一緒に無くなって欲しいと思っているんです」と笑い話のように言われる言葉に、逆にジュサブローさんらしいというか、一人の芸術家の苦悩のようなものを感じる。

眼の鋭さ、話し方のけじめ、粋な和服。そして美しく、時に妖艶な作品。ジーンズとサンバのリズム。歓喜仏。対談が終るころ、私にはようやく見えてきた辻村さん。第一人者としての、これからの一層魅力あるお仕事が期待できると思った。

(與)

医学と感性

松浦雄一郎

まつうら・ゆういちろう●一九三六年広島県呉市生まれ。広島大学医学部卒業の後、六五年に米国南カロライナ州立医科大学胸部外科留学。県立広島病院第二外科副部長、第三外科部長を経て、八六年九月より広島大学医学部第一外科教授。九六年四月広島大学附属病院長、九八年四月広島大学医学部長。

臓器移植と「市民権」

西丸　臓器移植法案の国会での審議入りを前にして、先日（一九九四年十一月二十三日）、日本移植学会が「倫理指針」を設定しました。臓器売買に関与した会員の除名や移植を受ける患者の知る権利を保証しようという観点から、患者にとっては医学的に不利となる条件や情報の公開義務づけ――等がその内容です。臓器移植は、脳死や死の定義にとどまらず宗教や哲学にも踏み込む問題ですし、臓器移植を実際に行う医師が「身を清める」という姿勢は歓迎すべきことだと思います。

医者として、私は臓器移植を医療行為のひとつとして肯定しています。ただ医師の言葉のままに臓器移植を受け入れるのではなく、自らそれを選択するだけの力を患者さんには養って欲しいなと考えています。つまり、医療にはたくさんの〝メニュー〟があって臓器移植もそのひとつであり、そのメニューから何を選ぶか、選択権を行使できるだけの人生観なり宗教観なりを持つ〝賢い患者〟になっていただきたいのです。

松浦　三十年ほど前に臓器移植を手掛けた当初は、移植はあくまで「生物学的」なテーマでした。たとえば、こちらの動物の心臓を隣の動物の心臓と取り替えるといった具合にです。それがいま、時代の推移とともに「生物学的」意味にとどまらず、人間の生命や存在の根本を問う深いテーマを担った問題としてクローズアップされてきたわけです。

臓器移植は医療メニューのひとつであるというお話がございましたが、ただ、移植はドナー（臓器提供者）が存在しないことには話が先に進みません。患者さんが臓器移植というメニューを選択しても提供者がいないのではどうにもならないのです。

西丸　アメリカのある州では、交通事故死した遺体はすべてドナーとするといった内容の法律ができたと耳にしています。一般に意識が高いと思われているアメリカでも現実は厳しい状況なんでしょうね。

松浦　法律を整えることはもちろん大切かもしれませんが、それ以前に、臓器移植が医療として「市民権」を獲得できるかが問題になるのではないでしょうか。ですから、移植を望んでも実施できない患者さんには、一時的なものであるとはいえ人工臓器が必要になります。

西丸　さきほど臓器移植を肯定すると申しましたが、付け加えさせていただきますと、最近、寄る年波のせいか、人には寿命というものがあると思えるようになりまして（笑）、四、五十代の人生半ばで病に冒された人たちに、その寿命をなんとか全うしていただくためサポートするのが「医療の力」といったものではないかと思えるようになりました。その方法の一つとして、臓器移植はあっていい治療法だと考えているのです。

ところで先生は、結論的にドナーがいれば臓器移植を——というお立場ですか。

松浦　私は人工心臓を研究する学者でもありますし、さきほども申しましたように、臓器の供給に不安を抱いておりますから、究極的には人工心臓を——という考えです。それは、臓器移植には人の死をこころ待ちにする浅ましさが感じられるといった一部にある意見に同意してのことでは、もちろんありません。あくまで、それを必要とする患者さんに遭遇したとき、最高の医療をしてあげたいからです。最高のものをめざすことは、医療の基本ではないでしょうか。また、当然のことですが、臓器移植は臓器移植として研究されなくてはなりません。

西丸　臓器移植の場合、拒絶反応など問題となります。人工心臓の場合ですと、機能等の面からいかがなのでしょう。

松浦　その働きを完全に代行させようとするには克服すべき多くの問題が残されております。ただ人工心臓の研究に携わっておりますと、それに付随して循環生理学の発展も平行して果たすことが可能となります。

そこから誕生したのが「補助心臓」です。移植までしなくても、たとえば心臓の機能が三〇％弱っている患者さんなら、そのうちの何％かをそれによって補うことが可能となります。不完全ながらも、補助することによって患者さんに元気になってもらえます。二十数年前から研究が開始されました。うれしいことに「補助心臓」が国の認定を得ているのは世界では日本だけなんです。

「脳死」より「人間死」

西丸　臓器移植を手掛け始めた当時は、あくまで「生物学的」なものだったというお話がございました。それに通じる部分があると思うのですが、われわれ司法解剖に携わってきた者は、「死」は脳波がフラットになった段階で訪れるものであるという認識の下に、これまで何事もなく経過してきたわけです。ところが臓器移植にからんで「脳死」という問題がクローズアップされ、死の定義や判定、何をもって脳死とするかという議論が生じました。そして、移植用の臓器を確保したいがために脳死を死と判定しようとしている、といったイメージが先行してしまったかのような印象を受けます。

広島大学医学部にて

松浦　おっしゃる通り移植のための「脳死判定」という見方が、確かに一般にはあるようですが、われわれ専門医はそうじゃありません。

西丸　これが逆、つまり、この世を去る人々が、自らの臓器を病気に苦しんでいる人のお役に立てて欲しい——という観点から脳死にスポットが当たったのなら臓器移植への〝猜疑心〟みたいなものは生まれなかったのかもしれません。

松浦　「脳死」という言葉より、人間としての思考や意識が失われているのですから、むしろ「人間死」と私は呼びたいのです。西洋では意識がなくなると、もはや物として見るということも聞いていますが、日本の場合、そうドライな割り切り方はできないでしょうけれど。

西丸　「臓器移植法案」も国会に提出されたまま審議は先送りになっていますが、臓器移植が医療行為のひとつとして日本の社会に根づくまでには、まだ時間が必要なようです。あらためてお尋ねいたしますが、先生は死の定義、死の判定について、どのようなお考えをお持ちですか。昔ならば、呼吸が止まり、心臓が止まり、瞳孔が開く——という答えでよかったのかもしれませんが。

松浦　医師として最も大切なことは、「誕生」と「送るとき」の「まつりごと」だと思います。私の言う「まつりごと」とは「一種の儀式」を意味します。死の定義については、いろいろ意見のあるところですが、臨終を迎える人間にとっては、自らの「生」を完結することであって、人生にとってはやはり大きな出来事なのですから、まず送られる本人がどのような気持ちで旅立ちのときを迎えているのかが問題となります。

次に、周囲の人々がその死を最終的に確認することだと思います。医者がいくらご愁傷様ですと申し上げても、家族にその死を真摯に受け入れていただけないことには、死は成立しません。本人も周囲の人間も、真剣に、率直に受け入れることが「死」なのではないでしょうか。

サイエンス＆アート

西丸　一つの生がどのような状況で完了するか、医師の役割が重要になります。

松浦　おっしゃる通りです。極端な申し方が許されるならば、たとえば末期癌の患者さんに、最後まで化学療法を施すことが本人にも家族にもパッピーなケースもあれば、痛みだけを取り除いて積極的な治療をしない方がハッピーな場合もあります。「まつりごと」の時を迎え、それぞれの患者さん、家族が何を望み、どうしてあげることが患者を、家族を大切にすることになるのか、医師は自ら判断し自らの責任で見送ってあげなくてはなりません。医師には、そこまで考えられるキャパシティが必要になります。単に技術的に優れているだけではダメなのです。

西丸　そうすることによって患者本人にとっても家族にとっても、いい死出の旅立ちになるわけですね。それには患者と医師の間に信頼関係が必要になります。医師が信頼を得るためには、さきほど先生のお話にもありましたように、技術だけでは——。先生は、中南米やアフリカなど海外での地域医療に携わったご経験もおありですが、そういった体験を積むことが「人間学」といったものを培ううえで役立つのではありませんか。そんなのは時間の無駄だと考える医者もいまは少なくないようです。

松浦　そうした海外での医療体験は、大変、勉強になりました。医学は科学でありながら、人間学なのですから、人間学のできていない人が医学を修めても、患者のこころなど眼中にない医師になるのではないでしょうか。地域に出ての医療活動も貴重な体験になると思います。

西丸 医者には〝感性〟が大切ですよね。医学はサイエンスであるとともに〝アート〟でもありますから。

松浦 外科においては特に感性が必要だと思います。動物的な本能、ヒラメキといっていいでしょう。一枚のレントゲン写真、そして触診から、そこに〝隠されているもの〟をどう読み取るか。そしてそれに対してどう鬼手をふるっていくか。受験勉強でガリガリと勉強してきた現在の医学生の多くには、残念ながらそういう感性が欠落しています。単に、画像診断がこうだったからといった発想だけでは、疾患についてはもちろん、患者の全体像を把握することは不可能です。

西丸 医学部には優秀な学生が入ってきますが、機械のような、人間性に乏しい、センスのない学生ばかりでは困ります。

松浦 〝アート〟とおっしゃいましたが、癌の告知にしても結局はこころの問題ですから、数式を解くような理系的な判断しか下せない医師ではうまくありません。宗教的なバックグラウンドまで踏まえた、人間的理解にすぐれた「文科系」的な要素が不可欠です。立派な論文を書くことも大切かもしれませんが、医者の一番の目標は、なんといってもこころある行動をとるということですから。

大学のカリキュラムもそうですが、まず受験のシステムを変えることが先決ではないでしょうか。たとえば、現在の倍くらいの色々なタイプの学生を入学させ、医師としての適性に欠ける者は途中で落としていくといったように。

西丸　昔の物理学校は、全員入学させましたが、卒業できたのは一握りでした。大学では本来、脱落者がいていいのに、医者の数が少なかったという事情もあってか、現在の医学教育は落ちこぼれまで拾おうとする傾向にあるように思います。

松浦　こころの問題は医学だけではなく現代の自然科学全般にいえることなのかもしれません。たとえば、はるかな昔、医学は、純粋には医学とは言えないかも知れませんが、祈禱師が病魔を払うだけの、別の表現をするならこころの安らぎを得るためだけのものでした。ところが医学の発展は、そのこころをどこかに置き去りにし無用なもののごとき存在としてきました。こころの方も医学の進展についていけなかったのかもしれません。

しかし医学の世界同様、他の自然科学の分野でも、いま人間のこころの「復活」といったものが求められています。こころが自然科学の進歩に追いつくとき、気障を承知でいえば、本当に「人が人を愛せる」時代になるように思います。そういう意味で、自然科学は人間の幸せのために発芽、発展してきたにもかかわらず、変な方向にシフトしており、これから自然科学は人間の真の幸せに役立つものになれるのか、正念場を迎えているといえるのではないでしょうか。

西丸　医者は、病気だけを診るのではなく人も診なくてはね。家庭医の重要性が叫ばれているのは、今までの医学のあり方の反省に立ってのこともあると思います。本日はありがとうございました。

（この対談は広島大学医学部第一外科教授時代に載録されたものです）

〔対談後述〕　今回は、心臓血管外科の専門医、特に人工心臓の研究者として名高い松浦雄一郎教授を、広島大学医学部にお訪ねした。

テーマは〝医学と感性〟だったが、まず心臓外科ということで、臓器移植などのご意見を伺ってみた。国会でも議題になっているこの問題は、確かに一般論としてもいろいろ言われているし、医学的にもクリアしなければならないことが少なくない。

松浦さんは、第一に臓器移植が医療として市民権を獲得できるかどうかを挙げ、第二にドナー（臓器提供者）がいるかどうかのほうをまず危惧されていた。確かにドナーの問題は大変なことだと思う。お立場上公言しにくい問題もおありだったと思うが、臓器移植というよりも、最高の医療として、究極的には人工心臓を考えるべきだというご意見には、私も賛成だった。心臓外科の先達である故榊原仟先生もそうおっしゃっていたことを思い出す。

医学生や若い医師たちに望み、また期待することがらは、私もかつては大学にいた人間として、全く同感で、患者さんの気持ちを理解できる医師、患者さんが何を求めているのか、その見えないものを見ようとするこころを育んで欲しいと思うのである。ヒラメキ、感性を併せ持ち、そして人間性豊かな医師に育って欲しいと、心から願う。

余談だが、松浦さんは、この対談のあと、折々に書きためた小文をエッセイ集『白衣のポケット』として出版なさった。私もこの対談がご縁で、その本の帯を書かせていただいたが、いかにも松浦さんのお人柄があふれる好著であった。（與）

紙屋克子

看護のこころと力

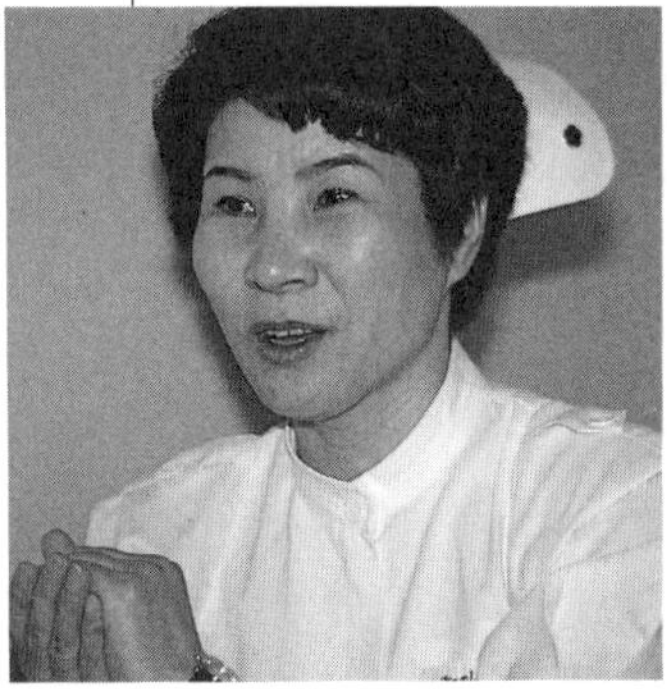

かみや・かつこ●医療法人札幌麻生脳神経外科病院理事・看護部長・副院長を経て現筑波大学大学院医科学研究科社会医学系教授。北海道大学医学部附属看護学校、北星学園大学文学部社会福祉学科、北海学園大学法学部法律学科卒。同大学大学院修士課程修了。意識障害患者の回復に成果を上げ、看護部長時代、同看護部とともに平成五年度「吉川英治文化賞」を受賞。著書に『看護の実践と科学』(メヂカルフレンド社／共著)『私の看護ノート』(医学書院)他。

ユニークなプログラムで意識障害者の回復に挑む

西丸　たくさんの看護婦さんのリーダーとして、意識障害の患者さんの回復に新しい試みでチャレンジし、大きな成果をあげてらっしゃる紙屋さんはバイタリティーに溢れた、もしかしたら、ちょっと怖いオバサンかなと思って、きょうは札幌までやって来たわけですが――（笑）。

紙屋　実物はいかがでした？（笑）

西丸　いや、お会いして安心いたしました（笑）。このたびは「吉川英治文化賞」の受賞、おめでとうございます。その成果と看護の可能性をあきらめることなく追及されている点が評価されたわけですけれど、八年前の病院設立当時から、そのような「理想」をすでに掲げられていたのですか。

紙屋　そうです。最初から、そういうものを造ろうというお話でしたので開設準備の段階から参加させていただきました。

西丸　以前は北海道大学の大学病院においでだったわけですね。

紙屋　はい。ただ、大学病院は規模が大きすぎ、小さければそれなりに制約があり、それぞれの病院自体が「看護」というものを正当に評価できないという状況にあったので、私は、札幌近郊の看護婦さんたちと自主的に看護についての勉強会をしておりました。明日からでも役立つものをと皆で知恵を出し合うとともに、十年後、二十年後の、札幌の、北海道の、そして日本の看護のあり方を変えよう――といったくらいの大きな夢を抱きながら。

西丸　そうしますと、こちらにも当時のお仲間が一緒に勤務しておられるのですか。

紙屋　副看護部長も、看護婦への教育を担当する教育科長もそうです。だからといって、全てが順調にいっているというわけではありません。ただ、最終的には求めているものが一致していればうまくやっていけるという確信はあります。

西丸　いまお話しの「求めるもの」というのは、看護という仕事を自立したものとすること、そして、脳神経障害の患者さんの回復に最善を尽くすということでしょうか。従来の医療看護と比較するとかなり思い切った試みを、僕などとても考え及ばないユニークな方法で綿密なプログラムのもとで実践されているようですね。たとえば温浴[注①]やマット運動[注②]、トランポリン運動[注③]、座位保持運動[注④]——その成果を目の当たりにすると、やはり看護も時代とともに変化していくものなのだと実感するわけですが。

紙屋　なぜそのような方法が効果をもたらすのかの根拠を考え、皆に理解してもらえるしっかりした提案をします。そうしないと、それでなくても看護婦不足が叫ばれる状況なのに一人の重症患者さんのために四人も五人も手をかけて敢えてやってみようということにはなりませんね。

西丸　実践にあたっては外国の症例や文献を参考になさったようなことは？　「ナーシングバイオメカニクス」[注⑤]は紙屋さん独特のお考えとうかがっておりますが。

紙屋　意識障害者の看護プログラムについては外国にも文献はございません。北大の脳外科におりました当時、第一回国際脳神経外科看護学会（一九七三年）で私が発表したのが最初でした。

西丸　あれはセンセーショナルでしたね。

生活行動を取り戻してより人間らしく

紙屋　私がなぜこんなにも長いこと意識障害者の看護に携わることになったのかといいますと、患者さんのご家族から「いのちは助けていただいたが、植物状態になったのでは本当に治してもらったことにはならない」という言葉を聞いて非常につらい思いをした経験があったからです。医学的にも治療法は確立していないし、看護婦の私たちももちろんその方法は知りません。ただ、患者さんをせめてもう少し人間らしく、ご家族にとっても患者さんは掛けがえのない大切な人なのだと認識して頂ける状態まで回復させることはできないものか——意識障害者への看護は、こうして私の生涯のテーマになりました。

西丸　「もう少し人間らしく」とは、具体的に——。

紙屋　「食べる」「話す」「座る」「排泄する」という生活行動を可能にする、それが叶わないなら、せめてなんらかのコミュニケーションがとれる状態に患者さんを回復させたいということです。治療法もないのに看護婦が患者さんの意識回復に挑むなんて無謀なことだったのかもしれません。しかし、患者さんの様子を丹念にチェックして看護プログラムを作成し、患者さんの残存能力を効果的に引き出すことによって、「生」への積極的な反応を高める、つまり、さきほど申し上げました人間らしい生活が可能となるような看護活動を展開してきたわけです。

西丸　日常生活行動の援助を前提に、医師による治療ではなく看護によって意識障害者に生活行動を獲得させるのですね。

紙屋　そういうことになります。より人間らしく——を目標に、患者さんの生活の質の向上を

札幌麻生脳神経外科病院にて

はかりたいのです。

先生にはお話しするまでもないことですが、日常生活行動は、消化・吸収といった「自律的機能」によって構成される部分、咀嚼・嚥下のように「筋や関節の反射や運動機能」によって構成される部分、それらの全体を状況や人格のレベルで統合していく意識の関与する部分に大別されると思います。つまり、自律レベル、反射レベルの運動をどのように上手に意識レベルに統合していくかです。ただ、患者さんの場合は意識に障害があるわけですから、それ以前の反射や運動のレベルでの学習が必要になります。

そこでこの「自律機能とそのコントロール能力を向上させること」「日常の生活行動を自律機能と運動学習の観点から捉えなおし具体的援助方法を確立すること」の二つの点を踏まえて、運動学習プログラムを作成するわけです。

西丸　それが、急性期の患者さんを積極的に動かす——つまり、温浴させたりトランポリンで体を宙に浮かせたり、座らせたりということになるわけですが、ドクターとの間には軋轢はなかったのですか。

紙屋　この病院は、理論的に筋が通っていて、実力があれば任せますよというアメリカ流の考え方ですから。

西丸　でも、病気の回復過程においては「安静第一」が医師や家族には一般的ですから、実践にはためらいも……。

紙屋　もちろんです。ただ患者さんのよい変化だけが頼りですから、細心の計画・大胆な実践をモットーに取り組んできました。頼りになったのはドクターの脳生理学を中心とした論文ですが、その成果を看護婦の私たちが日常生活の視点から捉えなおし、生活援助に結びつけて実践に移すわけです。

西丸　ドクターと看護婦の連携がうまくいっているんですね。ドクターは治療に当たり、ある部分から先は看護婦を信頼して任せる、つまり、一緒にやっていこうという姿勢なのですね

紙屋　あくまでも患者さんの回復という目標に対してのことですが。ですから看護婦にも万が一の危険に対処できるだけの実力が必要になります。

西丸　ということは、こちらの病院で働くことになった看護婦さんは脳神経外科の再教育を受けるのですか。

紙屋　はい、私どものところでは教育専門の婦長を置いて計画的に教育します。

西丸　それをこなすとなれば、それでなくても厳しい職業といわれる看護婦さんには一層きつい勤務態勢になりませんか。

紙屋　当院をリハビリ病院と勘違いなさっている方もおいでですが、ここは普通の二十四時間救急体制の脳神経系の外科病院です。質・量ともにハードな仕事をこなしながら、さらに患者さんの能力を引き出そうとしているわけですから、看護婦も大変です。でも、看護婦の定着率が他に比べて高いのは、この病院では本当の「看護」の仕事ができるからだろうと思います。

西丸　看護婦さんといえば、ありとあらゆること、本来の仕事ではないことまでこなしているのが現状です。

紙屋　プロとして本当の「看護」ができて納得して働けるなら、みんな多少きつくても頑張れるんでしょうけれど。

患者の人権に看護婦は鈍感でいいか

西丸　話は変わりますが、看護婦を志された理由は何だったんでしょうか。強い信念とリーダーとしての資質を持ち合わせた紙屋さんならどのようなお仕事についても充分にその力量を発揮できたかと思うのですが……。

紙屋　実は看護婦になるつもりなどなく教師になろうと思っていたのです。進学を考えなくてはならない時期に、女性の生涯でもっともつらいことはなんだろうと母にたずねたことがあります。母親の答えは「女にとってもっとも悲しくつらいことは、子どもを失うことだ」というものでした。そのときですね。よい母、よい妻になるため、看護の知識を持つことだと看護学校への入学を決意したのは。ただ私は元来、ほんとうに呑気な性格でしたし、とても他人のお世話のできるタイプではありませんでしたから、看護学校へ入りたいと聞いた周囲の人たちはみんな大反対したものです（笑）。

西丸　看護婦になられてだいぶ性格もお変わりになったようですね（笑）。

紙屋　努力次第で人は変わるという思いと、周囲の人たちを見返してやりたいという気持ちも少しはあって、当時〝野戦病院〟と異名のあった北大・脳神経外科で働きはじめたわけです。その後、精神神経科に移りますが、そこでは患者さんの「人権」が何もないに等しい環境にあり、驚かされました。同僚に話しても「そうしなければ管理できないのだ」という反応があるばかり。看護婦が患者の人権に鈍感でいいはずはないと思いましたね。

西丸　僕は大学で法医学をやってから今の職場に移ったのですが、こちらと雰囲気が似ていますね。つまり、「こんなことがしたい」という希望があって集まってきた人が多いんです。皆いきいきとしていて、自分の考えを実際の看護に反映させていけるというのは幸せですね。

紙屋　ただ新しいことを試みるというのは周囲の人びととの関係もあってなかなか難しいことだと思いました。

西丸　しかし、僕たちの気がつかなかった看護の基本をしっかりと押えて実践してらっしゃるのだから。うちのセンターのスタッフは、お会いしたこともないのに「紙屋さんって素敵な人だと思いますよ」って言うくらいですから（笑）、全国的に紙屋さんたちの試みは評価されているのかもしれませんよ。

諦めないこと　絶対に諦めないこと

紙屋　私は特別変わったことを提唱しているつもりはないんです。ただ「看護婦は診断や治療とは異なる、患者さんのための独自の領域の、責任ある仕事を持っているんだ」という自覚を持つことこそ重要だと考えていますので機会あるごとにそのようにお話ししています。このような考えと実践が患者さんの回復に大きく影響する新しい発見につながってきたと思います。たとえば、ある男性の患者さんの写真があるんです。ほんの十五分ほどの時間の変化を順を追って撮影したものなんですが、最初の写真は、ご家族にその男性を夫として父として認めてあげなさいということ自体ためらわれるような、見るに忍びない一枚なんです。ところが、ベッドに横座りできる椅子に背を起こすと、それまで屈曲して固まったような状態だった手足が重力の影響できれいに伸びていくんです。

西丸　四肢拘縮で手足の固まった状態の患者さんは、今までは寝かされているのですが、その患者さんをベッドに起こしたわけですね？

紙屋　そうです。全ての患者さんが意識を回復するのかといった質問をしばしば受けますが、そうではありません。でも、さきほどの写真の患者さんの例でいいますと、たった十五分ほど座らせただけで、その表情がまるで違ってくるんです。ひき締まって目に力が現れます。意識は回復していなくても、きょう学校であった出来事を子どもが自然に話しかけたくなる、そんな表情になるのです。こうした変化を起こすだけでも私たちの試みは十分に価値のある仕事だと考えています。

西丸　投薬や手術ではなく、キメの細かい忍耐強い看護の結果ですね。わずかな反応を見逃すことなく、根気強く看護に取り組むのは大変な努力です。

紙屋　とにかく諦めないこと。患者さんを目の前にして絶対に諦めないことです。ベッドサイドの看護婦が投げ出してしまったら、もう患者さんの回復のために努力する人は誰もいないと同じになってしまいます。それに私たちは継続して努力することによって新しい発見を繰り返してきました。努力を重ねていけば何か新しいことに気づくでしょうし、そうすれば、たとえ、もっと難しい問題に直面する事態に遭遇してもきちんと対応できるようになるかもしれません。

西丸　そういった看護の力というものは、私たちにとって未知なるものですからね。ところで僕の驚かされた看護プログラムのひとつにトランポリン運動があります。

紙屋　トランポリンはある意味では「最後の手段」なんです。どんな刺激にも反応しない患者さんに試しているんですが、ある患者さんは、トランポリンの上下運動が始まった途端、驚愕反応でパッと目を見開きました。まるで、いったい僕に何をする気だいとでも言いたげな当惑したような表情でした。私たちには目を見開いてくれただけでも大きな喜びになりました。次の日も、トランポリンを使うことにしたんですが、その患者さんは、乗せた途端に今度はトランポリンのふちに手のひらでギュッとしがみついてしまいました。これから自分がどういう状態になるのか予測できたのだと思います。

西丸　回復の可能性はないと医師に診断された患者さんが何かに反応するようになり、いわゆる「植物状態」から人間らしい生を蘇らせるのは感動的です。そのようなドラマが生まれるのは、いのちに対する畏敬の念、そして、人のこころの深さというか、看護する人間とされる人間のこころに互いに通じ合うあつい思いがあるからでしょう。

紙屋　どんな時でも看護婦は患者さんから学ぶ姿勢を失ってはいけません。患者さんから逃げだしてはいけません。意識障害の患者さんも健康な人たち同様、よりよく生きる権利を持っています。あくまで人間として認めて欲しいし、接していただきたいと思っています。

（この対談は札幌麻生脳神経外科病院看護部長時代に載録されたものです）

〔看護プログラムの用語説明〕

（注）①温浴

血行をよくして心肺機能を整え、自律機能のコントロールを向上させることにより、生活行動訓練を進めるうえでの効果がある。意識回復を進めるうえで欠かせない。

（注）②マット運動

抗重力姿勢を獲得させるための基本的プログラム。

（注）③トランポリン運動

上下運動、浮遊感を体得させる。精神状態を高揚させ平衡感覚が獲得できる。

（注）④座位保持運動

ベッドから背中を離した端座位、足の底を床につける座位——といったように、順を追って訓練を進め、体が重力に抗して動くこと、道具を使用できることなどを認識させる。また、座位から立位、歩行への移行の可能性を大きくする。

（注）⑤ナーシングバイオメカニクス

看護の目的・目標にてらして生理学・解剖学・運動力学・心理学・発達理論など基礎知識を活用して生活行為（目的を持つ身体運動）を再獲得するため、生活援助の方法・技術を明らかにしていく紙屋さんの提唱する新しい研究領域。なかでも「寝たきり防止のためのボディメカニクス」は看護者の腰痛を防ぎ、ケアの目的を効果的に達成することで注目される。

〔対談後述〕　初夏の札幌は、実に気持ちがよい。紙屋克子さんにお会いするのは、もちろん初めてだったが、いま私の勤務しているセンター（横浜市総合保健医療センター）の婦長さんたちみんなが、そのお名前を知っていて、非常にユニークな看護を行なっておられる方だと教えてくれた。

第一印象で、ほっとするものを感じた私は、大病院の看護部長さん（以前は総婦長さんとも言った）という、従来私が持っていた重々しいとか格式とかそんなイメージは完全にこわれてしまった。

お話をしてゆくうちに、その暖かさと、厳しさが、見事に調和している方だと思えてきた。常に新しい考え方で、看護婦側にもそれなりの裏付けと実力をつけさせながら、患者をぐんぐんと引っぱってゆく。それでいて医師との連携もうまくいっているというのも、まさにお人柄なのだろう。

患者さんの家族から聞かされた「いのちは助けていただいたが、植物状態になったのでは本当に治してもらったことにはならない」という言葉が、バックボーンになっているのだと思う。そして看護にあたって、〝とにかく諦めないこと、患者さんを目の前にして絶対に諦めないこと〟という紙屋さんの言葉が印象的だった。

どんな刺激にも反応しない患者さん。トランポリンの上下運動のときのその患者さんの驚き。目を開き、手のひらで縁にしがみつく様子が目に見えるようだ。〝どんな時でも看護婦は患者さんから学ぶ姿勢を失ってはいけないし、患者さんから逃げだしてはいけない。どんな患者さんにも人間性を認め、接したい〟という紙屋さんは爽やかだった。

（與）

生命を伝える不思議

黒田玲子

くろだ・れいこ●生物物理化学者、東京大学教授。一九四七年仙台市生まれ。お茶の水女子大学理学部化学科卒。東京大学大学院で博士課程を終え、渡英。ロンドン大学博士研究員、英国癌研究所上級研究員として勤務。八六年、東京大学助教授公募で採用され、帰国。九二年教授に。左右非対称の認識のしくみの解明やDNAを狙った箇所で切るインテリジェント化合物の合成に成功するなどの業績が認められ、九三年、優れた女性科学者に贈られる猿橋賞を、また九四年、日産科学賞を受賞した。九九年十月より科学技術振興事業団「黒田カイロモルフォロジー」プロジェクト総括責任者。

偶然から生命科学へ

西丸　優秀な女性科学者に贈られる猿橋賞を昨年、受賞なさった黒田さんの〝素顔〟に迫りたい、黒田玲子という人間の〝中身〟を知りたい、そんな思いにとらわれまして、本日はいそいそと（笑）駒場までやってまいりました。

黒田　あまり迫られますと、ボロが出そうで怖いのですけれど（笑）。

西丸　まずは研究のお話からまいりましょうか。ＤＮＡ（デオキシリボ核酸）のお仕事を、現在、手がけておいでとのことですが、私にも理解できるように、やさしくご説明いただけますか。

黒田　ＤＮＡ情報解読の仕組みを分子レベルで解明しようという研究なんですが――。

西丸　なんだかもう頭がクラクラしそうです（笑）。

黒田　遺伝の情報は、ＤＮＡのＧＣＡＴ（グアニン、シトシン、アデニン、チミン）という四つの塩基の配列の仕方で決まってきます。

具体的に申し上げますと、どの細胞にも同じ遺伝情報が含まれているのに、あるものは骨になり、あるものは皮膚を形成するといったように、現れるその姿はもちろんのこと、機能も異なります。それは、遺伝情報のどの部分を取り入れるかによって決まってくるわけです。自然界では実にスムーズにＧＣＡＴが読み取られ、たった一つの受精卵が細胞分裂を繰り返して、素晴らしい多細胞生物に成長するわけです。そのシステムには、生命の不思議議を感じてしまいます。

西丸　本当にそうですね。先生のご研究は、そのシステムを――。

黒田　その仕組みを分子レベルで解明することが研究課題で、いま、GCATを読み取る物質を作り出そうという研究を進めているところです。小さな、単純な物質なのですが、塩基配列の読み取りにかなり成功をおさめつつある段階です。これは「制限酵素」(注)によく似ており、DNAの特定部分に結合しますので、光を当てると、そこでDNAを切断させることが可能になります。

西丸　自然界ではどのようなシステムが働いて、遺伝情報が取り入れられていくのかを探っておいでなのですね。

黒田　そういうことになります。私たちの手でつくった物質ですと、精度の高い情報が得られますから、自然界の制限酵素がいったいどのように塩基配列を読んでいるのかを明らかにすることもできるのです。研究が進めば、癌の治療薬の開発にも応用できるのではないかなという期待もあります。

西丸　医者の一人として大いに期待しております。ところで、イギリスに長くいらしたそうですが渡欧の理由は？　日本には相応しいポジションがなかったということですか。

黒田　それもありますが、とても優れたお仕事をなさっていた先生がロンドンにおいでだったものですから、その方のもとでお仕事がしたいと考えまして論文をお送りしたんです。そうしましたら、席がひとつちょうど空いているから来ないかいとお誘いを受けまして。外国で思い切り研究に取り組んでみたいという希望もありましたし。

西丸　人生の大きな転換期をお迎えになったわけですね。

黒田　日本にとどまっていたら、現在とは異なる生活をしていたと思います。

西丸　先生はそもそも無機化合物の構造解析がご専門だったとうかがっておりますが。

黒田　純粋な物理化学の世界におりました。

西丸　生命科学の道を歩まれるようになったきっかけといいますと。

黒田　全くの偶然だったんですよ。東大の大学院をおえてロンドンにおりました折に、研究装置を利用させていただいた研究所で、DNAの研究グループと交流するようになりました。研究のお手伝いをさせていただくうちに、何が気に入られたのか、こっちにおいでよということになりまして——。私自身、それまでの研究をバックグラウンドに、生命現象を研究してみたいなあと思うようになっておりましたので、方向転換を決意しました。ですから、生物化学はほとんど独学です。

西丸　出身研究室の研究一筋というのが日本だとほとんどですよね。

黒田　外国で新しい研究分野に出合うことのできた私は、恵まれていました。言い忘れましたが、そこは、X線によってDNAの二重らせん構造を解明したことで有名なノーベル賞受賞者のウィルキンス博士のいらしたところだったのです。

認め合う素晴らしさ

西丸　出会い、運命というのは、なかなか面白いものです。われわれの出会いも大切にいたしましょう（笑）。他にヨーロッパで得たものはございませんか。なんといっても、青春時代に渡欧されたわけですから。

東京大学にて

黒田　青春といいましても、博士号を取得してからの、遅い青春（笑）でしたから。

西丸　それでも、何か――。本日は、素顔に迫りたいと張り切ってお訪ねいたしましたので（笑）。

黒田　ご期待に沿うお答えではないかもしれませんが、それぞれが、それぞれを認め合うというか、みんなで盛り上げていこうという姿勢は素晴らしいなあと感じました。日本の場合ですと〝物差し〟は一本で、出る杭はうたれる――ということになるのでしょうけど、向こうでは人種、宗教を越えて認め合うのです。価値観はひとつではないのです。

西丸　人間的な大きさ、ふところの広さを感じますよね。歴史の深さ、文化の豊かさと無縁ではないのでしょうね。

黒田　種々の文化が渾然一体となって存在するということは、人間にとってプラスなのかもしれません。

西丸　ロンドンの他にはどこかお出かけになりましたか。

黒田　もともと歩くことが好きですし、イギリスはもちろんヨーロッパも随分、旅をしました。

西丸　よかった。研究室ばかりの生活ではなかったのですね（笑）。

黒田　学会の開かれる機会を利用してマッターホルンを近くから眺めたり、ノルウェーのフィヨルドの素晴らしい景観も楽しみました。

西丸　それは羨ましい。行ってみたいところのひとつですから。

黒田　客員教授として、ふた月ほどですが、イスラエルで生活したこともあります。パレスチナとの紛争地帯ですし、このときには宗教の持っている力についてあれこれ考えさせられました。イスラエル政府の招きで訪れたこともあるのでしょうけれど、バスに乗るという日本ではなんでもない行動に、ヘブロン経由のバスには乗らないようにと厳しい注文をつけられるといった具合で、危険と背中あわせの、日本ではとても体験できない毎日でした。

軽い気持ちで化学選択

西丸　先生はお茶の水女子大のご出身ですから、いわゆる〝外様〟として東大にお戻りになった恰好です。大学というところは、古い体質がけっこう残っていますから何かとご苦労もおありだったのではございませんか。

黒田　そういうことについては疎かったですし、ともかく日本の大学に認めていただいたことが嬉しかったですね。助教授の公募には百五十人余りの応募者があったようですが、女性で採用されたのは私ひとりでした。

西丸　一九八六年のことですね。それにしても、帰国にはかなりの決心が必要だったのでは。

黒田　向こうでは無期限で雇用契約を結んでおりましたので、本当は六十五歳までイギリスにとどまるつもりでした。

西丸　それだけ研究成果も認められておいでだったということですが、帰国を決断されたおかげで、こうして若々しい先生にお会いすることができた（笑）。いかがですか、現在の大学の居心地は。

黒田　いいところ、悪いところ、半々です。

西丸　若い学生・院生もたくさんいて、雰囲気のいい研究室ですよね。羨ましい。

黒田　よくそうおっしゃっていただくのですけど——。私の、威厳に欠ける性格が学生には受けているのかもしれません。

西丸　いやいや先生のお人柄でしょう。私だって、どんな怖い先生なんだろうと思いながら、きょうはお邪魔したのですから（笑）。それはそうと、先生は学生時代、理系より文系の方がお好きだったとか。

黒田　父が国文学者で、家には文科系の本しか置いてありませんでした。そのせいか、かえって理系の勉強が新鮮に感じられました。

西丸　近くにないものに憧れたというわけですか。

黒田　そうなんです。食卓をかこんで能楽論をぶつような父で、化学の話などまったく出ない家庭でした。ですから、私の成績も文系の方が少しいいくらいだったですね。

西丸　理系か文系、たいていはどちらかに偏るのですけど、どちらもというのはすごい。

黒田　いま考えるとお恥かしいのですが、高校で進路に迷っているとき、こう考えました。——理系の考え方とか方法論は大学で学ばなくては身につかないが、国文学なら自分で本さえ読めばなんとかなる。それなら、物理はむずかしそうだし、化学にするか——。そんな軽い気持ちで化学を学ぶようになったわけです。

西丸　理系と文系、仕事上の違いもありますよね。たとえば、私のおりました横浜市大でも理系や医学部の先生は毎日、大学に出てこないと仕事にならない。一方、文系の先生が大学にやってくるのは講義のある日と月給日、これでなんで同じ給料なのと、理系の先生はよくぼやいてましたもの（笑）。

黒田　実験によって何かを解き明かしていく学問には、どうしても研究の場が必要ですからね。

西丸　最後にもうひとつお聞かせください。これからの人生、お仕事、どのような方向に舵をとるおつもりですか。

黒田　いつも仕事のことしか言わないんだからとよく笑われます。でも、やっぱり、仕事のこと（笑）。分化発達、脳の仕組みにも関係してくると思いますが、細胞と細胞の間でいったいどのように情報伝達が行われるのか、そのシステムを分子レベルで研究したいですね。

西丸　新しいことに意欲的に挑戦する若々しいお姿を目にすることができて、駒場まで足を運んだ甲斐がありました。チャレンジ精神が、ますます大きな果実を結ぶようお祈りしております。

（注）制限酵素
特定の塩基配列部位でＤＮＡ鎖を切断する酵素で、分子生物学・バイオテクノロジーで瀕用される。元々は細菌が外来ＤＮＡを排除する自己防御のためにあるもの。

〔対談後述〕　生命を伝えてゆくメカニズム。その研究では、黒田玲子さんは、もっとも先端的なお仕事をしておられる方といえるだろう。お顔は写真などで存じ上げていたが、お話を伺うのは始めてで、ましてやご研究の内容は、雲の上の方という印象である。

「いま、ＧＣＡＴを読みとる物質を作りだそうという研究を進めているところです。小さな、単純な物質なのですが、塩基配列の読み取りにかなり成功をおさめつつある段階です」と屈託のない笑顔で、実は途方もないハイレベルなお話をされるが、私などの浅い知識ではとてもとてもついてゆけるものではない。

東大教授、黒田玲子。実はそうなのだが、そんな権威や格式を少しも感じさせないお人柄が素晴らしい。純粋な物理化学の世界にいた黒田さんが、ロンドン留学中に、DNAの研究グループと交流ができて、研究生活に大きな転機を持たれたという。文科系の家庭に育ったとおっしゃる黒田さんの、その家庭環境も、思えばいまの研究と無縁ではなかったのではないだろうか。

大学の教室の雰囲気も実に良かった。そこには、黒田さんがイギリスで感じた「それぞれを認め合う、みんなで盛り上げてゆくこと」の素晴らしさが浸透しているのだろう。

まことに失礼な表現を許していただければ、若く美しく、洗練されたスマートさを身につけ、加えて育ちの良さを感じさせる黒田さんが、またさりげなく、細胞間の情報伝達システムを分子レベルで解明されるのは、いつの日だろうか。

（與）

生と死の狭間より…心筋梗塞からの生還

三木　卓

みき・たく●作家。一九三五年生まれ。静岡県出身。早大露文卒。詩集『東京午前三時』でＨ氏賞（六七年）、『鶸』で芥川賞（七三年）、『小噺集』で芸術選奨文部大臣賞（八八年）、鎌倉を舞台にした『路地』で谷崎賞（九七年）など受賞。心筋梗塞に倒れた経験をまとめたノンフィクション『生還の記』（河出書房新社刊）が話題に。

〝灰色の怪物〟に即断即決

西丸　話題を呼んでいる心筋梗塞の闘病記『生還の記』を読ませていただき、非常に感銘をうけました。生命の危機に直面した患者さんの気持ちとか患者さんの緊急事態の受け止め方とか、医者として教えられることが多いのです。この病気の〝予備軍〟もたくさんおりますから、そういう方たちにとっても、いい本を書いてくださいました。

三木　ありがとうございます。何しろ突然のことで、とんでもないことが自分に起こっているとは感じても素人の悲しさでよくわかりません。急性期を過ぎても心はもがいているような状態がずっと続いたわけですが、これまでの人生で、これほどの危機に直面したことはなかったものだから、どこに発表するとか、そんな予定などまったくないままに、病んでいるときの感じを忘れないうちに気持ちの推移を記録しておきたいという思いが起こりそれで書きはじめました。

西丸　元気な人にも病床にある人にも、一度は読んで欲しいなあと思います。それにしても三木さんは運に恵まれておいででしたね。

三木　発作の起きたのが「成人の日」の前日の夕方とあって病院はお休みでしたのに、ポケットベルでお医者さん、看護婦さんら医療スタッフがすぐ集合してくれたのです。それで、夜の十一時まで私一人にかかりっきりで助けてくださいました。「おまえは本当に強運だ」と周囲の人間に言われました。

西丸　夕方に担ぎ込まれると、医者はあちらこちらへ散っちゃっているのがふつうですから。

ところで、痛みの具合はどんなふうだったのですか。

三木　これまで味わったことのない性質のものでした。まったく初めての痛みなのです。

西丸　鈍痛？　それともシャープなそれですか。

三木　鈍い痛みです。痛みにもし色があるとすれば、〝灰色の怪物〟が下の方から心臓に向かって攻め上ってくるような感じといえばいいか――。痛みに強弱の波はありません。持続して、だんだんとひどい状態になるのです。体が重くなって自由がきかなくなり、背が丸まって前方に倒れそうになります。圧迫感が左腕の内側で放散するようになって、これはただならぬ状態だと自分で判断したのです。たとえ、あとで笑われるようなことになっても、ともかく病院に入ることだと。

西丸　お話をうかがっていると、典型的な発作だったようですね。〝即断即決〟が良かった。

三木　ともかく家に一度戻って、奥さんと相談し、それから病院に行くのが普通ではないかと、みんなにそう言われました。しかし、あの時は家内のことなんかどこかに吹っ飛んでいました（笑）。五分でも十分でも、ともかく一刻も早く病院にたどりつかなければ、と頭のなかはそれだけでした。

西丸　その決断がすごい。

三木　家内には、あなたは昔から逃げ足の速い人でしたものね、とまず皮肉られましたが（笑）。

西丸　お褒めの言葉ですよ。〝死に神〟から咄嗟に身をかわすことに成功したのですから。

三木　あとになって不幸中の幸いだったなと思うのは、逆のことを言うようですが、まず痛みがあったことです。聞くところによれば、痛みを感じない心筋梗塞の発作もあるとのことですから。

西丸　おっしゃる通りです。それも怖いのです。心筋梗塞であることが発見できない不幸なケースもあります。

三木　亡くなられた友人のお母さんは、神経痛のためにあちこち痛いところがあってそれでよく通院していたので、心筋梗塞を見のがされたらしいのです。「また痛いと言っているよ」と、思いちがいされてしまったらしいのです。そんな不幸な話を聞くと、痛みへの認識があらたになりますね。

薬による幻覚にショック

西丸　『生還の記』を拝見してやはり驚いたのは、周囲の様子もご自分で感じられたことも、克明に記憶しておられることです。なかでも薬による幻覚の記録がおもしろかった。ＣＣＵ（心臓病者のための濃厚治療室）の天井に人の名前が書かれてあって、工事の人が残していったのか、病人が書いていったのか、と思い巡らしたすえに、薬による幻覚だと理解するのですよね。薬は何でした？

三木　キシロカインです。不整脈が出ないように、点滴に入っていたのです。

西丸　幻覚でも文字を見るとは、さすがは作家（笑）。

三木　超常現象も宗教的奇跡も信ずるに足るものではなく、人間が依存すべきは理性的判断で

鎌倉にて

あり、自分もある程度はそういうものを持ち合わせた人間だと常日頃、思っていたものですから、わずかな薬剤で判断力を失ってしまったことは、大きなショックでした。

西丸　幻覚は潜在的なものが影響するわけですから、文字が幻覚となって出現したということは、三木さんという人間が大変まじめであることを証明したものといえるのかもしれません（笑）。

三木　女性の裸体なんかが幻覚にあらわれていたら、『生還の記』の評価も微妙に異なっていたかも（笑）。

西丸　まじめ過ぎて（笑）、天井が人の名前で埋まってしまったとか。

三木　気持ち悪かったですね。天井が埋め尽くされた時には、「これではまるで小泉八雲の『耳なし芳一』の全身に書かれたお経ではないか」と思いました。

西丸　芳一は平家一門の霊に招かれるわけですが、三木さんは手術前、やはり死を意識なさいましたか。

三木　自分がどのような状態に置かれているのか、よくわからないうちは不安でした。悪い情報が耳に入ったり、お医者さんに、病状を説明するからしっかりした人を連れてくるようになどと言われると、俺はもうダメなのかなと思いましたね。この段階が最も気持ちのすっきりしない状態で、死と背中あわせの感じ。もう俺はここから出られないのかもしれないな、なんて覚悟をきめたりね。逆にホッとしたのは、主治医から「バイパスの手術をすれば社会復帰できる」と、はっきり告げられた時です。「社会復帰」という言葉は、希望を与えてくれました。よし、元気になってやろうじゃないかと非常に明るい気分になれました。

舐めていた？　死を含む生

西丸　心臓の手術というのは、語弊があるかもしれませんが、そのへんの手術とはちょっとわけが違いますから。

三木　手術にあたっては説明を聞き納得したつもりでも、やはり恐怖心は相当なものでした。成功率は高いとおっしゃるし、絶対に安心だと励ましてくださるのですが、フッと「なにしろ大きな手術だからね」と付け加えられたりする。

西丸　医者の言葉通りなのだけれど、すべて聞かされると、患者はどうしたものか分からなくなってしまう。

三木　理性では大丈夫だと納得しても、手術の様子をなまなましく想像すると、たちまち怖くなってしまうのです。

西丸　そうでしょうね。三木さんの今度の手術は、医者もスタッフも患者もそれぞれにいい関係にあったように思いますが、それでもなお——。

三木　病院に転がり込んだ私を助けてくれたという、はっきりした〝実績〟がある医療スタッフですから、悪いようにするわけがないという信頼関係はできていました。

西丸　解剖などしていると「生と死は背中あわせである」ことがよく分かりますからね。健康で元気な時、死という奴はこころの隅っこで小さくなっているのですが、なにかの拍子にフッと前面にあらわれて、いつの間にか大きく膨らんで不安に陥れるものです。

三木　現実にそういうことに出合ってみないと分かりにくいことなのですが、五十歳を越えたら、そろそろ、その「なにかの拍子」がいつ起こっても不思議ではない年代に差しかかったのだということをもっと冷静に認識してしかるべきでした。いつか死ぬに決まっているのに、どこかで生というものを舐めてかかっていたのではないかと反省しているところです。

西丸　現代の人間は、だれもみな舐めているのかもしれません。

三木　ある意味では、私は人生を一度、終えたような気がしています。次は、そうはうまくいかないぞ——と、なんだか大きな存在に睨まれているような気分です。

西丸　でも、これまでの生き方を変えないでほしいですね。

三木　せめて生きる努力をつづけたいと思います。生きてこうしていられるのは、素晴らしい医療をくださったスタッフ皆さんのおかげなのですから。

西丸　インフォームド・コンセントという意味で三木さんのケースは、手術や治療についてご自分で了解し、納得できたのですから成功例といえますね。

三木　いろいと説明していただけるのは歓迎すべきことですが、もし、単に、医療に関して、これもあるあれもあるとさまざまな治療法を示されるばかりでは僕ら素人は困ります。医師には、私ならこれがいいと思うが、といった具合に提示していただきたいですね。

西丸　そうですね。それとともに、その提案をきちんと判断できる賢い患者さんになっていただきたいですね。医者と患者の間に、いい関係が築かれないことには、いい医療は存在できません。

三木　看護婦さんにも教えていただきました。手術のあとの痛みが心配になり、どんなものかベテラン看護婦さんにたずねたところ、彼女は決然と、バイパス手術の患者さんが痛みを訴えたという話は耳にしたことがありませんと答えてくれました。その言葉に、とても気が楽になったものです。

西丸　麻酔技術は進み、痛みに対するクリニックも満足のいくものになっています。

三木　このたびの体験は、今後、私の死生観にじわじわと影響を及ぼしていくだろうと思います。

西丸　健康に自信を持っているときは病気や死のことを忘れてしまいがちです。ただ、そういう時こそ、ちょっとひと休みして、からだと心のチェックが必要なのでしょう。闘病のご体験を、より一層、人生の深みを感じさせる作品に昇華されるよう期待しております。ありがとうございました。

〔対談後述〕　三木卓さんが、心筋梗塞で倒れ入院治療中という報せには、エエッ！と言ってしばし絶句してしまった。でもお元気になられ、復帰されたと聞いて、本当に本当に安堵し、良かった！と喜びあったのである。

三木さんとは、以前から折々にお会いしたり、お話をしているので、対談と言われても、さてどんなお話をという感じであったのだが、このたびご自身の闘病記『生還の記』が出版されて、これだ！ということになった次第。

ご本を拝読して、これは予備軍にも、経験者にも、絶対読んで欲しいと思った。さすが芥川賞作家の筆になったもの。実に冷静に、自分の思いを入れながらも、客観的に書かれている。対談でも言っておられたが、〝私は人生を一度終えたような気がする〟という言葉は、実によくわかった。

初動捜査ならぬ初動処置が良かったことが、すべてこの病気の予後を良くしたと言ってよいと思うが、何よりも三木さんご自身が、いい患者さんだったのだろうと思っている。

対談では、二人ともなにか人の話みたいにゆとりがあって、冗談も出てしまったが、あとで考えてみると、そこには極限まで追いつめられ、死の淵を見てきた人と、のんべんだらりと生きている男との、比較にならない落差があった筈なのだ。この貴重といってよいのか複雑だが、この体験が、これからの三木作品にどう影響してゆくのだろうか。楽しみなことである。

（與）

虚構と現実…役者の不思議

名取裕子

なとり・ゆうこ●女優。一九五七年神奈川県横須賀市生まれ。青山学院大学文学部卒。七六年、映画「星と嵐」に出演。翌七七年のTBSテレビ小説「おゆき」主演で本格デビューした。テレビ、映画、舞台に幅広く活躍。日本アカデミー賞助演女優賞など受賞している。

器用な人ってくやしい

西丸　この春、舞台「にごり江」を拝見しました。樋口一葉というと、貧苦に疲れ、悲恋に泣き、結核に倒れ——と、暗い世界に生きた女性というイメージが強かったのですが、脚本でしょうか、現代風な感じでなかなかおもしろかったです。

名取　ありがとうございます。舞台は四度目なのですが、演じていて楽しくて、これからも舞台をやっていいかな、と初めて思いました。

西丸　名取さんには、映画でスタートされた女優さんという印象がありますが、映画、テレビ、そして舞台と、どんなふうに違うのですか。僕らは、ただ漠然と見ているのですが。

名取　基本的には変わりません。心と動き、感情と台詞はひとつなのです。だから、基本的には同じです。ただし映画は編集次第でどうにでもなりますが、テレビは、その人「本人」が最も出てしまうんですね。また、舞台は舞台で、いつも全身を晒していないといけないわけです。まったくの虚構の世界ですから、パーンと板の上に立ったら、異次元空間なんです。特別なんです。ですから、舞台ではしゃっきりなさって、ソデに入ったとたん、よろよろっとして抱えられる高齢の俳優さんも珍しくはありません。また、足を捻挫していても舞台では何でもないように踊れているのに、楽屋では足をひきずっている役者さんとか、本当においでなんです。あれは不思議です。舞台は、やはり〝独特〟な世界なのでしょう。

西丸　そういう緊張の高まった演技、芸、つまり迫真の芝居というのは、こういっては失礼なのですが、名取さんぐらいの世代の女優さんからちょっと後の方くらいまでの方しかできてないように思います。逆に表現すると今の人たちは芝居も何も普段のままっていう気がするんです。

名取　「地」の延長――かもしれませんね。言い方を変えれば、構えずにナチュラルにテレビなり映画なりの世界に入っていけるということかもしれませんけど。

西丸　そういう人のことを「タレント」というのでしょうか。「役者」「俳優」とは別のものではないかと思います。

名取　「タレント」というと軽い響きがあるし、「役者」というと古くさくて不器用な感じがしますね。「俳優」「女優」とかいうと、つぶしが効かないというか、それしかできないといった印象がありませんか？

西丸　僕らの年代は、あんまり器用に動くより、かえって「それしかできない」みたいな方がいいなと思うけれど（笑）。

名取　自分が不器用なせいか、何でもすぐにできちゃう人ってくやしいな、と思いますね。本も書けて歌もうたえて芝居もできて……歌手の方たちが苦もなく役者になって芝居をするというのがいいんですよ。

西丸　いや、そうじゃないと思うな。やはり役者さんは大変な仕事ですよ。僕は、名取さんのような第一線の女優さんの真剣な役づくりというか、脚本を完全に理解してその役になりきっていく熱意、ちょっと言葉が悪いけれど、〝執念〟のようなものに心から敬服します。今ふうに表現するとガッツっていうのかな、ここまでくるには人に言えない苦労があっただろうと思いますよ。僕らはそれを何気なく、自然に見ているだけ。映画なりテレビなりで違う役を、それぞれ奇麗にはまって演じておられる姿を拝見すると、どうしてそんなことができるのか驚きなんです。

ライフワークにしたい女医役

名取　西丸先生が「法医学教室の事件ファイル」のドラマにご自分でお出になったときも、結構な役づくりでしたよ。先生、二回出演なさったでしょ、お寿司屋さんのご主人役とお医者さんの役。寿司屋の親父はよかったです。新鮮で。お医者さん役は緊張なさって、はっきり申し上げて下手でした（笑）。でも、それはそれで型にはまらないのは素晴らしい。いかがです先生、これからは「シンガー・アンド・プレーイング・ドクター」をめざされては？（笑）。

西丸　老後はそれもいいかな、もちろん冗談ですけど。「法医学」のシリーズのときは、ありがとうございました。すっかり女性監察医さんの役になりきって下さって、感謝しております。

名取　非常に好きな役で、「地」に近い部分もあって、自分のライフワークにしたいぐらいです。最初に先生の法医学教室にお話を伺いにお邪魔したとき「じゃあ、こちらへどうぞ」と案内してくださったこと覚えてらっしゃいますか。廊下を歩いていくと鉄の扉があって、その扉をあけながら、「死体を保存しておく冷蔵庫です。ほら、ここは腕だけあるでしょ」などと半分ひとり言をおっしゃるんで、私は冷や汗がでちゃって（笑）。

西丸　そうですか。全然そうは見えなかった。動じない様子で、すごいなと思いましたよ（笑）。

名取　うそばっかり。ガマンしたんです（笑）。「こちらが解剖室。ちょっとご覧になります

横浜にて

か」とおっしゃるから、言われるままに「ハイ」と答えて、三歩後から中へ入ってしまったんです。ところが、ちょうど解剖中で……。解剖台から十メートル、零コンマ一秒ぐらいだったけれど、その瞬間の「絵」が、まぶたの裏にこびりついちゃって。もう血の気がひいてしまいました。先生は「大丈夫ですか」と声をかけて下さいましたけど、先生は絶対にわたしの顔色の変化を楽しんでいたと思います（笑）。私はこれからこの役をやるんだな、とその後、三週間ぐらい立ち直れないくらいでした。でも、匂いも感覚も温度も湿度もテレビの画面からは伝わらないけど、そういう現実をふまえて演技しなければいけないなって覚悟をあらたにしたのも事実です。

西丸　さすがはプロの女優さんだ。

名取　現実っていえば、横浜市立大学の売店は普通のコンビニみたいなところで、お弁当やパンやスナック菓子の横で医学書を売っているんですよ。そこらへんに解剖用サンダルがあったりして、なんかビックリしちゃいました。

西丸　よく見てるなあ。

名取　うわあ、不思議なところだなあ、という印象でしたね。〝未知の世界〟をドラマで体験するわけですけど、世の中にはさまざまな職業があるんだなということをテレビの前の人たちにわかっていただければうれしいなと思います。実際、ファンレターの中に、大変そうだけれど法医学を勉強したくて医学部を受験しますという女の子からの手紙なんかが混じっていることもあるんですよ。

西丸　少なからず影響を与えていることを実感できるわけですね。

名取　女優として、現実の世界にはまだまだ未知の世界が広がっているんだという事実を知っておくことも大事だと思います。

健全な金銭感覚

西丸　僕は名取さんの「女優としての誠意」といったものに感心するんだけど、また職業意識とか経済観念とかがとても健全なんですよね。それに何かにつけ感じるのは、親思いなこと。たとえば、名取さんのお父様が、コツコツと一生かかって働いて得る退職金ほどのお金を、お前は女優になってアッという間に稼いでくるが、コツコツ働いて貯めたお金というのは大変なものなんだ、お金の価値をわかっていないと大変なことになるよ、というようなことを名取さんにおっしゃったことがあるといつだったか話してくれましたよね。そんなお考えをお持ちのお父様のいい影響を名取さんは受けられたんだなと思います。ことに、お金の価値観を見失いがちな社会状況だけにね。

名取　父はサラリーマンで、父の一年分の収入を、私が半日のコマーシャル出演でもらってくるのだから、やはりふざけるなと思うでしょうね。だけど、四十年間ひとつの仕事をつとめあげるという「価値」を考えると、お金っていうのは、額じゃないとつくづく感じてしまいます。お金というのは、「生きる使われ方」をしてこそお金の価値があると思うんです。そうじゃないと、たとえば、遺産相続でもめて、家族がバラバラ、喧嘩になったりしますよね。お金がなくて貧乏でも、仲のいい家庭はたくさんあります。お金は必要以上にあると〝あぶない持物〟になります。お金にはすごく意味がありそうで、最終的にはないようで、なくても困るけど、ありすぎてもよくない——そんな気持ちです。

西丸 お金がなくても人生を楽しんでいる人はたくさんおりますしね。

名取 たとえば、なにかプレゼントされてキャッと喜ぶ、そのうれしさ、喜びの大きさは、金額ではないと思いますけど……。

西丸 若い女性からそんな言葉を耳にするのは、われわれの世代にはうれしいことです。お金じゃないよ、心の問題だよ、ということになる。

名取 世の中にあってもなくてもいいような女優の私に支払われる額があり、一方で、病気になって入院して支払う額がありますでしょ、で十億円払うから介護をしてくれといっても、そんなことしてもらえないわけです。物理的にできたとしてもメンタルな部分でも一〇〇%満足できるような介護は。そうなると、お金って人生にとって何なのかって首をかしげてしまいます。私なんて結婚もしてませんし、老後は子供にも見てもらえないわけです。だからといってお金だけで解決できる問題でもないとなると……。現在の老人問題は決して他人事ではありません。そういうことを考えざるを得ない年齢になってきたんでしょうね（笑）。

人生いつも上り坂

西丸 若くて美しい名取さんから、そういう言葉を聞くとドキッとしますね。「老いる」ということをどう思われます？

名取 やはり怖い。日本の芸能界は「若くてかわいい」が商品価値です。大人の女性の役もあまりないんですよ。五十歳の女性で素敵な方はたくさんおいでなのに、外国とは違って、五十歳の女性が恋をするというドラマの企画は通りません。

西丸　実際にはいくつになっても恋愛も嫉妬もあるのにね。僕だって、もてるんですよ。回診のとき、おばあちゃんに手を握られたりして（笑）。

名取　坊やとか言われません？（笑）

西丸　九十代、八十代の人たちから見たら、僕なんか子供扱いですね。ちょっと怖いと思うのは、高齢社会はますます進展していくはずなのに、たとえば、十年後も現在とさほど違わない社会に暮らしているんだろうと思いがちなこと。十年後は、老人が増えて若い人が減り、一層、お年寄りは貧乏、貧困を強いられる事態になっているかもしれません。もしかすると、いまの時代のお年寄りの方が幸せかもしれない。

名取　そう思いますね。戦争とか辛い時代を体験していらっしゃるけど、父とか母を見てても恵まれていると思いますよ。

西丸　年をとると、よく下り坂に向うとか落ち目になったとかいいますけど、そんなことはない、人はみんないつでも上り坂なんだと思いますね。どんどん昇っていったところに〝死〟があるんだ、と目標を上の方に持っていくことが生き方の基本だと思います。

名取　元気の出るお話ですね。でも人間って不思議なもので、若さがいっぱいあるときはその美しさに気がつかなくて、なくしはじめたときにその素晴らしさがわかってきます。着物も、うんと若いときは地味な方が色っぽくてきれいです。

西丸　名取さんの着物姿は、美しいと思いますよ（笑）。

名取　ありがとうございます（笑）。小さいとき、母に、あなたは足が太いから大きくなったら着物を着てなさい（笑）、と言われてました。それに、デビューが時代劇だったからというわけでもないと思いますが、私はカツラが似合うんですよ。そのころは、帽子のかわりに一年中カツラをかぶっていたら、とからかわれたくらいに（笑）。

西丸　お母さんには〝先見の明〟があったようですね。

名取　私は実の母を十四歳のときに亡くしました。でも現在の母とは仲良しで、実の母にはしてあげられなかったことをしてあげたいという気持ちが強いんです。でもちょっと照れくさいんです。ただ父に対しては〝ライバル〟です。母親と、父のとりっこをするんです。七十すぎたママとはりあってどうするの、それより自分の旦那様を見つけなさい、と親戚中から叱られています（笑）。

西丸　この前のお芝居のあと、お会いしたときに、「私、結婚しないで良かったと思うんですよ」とおっしゃっていた言葉がとても印象に残っているんですが……。一人でいた方がいいのか、家庭をお持ちになった方がいいのか――両立には大変な努力が必要でしょうし、どっちがいいかはトータルに考えないと。いずれにしても、僕は大いに長生きをして、名取さんの年齢とともに加わる魅力をいつまでも目にしていたいですね。

〔対談後述〕　はじめて名取裕子さんにお会いしたのは、私がまだ大学に勤めていたころだった。私の書いた本でテレビドラマをつくるという話で、プロデューサーの方と私の部屋を訪ねてこられた。もちろん知らぬ人はいない大女優さんだから、私も映画などをとおして拝見していたし、ファンの一人だったのであるが……。

その日のことを、私は今でもはっきりと思い出せる。それは、きちっとしたやや地味とも思える淡いブルーグレイ系のスーツを着て、清楚そのものといった感じだったからだ。女優さんということで、かなり派手なイメージを勝手につくっていた私としては、実に意外だったのである。同時に、その節度や礼儀正しさがとても爽やかで、好感が持てた。

その後いろいろとお付きあいをしてみて、大学という地味なところで働いていた私に対する、華やかな女優としての彼女の優しい心遣いだったのだと気がついた。

一方ドラマや芝居の台本などについても、疑問点があれば納得のゆくまで質問をしたり調べたりする。そして仕事に関して、一つの見識を持っている人だと私には見える。だが、それを離れると結構茶目っ気があって明るいお嬢様。お喋りをしていると、これがあの名取裕子かとも疑えてくる。でもプロデューサー氏に言わせると、〝こまかい心遣いがあるし、なにごとにもピシッとしている人で、私たちはけじめの名取さんって言うんです〟となる。なるほど、よくわかるのである。まだまだお若いのに一本筋の通った人、という印象だった。

ますます円熟味を増してゆくこの大女優への期待は大きい。この対談では、そんな名取裕子さんの本音もちょっぴり、生真面目さもちょっぴり、茶目っ気もちょっぴり伺えたのではないだろうか。

（與）

EPO
無欲さの魅力…鼻歌も素晴らしい

えぽ●シンガーソングライター。本名佐藤榮子。一九六〇年東京生まれ。自然と人間のかかわりを視野にいれながらステージにCM音楽に活躍。また、時代や世代を越えた「唄」の在り方を追求するとともに、国内外、都市、地方にこだわらず様々な「場」でのコンサート活動に積極的に取り組んでいる。最近のアルバムに「Peach」。

鼻歌には癒しの力がある

西丸　どんな方だろう、と前から思っていましたから、お会いできて大変うれしいです。小椋佳さんとご一緒する機会があったのですが、EPOさんにお会いする話をしたら羨ましがって、「日本の女性の歌手で一番うまいんじゃないかなぁ」と言われました。

EPO　光栄です。

西丸　ハートフルっていうのでしょうか、歌が直接ハートに響いてくる感じがする。自分で詞をつくり、作曲されて歌っておられるから、完全に音楽が自分のものになっているのでしょ。すごく素敵だな、と思う。僕らのジェネレーションにも受けいれられる歌ではないかと思いますね。

EPO　自分では「歌う」のを仕事にしているわけですが、そういう自分が感動するのは、仕事としての「歌」ではなく、自然に出てくる鼻歌のようなものなんです。つまり、誰に聞かせるのでもなく、その人がなんとなく気分で歌っている感じの鼻歌が、ものすごく好きなんですね。たとえば街を歩いていて、通りすがりの人が歌っていたりすると、その歌声に感じ入るんです。あと仕事しながらふんふんと歌っている人。鼻歌のもっている温かさとか無欲感に、心ひかれます。子供のころ、母が家で洋裁の仕事をしていたんです。縫い物をしながらとか絵を描きながらとか色々しながら遠くで鼻歌を歌っているのを耳にしていました。

西丸　お母さんが、へぇー。

EPO　母は音痴なんですけれども（笑）。私は母の歌を聞くのが好きだった。その鼻歌で、とても安心させられた。母は忙しいんだから邪魔をしてはいけないと、子供ながらに気をつかってひとり遊びをしていると、台所から母の歌が聞こえてきて、ホッとしていたんだと思うのです。

西丸　わかるような気がするな。僕らの年代でいうと、朝、床の中で目が覚めた時の台所でネギをトントン刻む音とかが、それに近いですね。

EPO　うちは父と母がよくけんかをして、夜中まですったもんだもめたあげく母が「出て行きます」と大きな旅行カバンに荷物をつめるんです。月に何度も。そうなると、どうなっちゃうんだろう、母が出ていっちゃう、と不安にかられて眠れない。寝不足でボーッとしながら朝起きると、母が料理しながら歌っているわけです。私にとっては、その鼻歌は「お母さんはここにいますよ、どこにも行きませんよ」っていう、そういう存在だったんです。たわいもない歌の断片が安心感の源、猫のすずじゃないけれど、母がそこにいることがわかる合図みたいで。

西丸　すごくよくわかる。今EPOさんが作ったりしている曲、こんな話が下地になっているんでしょうね。いい環境に育ったと思いますよ（笑）。

EPO　子供としては複雑です。兄も私も二人ともよく不良にならず大人になったと思いますけど。

西丸　今からふりかえると……（笑）。

EPO　鼻歌の無欲感というのかな、そういうのは欲しいと思いますね。以前「りんごの唄」のサトウハチローさんのドキュメンタリーを拝見して、「りんごの唄」のパワーのようなものを感じたんです。前から不思議だったんです。どうしてこんなにヒットしたんだろうって、戦後、みんながあの歌を聞いて元気になったということを聞いて、歌のパワーを感じたんです。
西丸　なんだろう、確かに当時、日本にはなかった活力を感じるようなリズムではありましたね。
EPO　そうですね、リズムもありますね。小さい子もお年寄りも歌えて、皆の歌だったという親近感。生活の中にあるその歌は、自分から何かを発信しているわけではないのに、みんながその歌によって照らされて一歩あるいた、という構造。サトウさんがどんな思いであの詞を書かれたのかはわからないけれど、私には無欲に思える。鼻歌のような、無欲のパワー。それと、昔は、ひとつの歌を一年二年愛することができたのが、今はその余裕がないんですね。どうして、その時間が持てないのか、と。

人生の音楽を実感

西丸　こんな狭いところで新幹線みたいな速いものが走って、気ぜわしいですよね。昔は焼鳥屋や屋台で一杯やりながら、いろんな会話をしたものだけど、カラオケがはやりだして男の会話がなくなったという説もある。
EPO　カラオケはコミュニケーションが目標ではないんですね。
西丸　目的のない連中が、個々に気晴らしをする集団という感じがしませんか。
EPO　みんな歌が好きだからカラオケに行くんだろうし、日本人は祭り好きで太鼓や笛や踊りは基本的に好きなんだろうけど、今、それを発散するところがないのが惜しいと思うんです。
西丸　歌が好きなのはいいことなんですからね。

鎌倉の海岸にて

EPO　好きだという思いをどこで出したらいいのか、習慣がなくなってきているんです。たとえば私が親しみをもっているブラジルの人たちは、人が集まるとき必ず楽器をもってきて興にのると歌い出す。沖縄の人もそうでしたね。路地裏にまわれば、おじさんが縁側で歌っていて、みんなが囲んでいるという風景に遭遇する。芸というのではなく、生活の中に歌が存在する。それが民族的な差異なのかどうかわかりませんが、精神的な大事なものと結びついておくための要素であった時代があると思うんです。それがいまだに引き継がれているところがもちろんあるし、カラオケという形でしかできなくなっているところもあるし……。

西丸　それは鼻歌と結びついていると思いますね。

EPO　そうですね。沖縄には縁があって年に何度も行くんですが、アメリカ的、西洋的なものと同居しながら、沖縄の文化はきちっと残っている。文化の肝心の部分が浸食されずにいるのはどうしてだろう、と思って沖縄の人と話をすると「歌」だったんじゃないか、と。

西丸　完全にアメリカナイズされていないですよね。心の中はね。

EPO　ブラジルに〝悲しくなければサンバじゃないよ〟という歌があるんです。人生のなかに、生きているなかに音楽が入っているのがサンバなんだって。私自身、生きていて本当に音楽が好きなんだなあって実感できるし、ただ歌いたい、場所はどこでもいい、道でもいい、歌っていると生きている至福感がわいてくるんです。

西丸　同時に人ともコミュニケーションを大切にしようという、きっと根本的に優しい人なのかな。

イメージの泉――インスピレーションでとらえる歌の種――

EPO　ただ歌いたいという思いだけ。だから、どこへ行ってもそれは味わえる。病院も、刑務所も、私たちが実感できる気持ちさえあれば、音楽を聞きにこられない人たちのところに出向いていくことで、精神的に完結しているんですよ。

西丸　曲は、いつ、どういうときにできるんですか。

EPO　あ、こういう気持ちを歌にしてみようと思うと、わりとスルッとできてしまうんですね。実は去年の夏、もっと自由に活動したいと思って独立したんですが、人のドラマに直接触れる機会が増えて、歌というのが人の懐に入っていく場面を実感するんです。すごく充実しています。

西丸　僕は「枕の港」、いい歌だと思って気に入っているんだけど、あれはどういうふうに作ったんですか。

EPO　バリで歌の種をもらったんです。お坊さんに「瞑想するのにはどこがいいのかな」って聞いたら、「ナントカ海岸の岩に座って、満月の日、月が昇るところから上にいくまで見ていると気持ちいいらしいよ」って。歌の種を四個くらいもらったんですが、「枕の港」もそのときのだと思う。

西丸　僕は近々バリに行くよ。誰にも言ってない。職場にも、シンガポールまで行ってあとは消息を絶つって。

EPO　いいですね。秘密の一人旅。でも、しゃべっちゃっていいんですか。

西丸　この雑誌が出るころはもう日本にいるから大丈夫（笑）。バリで、知らないうちに歌ってたというのは、新しいメロディだったんでしょ？

EPO　それまで考えたこともないのに最初から最後まで出てきちゃう。イメージの泉って呼んでいるんですが、ふとしたときにスッとおりてくる。私が作ったというより、どこかでできてて、たまたま私のところに割り当てられたというくらい、ちゃんとしているんです。バリでは、神秘的な体験をたくさんしました。「神さまの島」と言われているけれど、不思議なことが日常茶飯事で起きているのを体験したんです。いろんなパターンで。

西丸　UFOくらいで驚いちゃいけない。そういうのって、そのまま、そっと思ってた方がいいんじゃないですか。分析して科学的にはどうこう、ってことに煩わされずに。バリの話も共感できるけれど、きょうはEPOさんの音楽する心、イメージの泉というのがよくわかりました。音楽はもともと好きだったんですか？

EPO　ものすごく好きでした。父が、女の子もこれからは手に職をもって生きていけるようでなくてはダメだ。「手に職、手に職」って寝ても覚めても言っている人で（笑）、なにか習い事をさせなければ、というのでピアノをやらされました。大学は東京女子体育大学の四年の初めまでいたんですけど、「あなたは将来のこと、もうきちっと選んでいいんじゃない」と担任のダンスの先生に言われて、決心して学校をやめることにしたんです。アルバイトで、スタジオで歌うパートタイムをやり、二十歳のときデビューしたので、しばらく二足のワラジだったんです。

西丸　いただいたファンクラブの通信を読んで改めて思ったんだけれど、自分の世界があるという手ごたえがあるから、ハートフルなんだろうな。

EPO　「ああ、生きているんだ」って、音楽をやっていると実感できる。一緒にやっている人たちも、そういう共通の快感があるからやめられないという気はしますね。

西丸　いい人たちに恵まれているんだ。先日、僕は留守して失礼してしまったけど、うちのセンターでボランティアのライブして下さったんですね。改めて御礼を言います。また来ていただけますか？

EPO　センターのライブは、私たちの方が持ち帰るものが大きくて、感激しました。みんなで乾杯して飲んだくれて帰りました（笑）。ご要望があれば、また行きます。

西丸　きょうは鼻歌まじりで帰れそう。どうもありがとうございました。

〔対談後述〕　自分でもなぜかうまく説明できないのだが、EPOさんの歌う「枕の港」という曲が好きで、よくCDを聞いていた。（好きならば、年齢《トシ》には関係ないと言いたいのさ！）

　この対談を機会に、はじめてEPOさんと話してみて、彼女の歌の原点が、少しわかったような気がしたのは、いささか僭越なのだろうか。自然に出てくる、そんな鼻歌のもっている温かさとか無欲感に心惹かれるというEPOさんは、ちょっと意外だったが、そう言われてみると、彼女の歌にその部分を感じることがあるから不思議だ。同時に安堵感というか、彼女がお母さんの鼻歌から感じたという安心感が、聴く私たちにも伝わってくるような気がするのである。

　ＥＰＯの歌を愛する若い人たちは多い（年寄りもいたって、いいじゃないか！）。シンガーソングライター。やや音痴な私には、歌はつくっても歌えない、歌えるけれどつくれないというのが一般だと思っているので、歌をつくって歌っちゃうというのは、実にオドロキなのである。そしてＥＰＯさんは、私にとって不思議な魅力を持った人。お話をしているうちに、ぐんぐん惹き込まれてゆくカリスマ的なものは、何なんだろう。イメージの泉と彼女は言うが、なにか天啓のような感じで曲ができてしまうのか。ともあれ私は、澄んだ青空を思わせるあの透明感に魅せられる。いいんだよなあ、ＥＰＯの歌。そうだ、私もひとつ腰を伸ばしてライブの追っかけでもやるか！

（興）

子どもの未来と環境

藤倉まなみ

ふじくら・まなみ●元鎌倉市環境政策担当参事。一九六〇年東京生まれ。京都大学大学院を卒業、環境庁へ。地球環境東京会議（九四年）に先立つ「鎌倉子どもシンポ」の陣頭に立つなど子どもたちに環境問題の大切さを訴えている。現在、環境庁。

地球温暖化はなぜおこる？

西丸　最近、環境にやさしいとか地球にやさしいとかいう言葉がさかんに使われ、環境問題に対する関心というか危機感というか、すごく高まっています。きょうは生活の問題として具体的に、専門家にお話をうかがいたいと思います。大気汚染からはじまってオゾン層の破壊、温暖化現象、熱帯雨林伐採、と人間が勝手な生活をするから悪いとは漠然と知りつつ、でも実際のところなぜ自動車には乗らないほうがいいのか、なぜ地球の温暖化はいけないのか、どうしたら防げるのか、よくわからないままエコロジーという言葉だけを聞きかじっているところがあります。

藤倉　まず影響のことからお話しさせていただきますと、今、温暖化で地球全体の平均気温があがると予測されています。地球がじわじわ暑くなってきますと、陸地や海水の水分が蒸発し、それが台風、長雨、洪水を招くといわれています。つまり異常気象状態になるわけです。では肌で感じる暑さはどうかというと、気象学者さんは、去年や今年の夏の暑さはまだ通常変動の幅の中にあるので温暖化とはいえないというのです。でも、今のままでいきますと二〇一〇年に約一度、二一〇〇年に約三度高くなります。それにともなって海の氷が溶けるのと海自体の膨張で、二〇三〇年に三十センチ、二一〇〇年に六十センチ、最大で一メートル海面が上昇すると言われています。

西丸　一メートルあがると、どうなるのでしょうね。

藤倉　日本で水没する資産だけで三十兆円を超えるということです。太平洋の真ん中には珊瑚礁の上の薄い土の上にのっかっている国がありまして、三十センチあがるだけで水没してしまうのです。だいたい途上国というのは南の国の河口に人口が密集しているところが多いのでたくさんの人々が住むところを失って環境難民となってしまうのですね。また大陸がどんどん暑くなってくるとウクライナなどの大陸内部の穀倉地帯がかんばつでやられます。小麦がとれなくなりますね。気温上昇が及ぼす、生態系や農業などを含めた人間社会への影響は、大変大きいのです。東京の場合、去年の夏は平年より二度暑かったのです。今年も暑かったですが、一度暑いとどのくらい暑いか、肌でおわかりいただけると思います。

西丸　昔、人間の身体に一番いいのは何度くらいかななどと言っていましたが、そういうことはどこかに吹っ飛んでしまいますね。三十五、六度というのはほとんど体温に近いですから、やりきれないですね。ところで、なぜ地球は暑くなってきているのですか。

藤倉　地球は宇宙に浮かんでいますが、生物が生きていけるのは毛布でくるんだように、熱を逃がさないガスでおおわれているからなのです。ガスがないと熱がどんどん逃げてしまうのですが、増えすぎてもだめなのです。それを今人間が増やし続けているのですね。温室効果ガスの中で一番問題なのは二酸化炭素です。これは、石炭や石油を燃やすと出るのです。いろいろな物を造って運んで、使って捨てる。その際必ずエネルギーを使いますから、大量生産、大量消費が問題なわけです。産業革命以後、石油・石炭などの化石燃料の使用量が増大しました。二万年前の南極の氷に閉じこめられている空気と今の空気について二酸化炭素の濃度を比べると一・五倍ぐらいに増えています。昔は、空気中には〇・三%の二酸化炭素があると中学で習ったと思うのですが、もうすぐ〇・四%になるかもしれません。一方、植物は二酸化炭素を吸収してくれますが、その緑が減ればやはり二酸化炭素は増える、温暖化がすすむというわけです。

西丸　悪循環になっているのですね。文化が進んで生活が豊かになると温暖化が進む。贅沢をしないで生活をおさえていくということが必要になってくるでしょうか。

藤倉　現在の人間の行為の結果が子、孫の世代に現れるのですから、将来の世代につけをまわすということですよね。それと日本はアジアの他の国の四倍の二酸化炭素を出しているのです。先進国は途上国につけをまわし、さらに人間の行為は動植物につけをまわすという「つけまわし」を国立環境研究所のある先生が指摘しています。

環境問題は他力本願ではだめ

西丸　地球全体が温暖化しているというのは身近な生活に関係しているのだから、我々の生活から見直していかなくてはいけませんね。同じことを世界中で考えなければいけないし、自分の国だけでなく、先進国といわれている国は率先していかなくてはならないということでしょうね。そういう点で、日本は国際協力できているのでしょうか。

藤倉　日本は、たとえば条約を結ぶとき、違反しないで本当に守れるか真面目に考えるのですね。一般的には、非常に対応が遅い政府だと思われるかもしれないのですが、逆にこんなに丁寧に条約を守っている国はないのです。

西丸　日本人のキャラクターは真面目ですものね。ただリアクションが遅いのですよ。

藤倉　それから、国内の意識も総論賛成、各論反対ですね。今ヨーロッパでは、企業がどう環

鎌倉にて

境問題に対応しているか点検する環境監査を企業に義務付けようという動きがあります。

西丸　日本にはないですね。

藤倉　ドイツやデンマークでは、企業のありかた、行為自体が環境に合っているかどうか、自ら監査するという社会が育ってきているのですね。最終的には消費者が企業を選ぶ判断の材料にしているわけです。日本国内でそういうことをやろうとすると、かなり押え込まれます。

西丸　企業は利益を追求するだけではなく、時には不利益になっても広い視野で考えて、ということでしょうか。消費者の圧力を思うと市場を失わないためには監査を受けた方がいいということもあるのでしょうね。

藤倉　日本とドイツで同じアンケート調査をしたのですが、知識の正しさに関しては、地球温暖化についても排気ガスについても日本人の知識は高いのです。では、そのために積極的になにかしているかというと、たとえば、なるべくゴミを出さないようにしているとかクルマに乗らないようにしているとか、胸をはって答える人はがくっと少ないのです。頭デッカチなのです。

西丸　他力本願なところが多いのですね。知的な人というのは、なぜ、どうして、だれが、みたいなところをグルグル回って、行動力に欠けてしまう。今、何が必要かをいち早くキャッチしなくてはならないときに。

藤倉　こうしたらいい、という人はいるのです。そうだ、やれやれ、という人もたくさんいるのです。だけど実際にやれる人は少ないですよ。環境問題にながく関わっていると人が悪くなって、性悪説になってくるみたい。いわゆるシンガポール型ですよね。

西丸　ゴミを捨てたら罰金をとる、という？

藤倉　私はどっちかというとそういう発想になってくるみたいなのです。

西丸　よくわかりますよ。私もそういう人たちに腹をたてている一人ですから。でも一方でそういうやり方で人を縛ってはいけないとか、もっと人の良識に期待しろとかいうきれい組もいてね。要は、自覚、自立なんでしょうね。

藤倉　痛切に自分の問題として感じられないのです。昔の公害問題は、自分の身に被害があったのです。たとえば騒音は、ああウルサイと感じるし、大気汚染は喉が痛い、目が痛いと感じられた。また原因が自分以外にあったから何とかしようという闘争というか運動に結びつきやすかった。今の地球環境問題は直接人間の五感で感じられないから、難しいのです。

西丸　気がついた時には遅いんですよね。

藤倉　公害というのは急性の病気とか指を切ったというような表面に現れる病気やけがであって本人もまわりも気がついているけど、地球環境問題はじわじわと症状のすすむ自覚症状のない成人病みたいなものなのだそうです。で、特効薬があるかというと、ない。手術もできない。日々の生活の改善しかないわけです。

西丸　その表現はわかりやすいですね。

藤倉　先生のお仕事は亡くなった人の解剖をして原因をつきとめることですよね。地球の場合も過去にさかのぼって原因をつきとめるという同じような仕事になるかもしれません。

西丸　手遅れだな、人の場合は（笑）。地球の場合はわかりませんが……。死んだとみなすことはできないのだから、これからどうすればいいか子孫のために考えなくてはなりませんね。藤倉さんはなぜ環境問題をやるのですか？

未来の子どもたちに

藤倉　私は一九六〇年生まれなのですが、十歳の時、一九七〇年が最も公害問題がマスコミを賑わしたのです。そのころ家にカラーテレビが入って毎日のように公害に関するニュースを目にしました。公害国会があった年です。朝日小学生年鑑のカラーグラビアに四日市の七色の煙とかが掲載されていて、こういうのなんとかしたいなあ、と思ったものです。公害がすごく印象に残ったのですね。

西丸　十歳にして目覚めたんですね。僕なんか十歳のとき何考えていたのかな（笑）。

藤倉　公害対策基本法が一九六七年にできて、四大公害訴訟の問題がだんだん共通化されていった頃なのですね。私は環境教育というのは子どもにこそ、と思います。本当に大人は変わりにくいから。

西丸　環境に関することは、変な大人にするより、子どもを対象にすればいいんですね。

藤倉　子どもはこれから生きていくのですから。

西丸　子どものほうが正義感が強いし、自分たちの問題でもあるしね。子どもを巻き込んでいくといいですね。

藤倉　子どもを巻き込むイベントをかなりやっているのですが、子どもも忙しいのですね。学校の先生と環境問題についての集まりをしたのですが、先生は先生で忙しいのです。

西丸　中学受験で環境問題が出ますから、知識としては知っているのでしょう。勉強はしているのですよ。ただセミに触れない子がいたり、虫が飛んできたらまごつく子がいたり、経験が足りないのでしょうね。

藤倉　子どもも結構シビアなのですよ。去年環境教育の一環でアイデアを出させるワークショップを開催しました。市民が協力して何かしたらいい、地域の人が手分けして掃除をするのはどうだろうか、とここまではいいのですが、では暇な老人にやらせよう、と中学生や高校生が言うのですよ。僕たちは忙しいからって（笑）。

西丸　確かにお年寄りは暇にみえるけれど。やはり、教育だな、これは。

藤倉　ある雑誌に環境保全行動と世代について私論を書いたのです。六十歳以上の人は戦前に自意識のある時代を過ごしたので質素なくらしぶりが身についているのですが、五十歳ぐらいの人は不自由な物のないところから出発して、みるみる物がふえ便利になり、物質文化の喜びを一身に受けた世代なのですね。ちょっと下って、三十代は戦前派の親に育てられています。ただ行動はできない世代です。でも今の二十代ほどひどくない。というのは二十代は公害を知らないのです。物質文化を積極的に享受してきた親に育てられていますから、全然だめです。この二十代を育てた親は五十代ということで、鍵は五十代にあると書きました。五十代はアメリカを見て育ち、自分たちのゴールもアメリカだと思っていたのではないでしょうか。

西丸　なるほどね。そういう世代の精神構造まで探っていかなければならないのですね。「地球にやさしい」と言葉だけひとり歩きさせないで、私たちはどうすればいいのか、どう考えればいいのか、反省と戒めをもって深くふりかえってみる必要がありますね。きょうはいい機会を与えていただけたと思います。ありがとうございます。

（この対談は鎌倉市環境政策担当参事時代に載録されたものです）

〔対談後述〕　鎌倉市の環境政策を担当する目的で、環境庁から派遣されている藤倉まなみさん。お役人さんみたいな人だったらどうしようと思っていたら、私のイメージがすっかり狂ってほっとした。情熱的だし、何かをやりたいという心意気が見えて羨ましい。そして若さが……。

地球温暖化のお話を、とっぷりと聞かせていただいた。そして危機感をひしひしと味わった。本当に私たちのこんな認識でよいのだろうか、対策は大丈夫なのだろうか。私たち一般人にできることは何なのか。実例を挙げて話す藤倉さんには説得力があった。

環境問題にしても、日本という国の考え方、行動力に、疑問を持ってしまうのは、私だけだろうか。藤倉さんのいらだちが、私にダイレクトに伝わってくる。未来の子どもたちに託したいとする彼女の夢も挫折しかねない。学校の先生も忙しいのだそうだ。驚いたのは、子どもたち、特に中高生の考え方、〃僕たちは忙しいから暇な老人にやらせよう〃と。いや参ったなという感じがする。そしてそれを育てた四十代の親は……、とそこに戻ってしまうことになる。教育、しつけ、政治、医療、なんだかみんなたらい廻しの感じで淋しい気持ちになってしまった。対談を終わって、お茶を飲みながら、苦笑しあったのを思い出す。

鎌倉の仕事を終えて、いつの日か本庁に帰る方なのだが、どうぞ挫折をしないで欲しいと心から願っている。私たちに何ができるか、何をしたらよいのか。教育をふくめて、もう一度やり直そう、本気で考えている人たちも少なくないのだから……。　（與）

「甘え」を許す大切さ

毛利子来

もうり・たねき●小児科開業医。一九二九年生まれ。岡山医大卒。小児科学、母子保健、育児の問題を研究。『現代日本小児保健史』（七二年）『ひとりひとりのお産と育児の本』（八七年、毎日出版文化賞）など著書多数。新聞ほかマスコミなどでも活躍している。

マニュアル世代の困惑？

西丸　最近、子どもの間に糖尿病など成人病が増えています。将来、成人病になる要素を持つ子どもたちも少なくありませんが、肉体ばかりではなく、たとえば、神戸の中学三年生の殺人事件のように、精神的にも病んでいる子どもたちも同様のように思います。いったい、どうしてこうなってしまったんでしょう。もちろん大人の責任が大きいのでしょうけれど――。小児科医として日頃、子どもたちと身近に接しておいでの毛利先生に、その辺りのことをいろいろ伺いたいと思ってやってきました。

毛利　ご期待に沿えるかどうか、子どもは、難しい存在ですから。

西丸　僕は法医学が専門です。それでなくても〝しゃべらない人〟が相手なもので（笑）、子どもを含めて、殊に最近は生きている人のほうがどうも怖いように思います。

毛利　それはそうです（笑）。

西丸　僕は集合住宅に住んでいるんですが、管理人に子どもたちのことをしっかり把握しておいてくれってよく注文をつけるんです。

毛利　たいへん重要なことです。たとえば、小さい子が道路に飛び出そうとした時、知らない子だったら「おい、坊や！」って声をかけます。でも「坊や」じゃ当人は自分のことだとわからないでしょ。名前を知っていれば「おい、太郎くん！」って声がかけられますし、呼ばれた子もちゃんと振り向きますよ。いったいどこの子か全然わからない時代ですから、下手にかまうと親に睨まれたりします。寂しい世の中です。

西丸　先日も、電車の中で靴を脱がないまま座席に立って窓の外を見ていた子に、靴を脱ぎなさいって注意したら、若い母親にジロリと睨まれました。でも、他人には無関心な時代だからこそ、言うべきことは、これからもはっきりと口にするつもりです。

毛利　電車に乗っていてこんなことがありました。前に座っていた青年が、突然、痙攣を起こし座席からずり落ちました。そばに寄って様子を見ましたが、気がついたら周りには誰もいません。座っていた人たちはみんな遠まきにしてこっちを見ています。少し落ち着いてきたので、「どこまで行くの」と彼に聞いたら「三鷹だ」と答えました。僕は約束があって付き合えなかったので、「だれか三鷹で降りる方、この人助けてあげて」とお願いしたのですが、反応がありません。しかたなしに三鷹で一緒に降りたら、他の人もどどっと降りるんです。もう、頭にきて「馬鹿野郎！」って怒鳴ってしまいました。その時の乗客と同じ世代の若者に、「どうしてなんだ」と聞いてみると、ほとんどが「どうしたらいいかわからない」「死んだりしたら困るし」――という返事でした。どう看病したらいいのかではなく、その場でどのように対応したらいいのか分からないのです。

西丸　大学にいた時代、構内で学生に出会いますね、そうすると、あいさつどころか、クルッと回れ右してしまうんですよ。エレベーターでもそう。一緒になると、クルリとドアの方を向いてしまう。キッカケがつかめないというか、やはりどう対応していいのか分からないのでしょう。

毛利　先ほどの話でいえば、僕たちの子どもの頃は、脳性マヒなど障害をもった子どもたちが周囲にいて、一緒に遊んでいました。ですから、誰から教わるでもなく、付き合い方をおそらくみんな知っていたんです。いまはそういう子をすぐ養護学校に入れたりします。一緒に過ごした経験がないから、どうしていいのかわからないのだと思います。

西丸　ファミリーレストランなんかでは、客への対応はみんなマニュアル化されていますが、なにか手引きとなるものがないと、若者は何もできない時代なのかもしれません。マニュアル世代とでもいうのでしょうか。

子どもにも「地域」が不可欠

毛利　家庭や学校の教育ももちろん大切ですが、最も大事なのは「地域」ではないでしょうか。隣のおばちゃんとかおじちゃんが世話を焼いてくれるなんてこと、いまの子どもたちにはないですから。挨拶にしても、隣近所で声をかけあえる関係にあれば、自然に交わせるようになるはずです。

西丸　そういえば、お年寄りに対しては、たとえば、もっと地域社会でお世話しましょうみたいに、「地域」という言葉がさかんに使われますが、子ども絡みの事件や犯罪が多くなっている現状を見るとき、子どもに対してもそうでなくちゃならないと思いますね。ところで、子どもの情操教育はいつごろまでに植えつける必要があるんでしょうか。

毛利　いつまでという説を、僕はとらないんです。いくら子どもから青年期にかけて急速に情緒豊かに育ったとしても、歳を取ってから愛に飢えるということもありますから。要は、大人になって自分で生きる力と社会的な責任を果たす自覚を持つということなんです。それまでは「甘えられるということ」がいちばん大事だと思うんです。現代の世の中は、自立、自立と盛

都内にて

んに言い立てます。子どもが泣いて「お母ちゃーん」と甘えても、「しっかりしなさい」になっちゃう。そうすると、心の底に、ものすごく寂しいものを感じるようになってしまいます。

西丸　そうやって成長すると、他人に対しても、冷たくなってしまう？

毛利　もともと日本は甘えを許さない国でした。古くは軍隊、現在なら会社組織を考えただけでもわかります。家庭にあっては、母親は子どもに「甘えるんじゃありません」ですから。

西丸　幼いときにもう少し親が甘えさせてやるとか、成長期にはもっと一人の人間として受け入れてやることが必要なんでしょうね。ただ、わがままとの境界が難しいように思いますが。「自立」と「依存」が表と裏の関係にないと、豊かな人間性は育たないのではないでしょうか。

毛利　わがままは、甘えが満たされない時に姿を見せるように思います。

西丸　なるほど。

毛利　精神状態が満たされていると他人にも優しくなれる気がします。感受性の鋭い子は、自分が受け入れられていないと感じると拒食症とか自殺など自滅の方向に走る傾向があります。気の強い子になると、満たされぬ思いが暴力となって噴出するケースもあります。

西丸　子どもは逃げ場がないんでしょうね。どうしたらいいんでしょう。

毛利　親や教師が子どもたちの甘えを許す姿勢が必要ですし、子どもに対してもっとデリカシーを持つべきではないでしょうか。たとえば、泣きべそをかきながら帰ってきた子どもに「どうしたの、何やったの！」って問い詰めても、本人の気持ちはまだ混乱状態なのですから、状況をはっきり説明しろと迫られても無理です。

西丸　子どもを人間として認め、その人格を尊重するという姿勢が乏しいのかもしれません。

子どもを自分の所有物やペットのように考えている親も少なくないようです。

知らないふりも愛情のひとつ

毛利　子どもの秘密を暴かないことも大切です。人生には、嘘もあればやむを得ず悪に走る場合もある。そういうこともあるんだよという、柔軟性が教育には必要だと思います。最近は、親がすぐに幼稚園や学校の先生に相談に行っちゃいます。「うちの子、勉強しないんです」とか「ちょっと、スーパーでお菓子を失敬しちゃって――」とか。僕のところにも相談にくる親がいます。

西丸　なんでそんな相談をするんですかね。子どもにすれば、告げ口されるようで、たまらないでしょうに。そんなとき、先生はどんな受け答えをするんですか。

毛利　旦那さんがスナックで箸置き持ってきちゃったとき、会社の上役に連絡したりしないでしょって（笑）。胸にしまってあげることが時と場合によっては必要なんです。流行のプリクラだって、学校の先生が取り上げておいて「プリクラやらないと約束するなら返してあげる」なんてやっちゃう。そりゃ、生徒は隠れてやるようになりますよ。

西丸　大人たちが今までやってきた教育は、これからやり直せますか。教育は、十年とか二十年のスパンで考えなくてはいけません。

毛利　不登校の子どもたちが特別な塾やフリースクールを選ぶようになりました。そういう意味では、これまでの学校教育が緩やかな側面を持ちはじめたといえます。ただ、親の方は、少子化にともなって、わが子への目が一層行き届くようになり、干渉しすぎになっているかもしれません。

西丸　親は子どもの将来のためには、いい学校にいれなくてはならないという呪縛にとらわれているような気がします。

毛利　さっきの隣のおばちゃん、おじちゃんじゃないけど、親と教師の他にそういう人がいるといいなあと思うんです。「学校なんか行かなくてもいいよ」みたいなことを言ってくれる人がね。お役所が地域の人たちの縁結び役を買って出て、若いお母さんは公園デビューなんてしなくていいから、子ども好きなおばちゃんと交流して、悩みを聞いてもらったり、甘えたりっていうことができるといいんですよね。ほんとうは、町の床屋さんとか美容院のような情報の集まる場所の人がちょっと講習でも受けて、こういうことならあの人に相談するといいとか、育児のサポート制度みたいなことをやってくれるといいのですが。

西丸　数日前に、子育てのプロでもあるおばちゃんやおばあちゃんが、若い母親たちの相談にのってあげて大忙し――といった記事が新聞に掲載されていました。いまの先生のお話に通じます。

欠けているのは人間性の教育

毛利　僕のところは、一応、小児科の看板かけています。でも町医者ですから近所のおじいちゃんなんかも来るわけです。一歳半から二歳ぐらいまでの子どもっていうのは、いちばん人見知りの激しい時期でしてね。そのくらいの子はおじいちゃんを見てウワーッて泣き出します。三、四歳になると、そばまで寄って「汚ったねー」ってひとこと残して、逃げだします（笑）。

おじいちゃんやおばあちゃんと付き合った経験がないからです。

西丸　横浜で子どもたちが浮浪者を襲って殺した事件がありました。なぜそんなことしたのかって尋ねると、「汚いから」「大人のくせにゴロゴロしていて許せない」という理由なんです。冒頭の話に戻りますが、そういう人たちと身近に接した体験がないから、いったいどういうふうに対応したらいいのか分からないのでしょう。

毛利　少なくとも、中学や高校で、ある時期、障害者やお年寄りの介護を体験させるといいと思います。

西丸　最近は医学部でも少しずつ変わってきまして、たとえば、僕がいました横浜市立大学医学部では、夏に二週間、学生たちをうちのセンター（横浜市総合保健医療センター）に泊まり込みさせるんです。看護婦やワーカーの監督下で、おじいさんやおばあさんをお風呂に入れてあげたり、食事の世話をさせたりするわけですが、最初のうちは来てやっているんだから、ありがたく思えみたいな態度のヤツもいるんです。でも看護婦さんと喧嘩しながら、三日、四日とたつうちに、随分と考え方が変わるようです。

毛利　それはいいことですね。文字や英語、スポーツなどを小さなうちから教え込む早期教育が流行していますが、最も欠けているのは人間性の教育でしょう。先生も親もありのままを見せることが大事だと思うんです。教師だって失恋したり夫婦喧嘩します。そういったときの感情を、素直に子どもたちに見せてもいい。

西丸　自然体というか、大人と子どもが横並びの関係になるということですね。

毛利　個の確立、アイデンティティー、自立などという言葉をよく耳にしますが、結局、人間というものは、互いの関係性の中に存在するものです。いろいろな環境に育ち、個性を持った人たちが一緒になって社会をつくっていくわけですから。

西丸 そのためにはルールが必要になります。

毛利 僕は「察する」という言葉が好きなんです。悲しみや怒りや落胆など人はさまざまな状況に陥ったり、感情にとらわれたりしますが、それを察してあげる気持ちが互いに大切なのではないでしょうか。そんな心の通い合いが、先生のおっしゃる〝ルール〟なのではないでしょうか。

西丸 医学の世界でも、どうしたら病を治せるかということよりも、これからは、この患者さんはいったい何を考えているのかなと、患者さんの立場で考えたり、治癒が不可能な人たちとどのように付き合っていけばよいのか真剣に考えなくてはならない時代になってきました。「察する」という先生の言葉が、とても印象的です。本日は大変参考になるお話をうかがいました。ありがとうございます。

〔対談後述〕 病気になっても、何も訴えられない。そんな子ども達を診る小児科の先生っていうのは、凄いなあと、日ごろから感心していた。小児科の友人にそんな感想を話したら、「お前だって、死んで何も話さない人を診てるじゃないか。もっと大変だろう?」と言われて妙な気持ちになったことがある。

しかし、成長期の子どもたちを相手にする先生は、やはり大変だと思う。毛利さんとお話しをしていて、子どもたちの情操教育の難かしさを実感した。なるほど、子どもの自立と依存が、表裏の関係になければ豊かな人間性は育たないという説には、本当にそうだと思えるものがある。そして精神状態が満たされていると、他人にも優しくなれるのだろう。子どもの犯罪とか非行とかも、その裏返しの現象なのかも知れないと思う。

核家族化という言葉があるが、自分たちの楽な安易な生活を追求するあまり、家族というものの良さが、失われはじめたようだ。確かに家族制度には弊害も伴っていたことはあるだろう。しかし、失ったものの方が大きいような気がしてならない。毛利さんの言われる「地域」にすがるしかないというところまで、きてしまったような気もする。これからの少子高齢の時代に、この「地域」が従来の家族に代るものなのだろうか。そして毛利さんの言う「察する」という実に人間的な言葉を、今日のキーワードにしたいものだ。

（與）

水の星に生きる

堀　由紀子

ほり・ゆきこ●江ノ島水族館代表取締役社長・館長。一九四〇年東京生まれ。立教大学社会学部卒。堀家に嫁いだのが縁で、七四年に代表取締役社長に、八六年に館長に就任。国立科学博物館評議員、㈳日本動物園水族館協会理事、日本遊園地協会理事、神奈川県博物館協会理事。日本大学生物資源科学部非常勤講師。

クラゲのお国柄

西丸　久しぶりに水族館を拝見させていただきました。あらためて水の世界に生きるものたちの多彩な生命に驚かされましたが、照明の加減もあるのでしょうか、なかでもクラゲたちが非常に綺麗で感動いたしました。

堀　喜んでいただけて光栄です。

西丸　たとえばタコクラゲの展示で、ドイツと日本のものが一緒にいましたけど、人間の世界に国民性があるのと同様に、ドイツと日本の違いというのがクラゲの外見にまであらわれているようで面白く感じました。大きさに違いはあるのでしょうか。

堀　大きさなどはそんなに違わないんですけれど、形の優雅さからいえばドイツのものはドレッシィで、日本のものは地味な印象を受けます。カリフォルニアの海にはシーネットルという、色も形もいっそうカラフルで造型美にとんだ種類があります。

西丸　拝見させていただきました。まるで海のレディーという印象でした。

堀　日本近海のアカクラゲに近い系統のものですけれど、日本のものの形状はシンプルなのに、フレアのついたドレスのような形状をしていますよね。

西丸　〝アメリカ美人〟といったところですか。それに比べると日本のクラゲは地味なようですね。他の生きものもそのような傾向にあるのですか。

堀　ハゼなどにも同じようなことが言えます。

西丸　あのハゼですか？

堀　南方系のものの方が派手といいますか、艶やかです。
西丸　そういえば、メダカも日本のものは地味ですね。
堀　海外のものなどはすごくカラフルで、バリエーションも豊富です。
西丸　特に亜熱帯のものはとても綺麗ですね。
堀　あちらは色も形も美しいですね。
西丸　日本のものはなぜ地味になってしまうんでしょう。
堀　気候のせいもあると思いますし、餌などを含めた環境の影響もあるのではないでしょうか。いずれにしろ自然というのは不思議なものです。
西丸　カラフルなクラゲを、このあたりの海に放しても生き永らえることは出来ないんでしょうね。
堀　人間の目には少しくらいの差にしか見えない変化でも駄目ですね。
西丸　日本では水槽の中でしか生きられないということですね。
堀　そうともいえます。ただし水槽の中で環境を整えてやれば、どこででも生育出来るとは限りません。クラゲの場合は数もいますし、稀少動物のように絶滅などの危険性は、すぐにはないですけれど、種の保存という面でもこういう研究は全てに役に立ちます。

消えゆく生き物

西丸　館内に展示されていましたが、メダカをはじめとして絶滅しかかっている生き物がかなりいるということは、非常に残念ですね。

堀　結局、生態系の変化についていけないということです。人間によって、自然破壊、環境汚染がすすんでいます。水の中の生き物で考えると、まず川の汚染があげられます。工業排水とか生活排水で汚染された河川は当然海に流れ込みますし、汚染物質の大部分は陸に近い所に蓄積されます。海の生物の半数以上はそのエリアに集中して生息しているんです。海岸もどんどん埋め立てられ、海の生物のほとんどが若いうちに過ごす沿岸部の海草の林、珊瑚礁がなくなっているのが現状です。

西丸　海も地上と同じように人間のエゴというか、身勝手によって破壊され、汚染されているわけですね。これはジャングルの奥地など、人間の手があまり入ってない所でも影響が出ているのでしょうか。

堀　世界的な規模ですね。生命の歴史をたどると、人間は他の生き物に比べ、もう笑ってしまうほど最近になって現れた生き物です。けれど、地球の表面を覆う生物たちの生存圏というか生命圏を無視して、人間圏とでもいうものを作ろうとしてきたように思います。環境や自然に合わせるのではなく、逆に、科学技術の発展によって環境や自然を変えてしまおうというのです。それが自然破壊や環境汚染をもたらしてきたと思います。人間圏と地球本来が持つ生命圏のバランスをいかに調節していくか。難しいことですが、それが地球規模で人類が取り組まなくてはならない今後の課題であるといえるかもしれません。それはまた動物園や水族館に課せられた共通のテーマでもあります。

西丸　現在の状況はそのまま認めるしかないとして、今後、われわれ一人一人がどういうふうに生命圏との関係を保っていくかは大切な問題なのですね。

江ノ島水族館にて

堀　そうなんです。私どもの水族館では現在、ヨウスコウカワイルカの保護に取り組んでいるのですが、この種は五種類いるカワイルカの中で最も絶滅の危機に瀕しています。

西丸　カワイルカと言いますと、淡水で生息しているものなんですか。

堀　そうです。ヨウスコウカワイルカは、揚子江の中流域から下流域に生息しています。しかし、今では百五十頭たらずしか生息していないんです。

西丸　たったそれだけなんですか。私はヨットが趣味なのですが、大島の方などに行くと、船のまわりをイルカが遊ぶ様についてくるんです。よく遊んでくれるし人なつっこいので親しみを持っていたのですが、そういう厳しい状況に置かれた種類もいるんですね。

堀　人なつっこさも悲劇の一因なんです。スクリューに巻き込まれて死んでしまうものもいます。揚子江流域は中国でも特に工業化がすすみ、環境が変化していることも原因です。

西丸　保護活動は進んでいるんですか。

堀　現時点で生存しているものを一箇所に集めて、そこを保護区にしようとしているのですが、あまりに数が減り過ぎていて見つけることさえままならない状況なのです。このままいくとクジラの仲間では最初の絶滅種になると言われています。そこで、江ノ島水族館では人工受精による繁殖を検討しています。しかし、ここで問題があります。世界中のすべての水族館・研究所でイルカの人工受精に成功した例はないのです。そこでまず、水族館のイルカでデータを集めた上で実験し、それをヨウスコウカワイルカに応用しようと考えています。

西丸　一般に淡水の生物の方が生存は難しいということなんでしょうか。

堀　海に比べると湖や川は非常にせまく、自浄作用もすぐに限界になってしまいますからね。

そこで暮らす生き物にとっては厳しい状況でしょうね。

西丸　多彩な生き物が平和に暮らしていた楽園にまで進出し、生態系のバランスを壊してしまう人間は、罪深い生き物ですね。

堀　人間の数が増え過ぎて、あちらこちらに進出しなければやっていけない状況になっているのは確かなことですね。地球全体で人間がなんとか生存していける許容量は九十億人が限界だといわれています。百億人を越えると人類のみならず地球全体の生命が危険にさらされると言うことです。

西丸　ではもう既にかなり危険な状況にあるわけですね。

堀　そうかもしれません。これからは人間の持てる技術を自分たちのためだけでなく、地球の生命圏とうまくバランスをとっていくために使っていかなくてはいけないと思います。開発と環境保護の問題は発展途上国において、特に重要になってきています。そういった国々が豊かになろうとするときに自然と開発の間に軋轢が生じるからです。それをいかに解消していくか。開発と自然保護のバランスをとるというのは、非常に難しいことです。

江ノ島とともに

西丸　湘南では『なぎさ21』計画が進められています。この計画では、そのあたりのバランスの関わりはどうなっているんでしょうか。

堀　もともとの計画は一部埋め立てなどをして、人工的に砂浜を作るというかなり大がかりなものだったのです。しかし、反対運動や金銭面での問題もありまして、かなり規模を縮小したものになりました。個人的には人工砂浜を作る、整備するという案に賛成です。

西丸　それはまたどういったわけなんでしょう。

堀　自然保護活動をなさっている人の中には、自然に人の手を加えると聞いただけで「悪」と決めつけてしまう方もおいでです。

西丸　感情的になるということですか。

堀　といいますか、その時点で思考停止してしまって、そこから先の事が考えられなくなってしまっているように私には思われるのです。もちろん、私も人間の手が全く加わっていない所に手を加えるのは反対です。でも、湘南地域の海岸のように既に人間によってダメージ、負担をこうむっている自然の場合には、逆に人間の手によって負担を軽減してあげたり、正常な状態に近づけてあげることが必要だと思うのです。これは人間の義務であると、私たちは考えています。しかし、そのような考えを間違ってとらえている人が多いのは残念なことです。

西丸　おっしゃるように、毎年一千万の人が訪れる海岸では、それに応じて砂浜や、海が傷むのは当然のことでしょうからね。ただ、手を加えないほうが自然破壊になるという発想はなかなか私たちにはないものですからね。ところで今後、江ノ島水族館をどう育てていかれるおつもりなのでしょうか。

堀　自然保護の面から言いますと、イルカなどは二世代、三世代の飼育体験を通じて育んできた技術力を、より広く活用していくための努力を続けているところです。

西丸　こちらには随分長く生きているイルカも飼育されているとか。

堀　たとえば、三十五年の長きにわたり、江ノ島水族館の〝住人〟となっているハナゴンドウのヨンもいます。世界レコード・ホルダーなんです。

西丸　ギネスものですね。

堀　そうです。一つの種を長く飼育研究することは非常に大事なことですし、皆様に知っていただくことも必要ですから、広報活動も重要になってくるのです。また、水族館の建物自体も随分と老朽化してきていますので、二十一世紀に向けて建て直したらという話もでています。その折りには、学術的にも豊かな相模湾の生態を再現できたらいいな、と思ってるんです。クラゲなどもその一環として育てているのです。

西丸　館長に就任して十年とうかがっていますが、今後の夢を実現するためには、館長ご自身が元気でいないといけませんね。お体には十分注意して、ハナゴンドウのヨンに負けないようお過ごしください。本日はどうもありがとうございました。

〔対談後述〕　江ノ島水族館。誰にもなじみのある、そして幼いころ遠足や修学旅行で行った思い出。そう、私のような年代の者でも、何度か足をはこんだ懐しい水族館である。皇室も何度かお見えになっている筈。それが、あの日活映画の堀久作さんが創始なさったものとは知らなかった。

久し振りに水族館を訪ねて、夢中になって拝見させていただいた。そこで予想外の興味を持ったのは、クラゲさんたちだった。たかがクラゲ、などと思っていた私は、その種類の多さもさることながら、カラフルで美しい姿のクラゲたちに魅入っていた。そして、これを実に微妙な条件のもとで飼育なさっていると伺って、水族館の業務というものは、ただ見せるだけではなく、その裏方に水産学の研究という部分が大きく貢献しているのだと知った。

そして種族によっては、例えばメダカやイルカのある種のものなどが絶滅しかかっているのは、人間の身勝手な生活による自然破壊の結果ときいて、〝ここでもか〟と暗い気持ちになってしまった。

館長の堀由紀子さんは、堀家に嫁がれたのが縁で、今日の立場になられたという。もともと専門でもないこの分野、大変なご努力ご苦労がおありだったと拝察するが、いまや専門の分野として、その造詣の深さ、そしてご自身の持つ環境保護の理念、先見性など、大変失礼な言い方だとは思うが、本当に凄い方なのだと心から感服してしまった。

まだまだお若い堀由紀子館長の夢と未来に期待はふくらむ。

（與）

動機と社会病理

山崎洋子

やまざき・ようこ●推理作家。一九四七年京都生まれ。八六年『花園の迷宮』で江戸川乱歩賞を受賞しデビュー。主な作品に『熱帯夜』『ホテル・ウーマン』『熱月』『ヨコハマB級ラビリンス』などがある。

殺人に蝶の青酸？

西丸　最新作『柘榴館《ざくろやかた》』を読ませていただきました。お恥かしい話ですが最後まで犯人が分からなかったです。

山崎　先生はいつもそうおっしゃいますね（笑）。ところで先日、蝶類学会からトークショーに招かれ興味深い話を耳にしました。日頃からどうすればうまく人を殺せるかなんて考えているものですから、まずはそのお話をご紹介させていただきます。日本ではあまり見ないのですが、ある蝶がおりまして、台湾あたりにはざらにいる種類です。その蝶が体内に青酸カリを持っているっていうんですね。それを乾燥させ、すりつぶせば充分人を殺すことができるというんです。

西丸　一匹あたり、どのくらいの量を含んでいるんでしょう。たとえば紙巻き煙草。あの煙の中にだって青酸が含まれているんです。でも人は死なないでしょ。

山崎　そうですね。だけどその蝶で本当に人が殺せるのだったら、青酸カリは少量で充分ですから、トリカブトなどよりずっと効率がいいし怪しまれないと思うんです。でも解剖したときに蝶々の成分が検出されるんじゃないでしょうか。専門家のご意見をお聞かせください。

西丸　どのくらいすりつぶすかですけど……。相当食べるんだろうな（笑）。

山崎　ちょっとピリッとするけどって、スープか何かに入れて食べさせちゃえば何とかなるんじゃありません？（笑）。ただ解剖したときに、蝶の成分が出るんじゃないかと不安なんです。

西丸　なんだか実際に試してみたいといった口ぶりですね。心配になりますが（笑）、でも、その可能性は薄いと思いますね。たとえば猛毒といわれるフグ毒。フグ中毒は八時間以内に検出しないと毒が出ないんですよ。フグ毒が死因がどうかはわからなくなる。死に至るまでの症状でわかるか、あとはフグの皮が入ってないかどうか徹底的に調べるんです。だから、蝶の手か足かが胃袋からでてくれば別ですが……。

山崎 もちろん粉々にしちゃうわけですけど。青酸カリってことはわかりますよね。

西丸 それはわかりますね。青酸カリで死んだ場合、お腹を開いただけで臭いでわかることがありますし……。

山崎 アーモンド臭がするとかいいますよね。

西丸 蝶は臭わないわけだ。

山崎 きわだった臭いはないと思います。ですから青酸カリをどこから手に入れたんだろうってことになりますよね。まさか蝶とは思わないでしょう。フグやトリカブトの毒はよく知られていますけど、蝶なら。

西丸 盲点ですね。

山崎 虫の毒といえば斑猫《はんみょう》（鞘翅目の昆虫。体長二センチほどの甲虫）も有名ですよね。でも斑猫でも毒のないものとあるものとがあるそうですね。

西丸 オスとメスの違いで毒のあるものとないものもありますし。

山崎 法医学の先生がそこまでご存知となると、なかなか虫を使う殺人計画の成功も難しいですね。

西丸 それにしても、そういうちょっとした会話から犯罪について勉強されているなんて、山崎さんもやっぱりプロですね。

山崎　犯罪の勉強なんていうと、聞こえが悪いじゃありませんか（笑）。『柘榴館』では、人間を〝さばく〟描写や医学的なことは、すべて先生にお聞きしたので作中に法医学者の卵を登場させたんですよ。死体の解剖にも立ち会わせていただいて、大変勉強になりました。

西丸　解剖なんて、よよとして倒れちゃうかなと思ったら全然倒れないんだもんな（笑）。

山崎　死体が運ばれてきたときはギョッとしましたけど。

西丸　最初に解剖を見学するときは医学部の学生なんかでも嫌だろうなと思うけど、その気になって見てるから意外と耐えられる。

山崎　その前に先生が解剖された変死体のすさまじいアルバムを十冊ほど見せていただきましたよね。でも、その後でおいしくごはんをいただいちゃいましたから、我ながら自分がよくわかりません（笑）。普段はちょっと指を切っただけで大騒ぎするくらい、血を見るのは苦手なんですけどね。

西丸　面白いね、職業意識なのかな。

山崎　先生も同じじゃありませんか。いつも血を目にしているからって、目の前で人が殺されたりするのを平気で見てはいられないでしょう。

西丸　平気じゃないですよ（笑）。

山崎　巷には先生は解剖が大好きな人という変な噂も流れています。お仕事なのに――。

西丸　誰がそんなことを言っているのかな（笑）。何回やっても嫌ですよ。

横浜・山下公園にて

多様化と希薄化

山崎　最近のミステリーは多様になってきまして、昔のようにトリックがなきゃいけないとか、人が殺されなきゃいけないということはありません。私も『柘榴館』で久しぶりに何人か殺しました（笑）。本当は、ああいうタイプのものではないミステリーのほうが好きなんです。たとえば、自分の作品では先生に文庫版の解説を書いていただいた『熱帯夜』のような人間の深層心理や社会性を感じさせる作品が好きです。『柘榴館』は本格ミステリーというジャンルに入りますが、このジャンルは、人間の性格をある程度隠しておかなくてはいけないんです。そうするとキャラクターが描きにくくなります。本当はキャラクターをもっと出せるほうが好きですし、恋愛なんかもしっかり書きたいんですけどね。

西丸　ミステリーの中で恋愛を扱うことは結構あるんですか。

山崎　恋愛における愛憎も殺人の動機になりますから。ただエラリー・クイーンやディクスン・カーなどが全盛の頃のイギリスのミステリーなんかでは、恋愛をメインにすることはご法度だったようですね。今はそんなことありません。

西丸　法医学をやっているからではなくて、僕はミステリーが好きで読んでいたんですけど、途中から「法医学的にこういうことはあるのかな」と考えながら読むようになりましたね。ただ、実際の事件というのは、ミステリーのように複雑ではなくて、動機にしても殺害の方法にしても非常に単純なわけです。ですからテレビドラマの内容について相談されると、殺し方は簡単にして情感の面でもう少しストーリー展開はできないかと注文をつけるんです。

山崎　ただ、ミステリーの場合、複雑にしないと話がもたないところはありますよね。もっとも小説ではなく実際に殺人を犯すとなると、アリバイ工作をしたり共犯者を用意したりするほうが、かえってばれる可能性が高くなる気がします。

西丸　アリバイ崩しの楽しさもありますよね、ミステリーには。

山崎　最近は殺人の動機というのが難しいんですよ。貧乏故の殺人というのも昔ほど説得力がないし、人間関係が希薄になっているのか、恋愛も殺人に至るような愛憎のもつれを生じさせるものは少なくなっているのではありませんか。ここで突然、恋愛の話に移りますが、男性は一人の女性にあまり多くのことを期待してないのではないでしょうか。その点、女性は一人の男性にすべてを期待するんです。恋人、夫、親友、人生の師——。

西丸　男性も女性と同じ感覚はあると思いますよ。ある時は母であり恋人であり妻でありというように。

山崎　でもたとえば、男性の売春ということでいえば、その場合は人格を抜きにして、女性の肉体だけがあればいいわけですよね。妻にしたいのはこういうタイプとか、素敵な女性には外で会えばいいとか、男性は昔から女性に対しての要求を〝分散〟していたような気がします。だからこれからは、女性も愛や欲望を、数人の男性に分散するといいんじゃないかと思いますね（笑）。

西丸　さすがは推理作家、怖いことをおっしゃいます（笑）。

山崎　話をミステリーに戻しますと、歪んだ形の恋愛じゃないと、最近では殺人を犯すまでの動機にはならないんです。だからでしょうか、サイコミステリーが流行しています。私も読者からお手紙をいただくんですが、なかには普通の文章なのに、一行だけ変な文章が交ったりしているということもあって、それが同じ方から何通も送られてくると、とても怖い。先日『ストーカー』という本を読みました。思い込みだけで相手をどんどん追いかけていく人のことなんです。そんなふうにされたら逃げようがないなと思うんです。事件は起きていませんから警察に言っても動いてくれないでしょうし。でも最近はそういうタイプの事件も多いですよね。

西丸　なかには精神科に通わなければいけないような人が野放しになっているケースがありますし、診断が下しにくい面もあります。

山崎　心因性の病気が今とても多いように思います。医学的にはどこも悪いところがないので、どうしたらいいのかわからないわけです。医者に頼るしかない。生い立ちから何から聞いてすべてを救ってくれる人を求め、時には医者を自分の生活に全面的に巻き込みたくなることもあります。外国映画なんか見てますと、特に精神科を扱ったサスペンスにそういうのがよくありますね。精神科に限らず医者と患者にはそういう事態が充分あり得ると思います。そこには〝恋愛感情〟みたいなものも含まれてくるのかもしれません。先生の場合、どのようにお逃げになるのですか。

西丸　逃げると冷たいって言われますしね、難しいですね。

山崎　苦しみを一人で抱えきれないということが、人間には時としてあります。でも相手が親しい人であればあるほど、自分の心のうちを、秘密に属することをこんなにしゃべっちゃっていいものだろうかと、聞く側の負担を考えてしまうんですよね。それで余計に内にこもっちゃう。またプライドがあるから表面は元気を装う。その繰り返しでどんどん追い詰められていくというのを、私も昨年、体調や精神状態が非常に悪かった時に経験しました。

西丸　インテリジェンスの高い人は自分の経験とかプライドとかをインテリジェンスによってカモフラージュしてしまうから医者はだまされてしまう。本人はとても悩んでいるんだろうけど、客観的に見るとそういうふうには見えないんですね。カウンセリングも高学歴の人ほど難しい。

山崎　カウンセリングはお金を払って悩みを聞いてもらいますよね。お金を払ってなら相手の負担を考えなくてもいいわけだし、それなら私も行きたいなって思うことが正直言ってあります。

西丸　ところが日本ではカウンセラーは難しい問題を抱えています。何も治療をしてないのに、そんなに高いお金を――と言われたり……。日本には精神面で、まだまだプアな点がありますね。

横浜に漂う怪しさ

山崎　いまのご指摘と関係すると思いますが、最近、人間は知らず知らずのうちに疲れているものなんだなと、つくづく思うんです。だから少し自分を遊ばせないといけないなと思っているんです。横浜にも友達が増えましたから、仕事の関係ばかりではなくプライベートでももっと横浜を楽しみたいですね。

西丸　作品の舞台に横浜を選ばれたものがいくつかあるようですが、横浜は取材しやすい町ですか。

山崎　横浜はだれでもそれなりのイメージを持っています。ですから余計な説明が要らないんです。

西丸　港、中華街、涙、汽笛——確かに横浜は描きやすいでしょうね。

山崎　ミステリーにしやすい〝怪しい要素〟もあります。

西丸　その怪しい要素が『柘榴館』にはうまく生かされていたように思います。さすがにプロだと思いました。

山崎　長く通えばもっと臨場感あるものが書けただろうなと思います。今度はもっと取材します。次は風俗嬢をヒロインに書くつもりですので、いま流行のイメクラにも行くつもりなんです（笑）。これまでは主に資料を基に横浜を外から書いてきましたけど、横浜の方々とお友達になって下町人情的な気質のあることも知りました。そのあたりも、これからは書いていきたいですね。

西丸　純粋な横浜人は、横浜のヤツは人がよすぎて、そのためみんな東京に持っていかれるんだと、ちょっと悔しがります。ですから経済も文化も横浜に帰ってくるときがあってほしいと思います。そのためにも横浜を舞台にした素晴らしい作品をお書きになって、横浜の人間を励ましてください。本日はありがとうございました。

〔対談後述〕　山崎洋子さんとは、以前からのお付き合いでもあるし、よく会合でもお会いするので、今回は対談というよりは、昨日の続きみたいになってしまうかなと思っていたら、やはりそんなことになってしまったようだ。

山崎さんは、一九八六年『花園の迷宮』という作品で江戸川乱歩賞をとり、爾来実に意欲的に次々と作品を発表されている。お若いし、実に理知的な美人なのである（叱られるかな?）そして十余年。作家としていまや次のステップに乗り出したといえるのだろう。
今回のお話のなかでもそうだが、一つ作品をつくるということは、実に多岐に物事を考えるんだなと感心するとともに、男女の恋愛にしても、なるほどそういう見方も……、と教えられることが多い。

推理作家といえば、佐野洋さんをはじめ、時折お話をする方々はすべて男性。女性の推理作家は、山崎さんしか存じあげないのだが、お話しをしていてやはり女性らしい発想、きめこまやかさが、また別の意味で楽しい。山崎さんは、実に行動的で、あるテーマを思いつくとすぐ取材に走ったり、資料を集めたり、行動に移る。時には危険なところにも平気で出入りする。横で拝見していて凄いなあと感心させられることばかり。

だが作家というベールを脱いだとき、そこにちょっと臆病な、それでいてストレートで清純なお嬢様をみるのは、私だけではないだろう。ともあれ次の十年が、どう展開されるのか、私は楽しみにしている。

（與）

「公正」と賢い消費者

矢部丈太郎

やべ・じょうたろう●一九三九年横浜市生まれ。横浜市立大学商学部卒。六三年、公正取引委員会事務局入局。取引部長、経済部長、審査部長、事務総長等を経て九八年六月退官。現在、大阪大学大学院法学研究科教授、実践女子大学非常勤講師。

「牛頭馬肉」と正しい選択

西丸　われわれ男性には縁のないニュースでしたが、最近、中国の「痩せる石鹸」が世の女性たちの耳目を集めました。なんとか手に入れたのに、中国から帰ってきた友人は日本の何分の一かの安い値段でいくつも買ってきたのよなんて口を尖らせていたお嬢さん方もおいでだったようです。痩せる石鹸にかぎったことではありませんが、使用前、使用後といった写真を掲げて、食餌療法もなしにこんなに痩せました――みたいな広告も雑誌などで目にします。気楽な立場の人間としては、ただ面白がって見ていればそれですみますが、公正取引委員会という、市場取引の正義を実現する〝Gメン（FBI捜査員の俗称）〟の目から見ればそんな悠長なことばかり言ってられない問題もはらんでいるのでしょうね。

矢部　そもそも公正取引委員会の役割は、消費者の利益を確保するために健全な企業競争を促進することにあります。言葉をかえれば、消費者の商品選択をあやまらせるような行為を取り締まることです。一般の方にも分かりやすい例をひくならば、たとえば、「不当表示」もそのひとつになります。先生のお仕事との関連でいいますと「効能」「効果」の表示は果して正しいのかどうかといったことです。外観には牛缶の絵、中身は鯨肉や馬肉――といった外と中身の異なる「牛缶事件」に類する問題は昔からありました。最近でも、この「不当表示」に関連する問題が公取委の仕事の大きな位置を占めています。

西丸　羊頭狗肉ならぬ「牛頭馬肉」ですか（笑）。私のように昔気質の人間には、石鹸やエステティックで痩せていただくよりも、燃えるような恋心の果てに身も細る女性の方が美しいように思えるのですがね。もっとも、これだけ食べるものが豊富に出回っていては、つい食べ物に手が出てしまって、元の木阿弥かもしれません（笑）。

矢部　最近、雑誌で「有機栽培」をうたった作物の広告を目にしました。数年前に、有機栽培を名乗れば高く売れるとばかり、有機栽培でもなんでもない品物を流通業者が勝手につけて売るケースもありました。そうなると、真剣に有機栽培に取り組んでいる農家にとっては公正競争とはいえなくなります。

西丸　本物志向の時代とかで、スーパーの売り場をのぞいてみると、やたらに「手作り」の品物が販売されています。実際には機械で生産されているのに、それふうに包装されていたりで消費者もつい騙されてしまう。

矢部　ですから、中身と表示が合致しているのかが問われるわけです。ただし、われわれはその商品を販売してはいけないと言っているのではありません。正しく表示しなさい――と主張しているのです。

西丸　法律的には、「不当表示」はどのように位置づけられているのでしょう。

矢部　独占禁止法の特別法に「景品表示法」があります。「不当表示」の規定はそのなかに設けられています。

西丸　「不当表示」が確認された場合に、公取委はどのように対処するのですか。

矢部　不当な表示をやめさせるとともに、いくつかの全国紙に、それまでの表示は消費者を誤認させるものだという訂正広告を掲載させます。大きな出費を負担することになります。

西丸　刑事的な力は持っていないのでしょうか。

矢部　カルテルとか入札談合などのケースになりますと、課徴金を払わせるとか刑事告発も可能です。

「非人格的な力」と公正

西丸　平気で「不当表示」をするような業者ですと、なかには、俺たちは悪いことなんてしていない——なんて居直る場合もあるのではないですか。もっとも、そういう面の皮の厚い連中は、日本の政治家などにもたくさんいますが（笑）。

矢部　数は多くありませんが、命令に不服がある場合、裁判所へ取り消しを求めるケースも出てきます。いま裁判になっているのですが、きねつき餅で、もち米一〇〇％でもないのに、そのような表示をして販売した製造元との間で裁判沙汰になっています。

西丸　材料は、もち米一〇〇％ではなかったのですか。

矢部　われわれの感覚からいえば、餅というのはもち米をついてできるものなのですが、最近では、価格の安い、米を粉にしたものを輸入し、それにトウモロコシ澱粉を加えて粘り気を出して製品にする業者もいます。もち米だけで作られていないのに、「もち米一〇〇％」と銘打つのです。

西丸　人間にも、もちろん上っ面だけという輩が少なくありませんが、これまでのお話をうかがって、消費者のひとりとしては、もっともっと賢くならなきゃいけないなという印象を受けます。

矢部　先ほどもお話しいたしましたように、公正取引委員会は、業者間の公正な競争を確保す

横浜にて

るとともに、消費者の皆さんが賢い選択ができるよう、そのお手伝いをさせていただいているわけです。

西丸　順序が逆になりましたが、そもそも公正取引委員会とは、行政上、どのように位置づけられた機関なのか基本的なことを教えてください。

矢部　組織的には総理府の下に置かれていますが、仕事上は独立しています。総理大臣の指揮監督も受けません。委員長のほかに委員が四人、最終的にはこの五人によって決定が下される合議制の機関です。もちろんその下には職員五百二十人の事務局があって、具体的に業務をこなしています。もともとはアメリカから導入された制度です。

西丸　ある漢和辞典には、公正＝私がなくしてただしいこと――とありました。医療に携わる者にとって、この言葉を現実のものとするには、なかなか微妙な問題も絡んできます。もっとも、「私がなくして」という部分は、聖人君子でも難しいのではないでしょうか。矢部さんのお立場からすれば、「公正」とはそもそも何を意味しているのでしょう。「社会における公正」というとらえ方でよろしいのですか。

矢部　市場での自由な競争、つまり、〝非人格的な力〟によって決まってくるもの――それが「公正」ではないでしょうか。言い換えれば、われわれの立場から表現すれば、自らの利益を求めて人々が事業に取り組むことによって市場は形成され、そこで自然に価格が決まってくることが「公正」であって、ほかの、何らかの〝力〟が加わっては歪んだ顔をした「公正」になると考えています。

西丸　公取委とは、元来、アメリカからもたらされた制度とのこと。そうしますと、その由来には、やはり何かしらアメリカ的な要素が含まれているのでしょうか。

矢部　又聞きですので正確なところは知りませんが、英語で博覧会、見本市等を意味する「フェア」という言葉と関連があるようです。かつて、まだ部族同士の争いのあった時代のことですが、物々交換のための市が開かれ、そこでは武器は持ち込まない、取引に関して合意したことは守ろう、誤魔化しはやめよう——といった〝ルール〟ができて、「フェア」の語源もそこにあるというのです。

西丸　「フェアプレイ」などといった言葉もありますが、やはりルーツには物と物の交換、市場と関連のある歴史背景が横たわっていたのですね。

矢部　先生は医療に携わっておいでですが、先ほども触れられたように、われわれの世界とは、また趣を異にする「公正」が生きているのではありませんか。

買い物＝選挙の一票

西丸　「非人格的な力」というお話がございましたが、医療の世界は、当然のことながら医者も患者も感情を持った人間ですので、なにかと厄介な問題を、含んでいるように思います。たとえば、これまでの医者としての体験を踏まえ、この場合はこうした方が患者さんのためになると判断したとしましょう。では、そう判断すること自体、はたして「公正」であるといえるのかがまず問題になりますし、複数の患者さんがいれば、それぞれの体質や症状の程度によっても反応が異なってきますから、客観的な意味で「公正」を実現するのは難しいように思います。そのうえ、肝心の患者さんが私の対応を公正なものだと受け止めてくれるかどうかも考慮する必要があります。

矢部　一般の人間にとって、お医者さんは時に神様のごとき存在に思われるものですが、それでもなお「公正」を実現するのは難しいのですね。

西丸　医者もいろいろな矛盾を抱えた人間です。それに最近の医者のなかには、技術的には優れていても人間としては何か大切なものが欠けちゃいないかと首をひねりたくなるような人物もいますから。

矢部　保険医療制度は国民にとっては公平だが、医者にとっては不公平だ、つまり、新米もベテランも診療報酬は同じだから——といった意見を耳にしたことがあります。いまの先生の発言をうかがって、そういえば、人間性に富む医師と人間性に対して小首を傾げざるを得ないような医師もまた、診療報酬は同じなのだなあと気づきました。

西丸　若手もベテランも、あくまで一人の医師として診療に当たるのですから、公平といえば公平なのですが。

矢部　日本では、形のないもの、つまり〝ソフト〟に対してお金を支払うという文化が、まだ成熟していないのではないでしょうか。医者は、診療への対価をもっと受け取っていいように思います。

西丸　公正取引委員会の幹部からのありがたいお言葉、医者の一人として感謝いたします（笑）。そうなれば、医者の立場としては、より一層、患者さんにおいでいただくため〝企業努力〟が欠かせなくなります。

矢部　消費者が選択の自由を確保することが最も大切なのと同様ですね。つまり、選択の自由が確保されることにより、企業は消費者の支持を得るために競い合わなくてはならないのですから。

西丸　一方では、消費者も患者も、それぞれにどの企業の製品を選択するのか、どの医師を選ぶのかを判断する賢い目を養わなくてはなりません。選択される側にも、する側にも努力が必要になります。

矢部　毎日の買い物は、選挙で一票を投じるのと同じことだという考え方があります。つまり、投票によって日本の政治運営の担当者を選ぶように、われわれは買い物をすることによって、その品物の生産担当者を決めていかなくてはいけないというのです。インチキをしている業者は排除し、社会のルールに則って、よい品を安い価格で供給する生産者を育成する――それが市場経済のあり方であって、われわれはそういったシステムが円滑に機能するように、お目付役としての務めをこれからも果していきたいと望んでいます。

西丸　いまのお話も医療の世界に通ずるものがあるように思います。正直に申し上げて、お目にかかるまでは、われわれ医者の世界とは全く次元の異なるお話になるのかなと、ちょっと心配しておりましたが、毎日の暮らしについてはもちろん、医療のあり方についても示唆に富むお話をお聞かせいただき勉強になりました。消費者として、医者として、買い物は選挙の一票――という言葉を胸に刻み込みたいと思います。ありがとうございました。

（この対談は公正取引委員会事務局審査部長時代に載録されたものです）

〔対談後述〕　公正取引委員会といえば、私にはまず関係はなさそうだが、感じとしては、こわい、堅いお役所というイメージだった。まして審査部長さんともなれば……。しかし矢部丈太郎さんは、明らかに違う。端正なマスク、歯切れのよい、しかも明快な話し方。そして実にわかりやすく、その〝公取〟なる委員会の仕事、役目を教えて下さった。

偶然にも同窓ということだったのだが、だからといってヨイショしているわけではない。矢部さんは、誰にでも全く変らず、優しく話して下さる。伺ってみて、なるほど面白い、しかも紳士的な仕事だと思った。そして私たちの生活にも大いに関係のある、いや消費者である私たちの利益を守って下さる立場にあることもわかってきた。今さらながらあまりにも何も知らない自分に恥じ入る次第。

大きな会社などが合併するとき、委員会が許可するのだとか、利害関係を持つ両者が、公正に取り引きできるよう見守っているところぐらいなことを勝手に考えていたのだが、とんでもない間違いだったことを知って、こんどは、中身と表示が合致していない商品に対して、〝われわれはその商品を販売してはいけないと言っているのではなく、正しく表示するようにと主張している〟と言われると、なにか歯がゆい気がして、処罰すべきではと思ってしまうのだが、矢部さんの顔を見ていると、その説得力に、それが正しいやり方なのかもと思えてくる。そして、人を信じようとする考え方が、その根底にあるような気がして、フェア、公正という名が輝いているように見えてきた。矢部さん、これからもご健闘を！

（與）

金子善一郎

タネで描く未来

かねこ・ぜんいちろう●五千～六千品種の野菜や花の種子を扱う「サカタのタネ」元社長。一九二六年、福島県生まれ。五一年、東北大学農学部を卒業し「坂田種苗」入社。専務取締役を経て、七九年社長に。㈳日本種苗協会会長なども務めた。

「花より団子」で野菜

西丸　最近は横文字の名前の企業が増えて、社名を耳にしただけでは、いったいどんな仕事をしているのか見当のつかない会社が多くなりました。その点、こちらは、そのものズバリの「サカタのタネ」。実にユニークだと思います。一度聞けば、誰も忘れられません（笑）。

金子　会社の内容が、ひとことでよく表されていますから、間違えようがないと思います。一九八六年に社名を変更するまでは坂田種苗株式会社といいました。

それ以前は、タクシーなどで会社に行くにも「サカタシュビョウまで」と言っても、運転手さんもすぐにはピンとこないふうでしたが、名前を変えてからというもの、「サカタのタネ」というだけで社の玄関口まで運んでくれるようになりました（笑）。

西丸　ところで、入社なさって四十五年とうかがっておりますが、当時の商品のメインはどのようなものだったのでしょう。

金子　戦前は花でした。しかし、戦争で研究は潰滅的な打撃を被り、戦後、再出発した時には、本当に何もありませんでした。

西丸　戦後は花を買い求める余裕もなかったでしょうし、食べられる野菜のほうが必要だったわけですから。

金子　種苗の世界も、「花より団子」といえます（笑）。商売の面から考えると、どうしても花より野菜の方の利益が大きいのです。

西丸　最近ではそんなことはありませんが、以前日本ではプレゼントにお花という習慣もあまりありませんでしたしね。

金子　それに切り花のマーケットが広がっても、種苗自体のマーケットはさほど広がらないものなのです。例えば、一九九〇年に大阪で開催された「花の博覧会」に出展したトルコぎきょうですが、お客様には大変喜ばれているものの、種苗の量にしてみれば、ほんのわずかなものにすぎません。

西丸　世界ではじめて花開かせた完全八重咲き、ブルーのグラデーションが実にきれいなお花ですね。各国で人気を集めている品種でも商売にならないのでしょうか。

金子　たとえば、一グラムの種子がわたしの手のひらにあるとして、どれくらいの数だと思われますか？

西丸　一グラムですから、二百か三百でしょうか。

金子　残念ですが、ケタが違います。正解は二万粒です。

西丸　そんなにあるんですか。驚きました。一グラムで、大きな公園の花壇をトルコぎきょうで埋め尽くすことも可能ですね。

金子　半数がうまく苗に育つとして一グラムで一万本になります。単純に計算しますと、一キロの種子で一千万本。とてもじゃありませんが栽培できません。

西丸　そのような状況では、少しくらい高い値段をつけても、種子は商売になりそうもありませんね。花を作るというと、なにかメルヘンチックな印象を抱きますが現実はなかなか厳しい。

金子　そうなんです。花をつくるのは楽しいのですが、残念ながらメシが食べられないのです。そこへいくと、野菜は、毎日の食卓に欠かせませんからね。

病気に強いタネが目標

西丸　野菜で現在、最も人気のある商品といいますと。

金子　ホウレン草です。栽培するうえで大敵とされてきた〝べと病〟（葉が黄化してしまう）に強い抵抗力を示す品種です。

西丸　ホウレン草といいますと、ビタミンや鉄分、ミネラルも豊富に含む緑黄色野菜の代表格で世界各地で栽培されていますが、そうしますと農薬などあまり必要ないのでしょうか。

金子　ホウレン草は、農薬、安全性の問題で最も成功した例といえるでしょう。その後、〝べと病〟にさらに強い品種も開発しました。日本の土壌は痩せて有用な微生物も減少していますから、なおのこと病気が発生しやすい状況になっています。

ですから、われわれの大きな目標のひとつは、病気に強いハイブリッド種子を開発すること。ホウレン草についていえば、いまでは農薬を散布しないのが当たり前とまでいわれるようになっています。

西丸　こちらの種子といえば、F1ハイブリッド種子を思い出すわけですが、どのようなものをハイブリッドと呼ぶのでしょうか。

金子　簡単にいえば、遺伝的特性を生かして、質のいい〝子ども〟をつくることです。そのためには親の品種（原種）が大切です。病気に強いとか、実が大きくなるといった特性を持つ親同士をかけあわせると、子どもに良い品質が受け継がれるのです。それがF1ハイブリッド（一代交配種）種子なのです。

サカタのタネ本社にて

西丸　優れた両親から生まれた子どもが商品となるわけですね。ところで、こちらの主要商品のひとつにトウモロコシがありますが、そもそも、なぜトウモロコシを。

金子　わたしが生まれた東北では、昔からトウモロコシをよく食べていました。

西丸　農家の人が、朝、リヤカーで売りに来たりします。

金子　ところが昔のトウモロコシは、皮をむいてみないと実がつまっているかどうか分からなかったんです。ひどいものになるとスカスカで全然実がついていない。

西丸　「吉」とでるか、「凶」とでるか――お神籤みたいなところがあったわけですね。

金子　ところが一九四九年、アメリカから援助物資として送られてきたトウモロコシの種子を通っていた東北大学の農場に蒔いて栽培したところ、なんと実のぎっしりつまったトウモロコシができたのです。きれいなキャラメルの箱に入ったゴールデンクロスバンダムという品種でしたが、スカスカのトウモロコシばかり見てきた目には「こんなトウモロコシもあるのか」と、強く焼きつけられました。入社後、創業者にその話を聞いてもらったところ、では会社としても調べてみようということになって、その後、ハニーバンタムや白い実と黄色い実の混じったピーターコーンなどの開発につながっていくわけです。

西丸　トウモロコシの種子の歴史は、金子さんが学生時代に食べたトウモロコシに始まるわけですか。

金子　そうなりますね。ピーターコーンは、八百屋さんに持っていっても、混ざりものがあっちゃダメと買ってくれませんでした。ところが、口にした人たちの間でうまいと評判になって、逆に、売れ過ぎて種子が不足して困った経験もあります。

西丸　甘くて実のぎっしりとつまったトウモロコシをわれわれが齧れるようになったのは、そういう研究の積み重ねのおかげなのですね。プリンスメロンもこちらで開発された商品とのことですが。

金子　創業者が、欧米に実地研修に行った際、メロンが非常に安く売られているのを見て、日本でも普通の家庭でメロンが食べられるようにしたいと思ったことがきっかけです。

西丸　昔のメロンは、それこそ入院でもしない限り食べられるようなものではなかったですからね。

金子　プリンスメロンはマクワウリにフランスから持ち帰ったメロンを掛け合わせて誕生したものです。これもまずは消費者の「おいしい」という声に押され徐々に市場が広がっていったのです。栽培がしやすいうえ、極端な言い方になりますが、どなたがお作りになってもそこそこの味に育つこともその理由のひとつでした。

常に十年先を展望する仕事

西丸　バイオテクノロジーの発展には著しいものがあります。種苗の世界では「遺伝」との付き合いもだいぶ早い段階から始まっていたと思いますが、こんなことはしてはいけないのだといった歯止めのようなものはあるのでしょうか。

金子　当然のことかもしれませんが、環境、人体への影響は非常に重要な問題です。自然界の秩序を混乱させるような事態が生じる心配もあります。殊に、われわれの場合、食べるものを扱っていますので、健康に対してどのような影響を与えるのか慎重を期しています。

国もそのような問題について枠を設けています。例えば、温室などの実験でいいものが出来ても、それを実際に畑で育てたときにはどのような結果になるのか大事になってくるため、厚生省や農林水産省などの厳しい審査があります。

西丸　畑で栽培してはじめて本物の商品になるわけですからね。

金子　アメリカなどでは、そのあたりの基準が緩くなっていますが、逆に、環境保護団体の力が強いこともあり、ヨーロッパでは規制も多く、花はともかく野菜や穀物に関しては、新しいものはほとんど認めてくれません。営業も非常に難しい。ウチの商品で、特にアメリカで予想外に受け入れられた商品はブロッコリーです。アメリカ人の食べている八〇％以上はウチのものです。

西丸　そうなると生産も日本だけでは間に合わないのでは。

金子　ブロッコリーに関しては、日本でいい種子がとれなくなってきているので、アメリカに親品種を持っていき生産しています。

西丸　品種を育てるにも、いろいろなご苦労があるんですね。大学で若い人たちと一緒に勉強していた頃、教育というのは一所懸命につめ込んでも成果はすぐには出ないものなのだ、十年、十五年先になってはじめて結果があらわれるものなのだと感じたことがありますが、お話をうかがっていて、品種づくりと共通する点があるなと思いました。

金子　ハイブリッドの親品種を完成するのにやはり十年から十五年かかります。研究所の人間とも年に何回か研究テーマを討議しますが、語り合うのはいつも十年後のこと。本当に地味な仕事です。好きでなければやっていられないでしょう。会社に入りたいという人間は、根っからの植物好きがほとんどです。

西丸　日頃おいしくいただいている野菜や果物、そして目を楽しませてくれる美しい花。みんな金子さんのような人たちの地道な努力によって、もたらされたものであることを、あらためて認識しました。よい品種をこれからも世界に送り出し、健康と豊かな暮らしづくりに大いに貢献していただければと思います。本日は、ありがとうございました。

〔対談後述〕　神奈川県にいると、いろいろなところで、「サカタのタネ」という名前を聞く。はじめは、わかりやすくするためのニックネームで、正式社名は別にあると思っていた。ところが金子善一郎社長にお会いして、お話をしているうちに、これが正社名だと伺って、そのユニークさに感心してしまった。実にわかりやすい。金子さんご自身のお考えで、従来の坂田種苗株式会社から、この「サカタのタネ」に変更されたのだそうだ。

大戦争のあと、無からの再出発は、本当に大変な道のりであったと思う。そして今や、世界の「サカタのタネ」と発展した。お話の中で、花より団子と笑っておられたが、確かに花は美しく華やかだが、一グラムの種子が二万粒となると、営利を思えば、団子と言われるご心境はよくわかる。

団子とおっしゃるけれど、その野菜面での業績は、実に凄いものがあるようだ。東北大学の学生だったころの一つの考えを、入社後大きく実らせた金子社長の慧眼に感服する。そして世界的に人気を集めたトルコぎきょうもさることながら、野菜面でのトウモロコシ、ホウレン草、ブロッコリー、プリンスメロン。次々にヒットをとばす研究陣のレベルの高さも、大いに評価されなければならないだろう。〝アメリカ人の食べているブロッコリーは、八〇%以上がウチのものです〞という言葉は、凄い。

無から再スタートした〝サカタのタネ〞。そしていま常に十年先を展望する研究陣への期待は大きい。

(與)

脚本に込める人への思い

ジェームス三木

じぇーむす・みき●一九三五年旧満州奉天生まれ。大阪府立市岡高校を経て劇団俳優座養成所入所。五五年テイチク新人コンクール合格、以後十三年間歌手生活。六七年「月刊シナリオ」コンクール入選、以後脚本家となり現在に至る。他に舞台演出、映画監督、小説、エッセイなども手がける。主な作品にNHK大河ドラマ「葵　徳川三代」など。

脚本は〝排泄〟作業

西丸　三木さんとは永いつきあいだけれど、いったいいつ頃知り合ったのか、覚えていらっしゃいますか。

三木　ぼくが横浜のクラブで歌手をしていた時に、お客さんとしていらしたのが最初だと思います。確か先生が助教授の頃ではないでしょうか。助教授でクラブで遊べるような給料をもらっているのか、と感心したことがあります。

西丸　あのころ、〝学割〟にしてもらっていたじゃないですか（笑）。

三木　一九九六年、何十年ぶりかでディナーショーをやりましたが、それにも来ていただき、ありがとうございました。きれいな女優さんを何人かつれてきてくれて、会場が華やいでお客さんも喜んでくれました。歌手のぼくよりも女優さんの方ばかり見ていたようですが（笑）。

西丸　あちこちのクラブに二、三人で出掛けていた頃を思い出して、懐かしかったですね。昔話のついでというわけではありませんが、歳をとってきて昔をふりかえってみて、もう一度やりなおしてみたいと考えたことはありませんか。

三木　そういうふうに思ったことは一度もないです。

西丸　それは素晴らしいことですね。

三木　体の中のホルモンが騒ぎつづけているからじゃないでしょうか。それが途絶えたときには、若い時分にもどりたいと思うかもしれませんが。先生もそうじゃありませんか。

西丸　そうですね。まだ騒いでいます。それがなくなったらだめなんじゃないかと思いますね。

三木　先生を見ているとぼくと同類のような気がします。前向きで、もっとおもしろいこと、もっと有意義なことはないかと常に探している。お会いするたびになにか新しいことをやっていらっしゃいます。十年くらい前を歩いていらっしゃる先生はぼくの指針でもあるんです。

西丸　なんだか、どちらがホストかわからなくなってしまいました（笑）。いろんな人の脚本を見てきましたが、三木さんの作品にはどこかに華があるような気がします。「脚本の魔術師」とでも言えるような。そして、緊張した場面でもゆとりやユーモアがあって、自然に引き込まれてしまうような不思議な魅力があると思うんです。いったいどんな風に書いているのか、ちょっとのぞいてみたいと思っていたんですが。

三木　とても人には見せられません。仕事場はワープロの横に簡易ベッドがあって、洋服と本が散らばっていて、足の踏み場もない有様なんです。勝手に触られるとどこになにが置いてあるかわからなくなってしまうので、絶対に他の人間にはいじらせないんです。

西丸　ますます見たくなりました（笑）。

三木　脚本を書くという行為は、自分の中からモノを吐きだしていく、排泄していく作業だと思うんです。仕事場は、きれいなたとえではないけれど、〝トイレ〟のようなものなんですね。トイレをのぞかれるのが嫌なのと同じで、仕事をしている姿は見られたくないんです。

西丸　排泄したあとは、新しいものを食べて、つぎつぎにまた〝排泄〟することで、新しい脚本が生まれてくるのですね。

三木　あるいは無意識に、新しいものを取り入れていくのかもしれません。おもしろいもので、「今度はあててやろう」と山っ気をだすと失敗してしまうんです。逆になにげなく使った言葉が流行ったりするんです。なかなか意図したようにはならないというのは、人生と一緒ですね。

西丸　三木さんの書かれた本やドラマを見ていると、今まで歩いてきた道や生き方がしみじみと感じられるような気がします。いろいろな人生経験を持っていて、それをいい方面に生かしていらっしゃるようですね。

三木　どんなことがあっても、それを体験できたからむしろよかったのかなと、なんでもいいように解釈する質でもあるんですよ。

西丸　そういう人はたくさんいると思いますが、それを作品に仕上げてしまうところが、並の人じゃないなという気がします。それがなければ〝ただの人〟だけど（笑）。

三木　若い頃歌を歌っていましたが、クラブに来るお客さんは、歌を聴く目的で来ているわけじゃない。コンサートなどで歌を聴く用意のできているお客さんを前にするのとは違うんです。大きな声で歌うと「うるさい」って言われたり、どうにかしてこちらを向かせようとするのは、ものすごいエネルギーがいるんですよ。そんな状況で歌っていましたから、お客さんっていうのは、薄情で移り気なものだっていう気持ちがどこかにあるんです。だから脚本を書いていても、茶の間の皆さんにサービスしないとチャンネルをまわされるぞっていう恐怖感が常にあります。

西丸　確かにテレビの前にいる人は、ご飯を食べたりしているわけですからね。それをひきつけるというのは、クラブの歌手と似ているかもしれません。

三木　自分が書いたドラマを、みんながきちんと見ていてくれる、と思うのは大きな間違いだというのは、歌手をしていて生のお客さんを知っているからわかったことです。だからついサ

都内にて

ービス過剰になって、視聴者におもねってしまうところがありますが。
西丸 ひとりよがりにならないということは大切な点ですね。常に視聴者を意識しているんですね。
三木 そういう意味で、歌手だったことが無駄にはなっていないなという気がしています。

人間の〝滑稽さ〟を書く

西丸 三木さんは十年くらいまえに、病気をなさいましたよね。
三木 脳腫瘍の手術をしました。
西丸 お体の具合は今はいいのですか。
三木 ええ。あの時も先生にはお世話になりました。沈みかけた船を引き上げてもらったような気持ちでした。
西丸 今思うと、腫瘍のできた場所がよくなかったんです。全部取りのぞくとどこかを傷つけて後遺症が残る可能性がある、という話だったので、八割くらい取れば、むこう十年か十五年はもつだろうということで、そのような手術でした。
三木 そうです。先生に「六十五くらいまで生きれば、後はいいでしょう」って言われたんですよ。
西丸 あの頃、どうしても書きたいものがあると仰っていたんですよ。だからそれが終わればいいでしょう、なんて勝手なことを申し上げました（笑）。
三木 残った腫瘍がもとの大きさになるまでには二十～三十年はかかります、それまでにはたぶん他の病気で死ぬでしょう、って〝予告〟されて妙に納得してしまったんですね。でも、今聞きましたら医学が進歩して、二～三センチくらいの腫瘍なら切らなくても放射線で治療ができるようになったそうですね。先生の判断は正しかったんだと思いました。

西丸　本当によかったですね。でも、あの時は精神的に究極のところに追い詰められていたんじゃないかと思うんですが。

三木　はい。死を覚悟しました。

西丸　死の淵から生還してきたということは、生き方、考え方に大きく作用しているんじゃないですか。

三木　手術後は、これからは家族を大切にしなくちゃいけない、仕事も選ばなきゃいけないなんて哲学的に考えましたけど、一年くらいたつと頭からそんな考えはすっかり消えてしまいました。

西丸　世の男性の常ですかね。ぼくの友だちでも奥さんが癌になってしまった人がいて、今までなにもしてあげられなかったと悔やんでいたんですが、病気が治って元気になったら、なにか損をしたような気になったと言っていましたね。

三木　その気持ちは非常によくわかりますね。人間っていうものは結局、滑稽でちょっと悲しい生きものなんだなって思います。その滑稽さがいとしくて書きたくなる。

西丸　自分で体験した悲しみや苦悩などが源となって生まれてくるように思います。けつまずくこともなく順調に人生を歩んできた人は、どこかもろいような気がします。

三木　「ものを書く人間の青春時代は不幸でなくてはならない」と語った人がいましたが。

資料から歴史を紡ぐ

西丸　三木さんは、歴史ドラマもたくさん書いておられるけれど、とても博学だなあと感心してみています。伊達政宗を描いて大ヒットした大河ドラマの「独眼竜政宗」なども大変おもしろかったですね。やはり独自の「政宗像」があって、それを基に書いていくのですか。

三木　歴史ドラマを書くときには、まずその時代の資料集めから始めます。膨大な量になりますから全部読む余裕はありません。ですからその資料の〝匂い〟を臭ぐんです。これはもう本能的なカンですね。そして下敷きになる、第一次資料と言えるようなものを探しあてるんです。それを参考にして肉付けしていくんです。余談になりますが、手術後、なんとなく頭がすっきりしたというか、大河ドラマなど長いものが書けるようになったんですよ。不思議ですね。先生のおかげかな。

西丸　お役に立てたのならうれしいです。歴史ドラマを書くのも、法医学で鑑定するのと同じだな。事件の鑑定資料も段ボールに十箱とか、べらぼうな量なんです。だからやはりカンで、ここところを取るって決めてかかるんですよ。短時間の勝負ですね。

三木　脚本を書くということは、よく考えてみると、実は文献を〝解剖〟していることになるんですね。〝病巣〟を探しだして、これはなんだろうっていう具合に。先生の仕事と似ているのかもしれません。

西丸　サスペンスドラマでよく「死体は雄弁だ」とか「死体は語る」という言葉を耳にしますが、あれは少し違うと思うんです。死体はなにも語ってはくれない。解剖する人が語らせるものなんです。その人の見方や考え方が悪かったら、何も出てこない。

三木　歴史も同じです。なにも語ってはくれません。歴史学者は文献や資料を基に歴史を組み立てますけど、同じ事物の資料が何通りもあったり、資料自体がインチキくさかったりするので、資料を過信するのもどうかなと思います。資料と史実は違うものなんです。ぼくらは学者と違って「証明」する必要がありませんから、ここここをおさえておけばいいっていう骨組みが決まったら、後は仮説で成り立たせて自由に書いてしまいます。そういう部分には自分のものの考え方が投影されているような気がします。

西丸　三木さんが歴史学者と対談していた原稿を読んだことがありますが、よく勉強しているなって、びっくりしました。いつか「ジェームス三木の日本の歴史」なんて本を書いてみたらどうだろう。おもしろいと思うんだけど（笑）。

後世に残す確かな心

三木　実は歴史はまったく苦手でして。歴史ものを書くときは、たとえば政宗ならその時代の前後のことだけはくわしくなるんですが、間がすっぽりとぬけてしまっているんです。歴史ドラマを書いていて思うのは、たとえば平成の時代から江戸時代を見る時、われわれはほとんど時代のとらえ方を間違えます。時代の状況を知らないで論評することは、大変難しいことだと思うんです。その時代の人に成り切ることはできないのですから。同業者が関ヶ原の戦いの直後の場面を描いた時に、徳川の武将の台詞に「各々方、喜び召され。これにて徳川三百年の礎は固まったぞ」と書いてしまったら、なんでその時徳川の時代が三百年続くってわかったのか、という指摘があったといいます。歴史ドラマを書く人間の陥りやすい間違いなんです。現在の常識や感覚で歴史上のものごとを考えてしまうことに危険性を覚えますね。

西丸　陥りやすい錯覚というのは確かにあるんでしょうね。

三木　一般的に考えても、いつの時代にもそういうことはあると思います。たとえば、悲観的な考えではありますが、人間関係は日々変化しているということに気が付かず、お互いに理解しているつもりでも理解できていないというようなことです。

西丸　本当の意味で理解しあうのは非常に難しいことです。

三木　文献にも同様のことが言えると思います。つい書かれてあることが本当だと信じてしまいがちですが、そもそも歴史文献は、だれかに都合よく書かれているんです。権力者やお家の都合で初めから嘘が書いてあったり。状況と照らしあわせていくと明らかに異なっていることがよくあります。

西丸　学者の論文も似たようなことがあります。たとえば学会で一年間研究したことを発表する。それはただ「報告」しただけで学会が認知したことを意味しているわけではありません。それが新聞などに載せられるとその記事だけが一人歩きしてしまう。歴史文献は執筆者が主観をまじえて書いてあるわけですから、よけい難しいですね。

三木　「史実」というものには、客観的事実などほとんどないんじゃないかって思うんです。昔は情報も少なかったし、文献だって全部そろっているわけじゃない。違った形で伝わっていることが意外に多いような気がします。たとえば、有名な忠臣蔵の「刃傷松の廊下」も、本当は吉良が切られたのは別の場所なんです。現場を「松の廊下」に設定した歌舞伎が流行ってしまって、〝定説〟のように伝えられてしまったのです。情報化社会とはいわれますが、現代の出来事が後世に正確に伝わるかっていうと、あやしい気がします。

西丸　うーん、なるほど。面白いですね。僕はなんでも信用しちゃう性格だから……。これからは歴史ものは少しクールに見ないといけませんね。今日は楽しいお話、ありがとうございました。

〔対談後述〕　ジェームス三木さんとは、本当に長いお付きあいで、もう三十五年ぐらいになるのだろう。もちろん、いつもお会いしているわけではなく、時には年一回ぐらいのことも……。

でも、いつお会いしても実にチャーミングで、変わらない暖かさを感じる人なのだ。今までに文芸誌や経済誌で、三回ほど対談をしているのだが、読み返してみると、何故か、それがいつも新鮮で、しかも楽しい。実に不思議な魅力を持つ人である。

初めてお会いしたころ、テイチクの歌手からスタートして、横浜のクラブでは、青江三奈さんなんかと歌っていたのを覚えている。そして次に、なんとモデルに転向。あのころは、ほんとうにスマートでハンサムだったのに……。そして脚本の世界に移って、今日の多彩な大脚本家、ジェームス三木が生まれたのだ。

今回の対談では、彼の仕事場で話しをしたいと申し入れたのだが、そればかりは……と逃げられてしまった。大河ドラマにせよ、劇場での芝居にせよ、その脚本をどんなところで、どうやって書いているのか、一度拝見したいと思っていたのだが。

ところで、どうしてそんな気になったのか、まだご本人から聞いていないのだが、三年ほど前、ディナーショーをやって、久し振りに彼の歌うジャズヴォーカルを拝聴した。もちろん昔の方がうまかったし、艶もあったようだが、でも結構やるなあと感心してしまった。しかも、まだまだ男の匂いが残っている。

さて多彩な才能を持つジェームス三木さんが、次はどんなドラマを展開してくれるのか、とても楽しみである。そのためにも、お互い長生きをしなくては……。

（與）

〝ドラマ〟を充実させる教育を

紺野美沙子

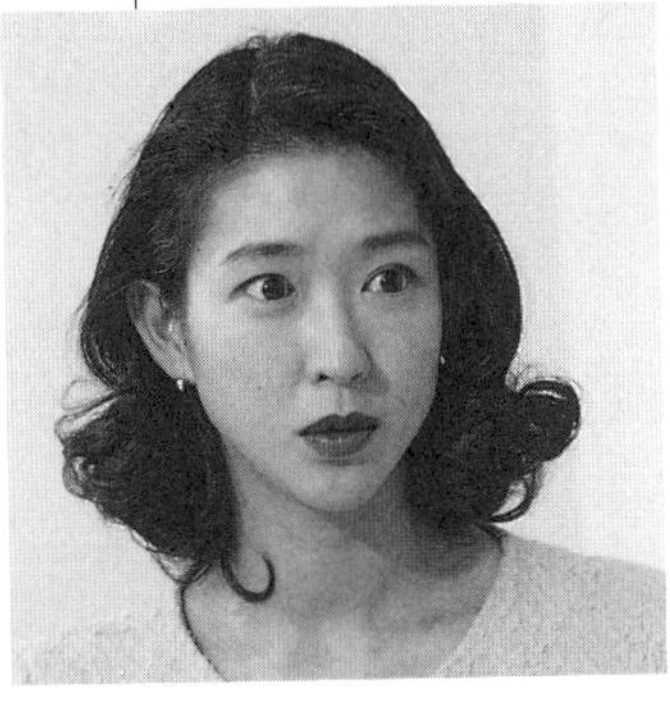

こんの・みさこ●女優。東京生まれ。慶応大学卒業後、一九七九年映画「黄金のパートナー」でデビュー。NHK連続テレビ小説「虹を織る」に主演。日本アカデミー賞優秀助演女優賞など受賞。九九年五月に四冊目のエッセイ『怪獣のそだてかた』を上梓。

育児も仕事も許容範囲で

西丸　はじめてお会いしたのは、もう十二、三年ほど前になりますか、私の書いた『法医学教室の午後』が映画になり、それに出演していただいたときでした（大森一樹監督）。紺野さんは、あの頃と全く変わらない。さすがは、女優さんです（笑）。

紺野　そうでしょうか。先生だってお変わりありませんよ。

西丸　おいおい、最初はエールの交換ですか？　でもそれは嬉しいですね。ところで、十年といえば、ひと昔、いや、いまの時代では大昔ということになるかもしれません。医学生なら助手か講師、早ければ助教授になっている歳月です。それだけ変化もあるわけですが、紺野さんも結婚、出産と、実生活でもさまざまなドラマを繰り広げられてきたわけです。もちろんお幸せだったとは思いますが、自らの人生ドラマには、どのような印象をお持ちですか。

紺野　職業柄でしょうか、常に客観的に自分の姿を眺めるクセがついておりますので、何事にもおおよそ冷静に対処できたように思います。そのうえ、ちょうど結婚や育児にまつわるエッセイ集がブームになったこともあって、私にも依頼が寄せられ、執筆のネタ探しをするためにも、より一層、身の回りの変化を落ちついて観察するようになりました。

西丸　たとえば、女性にとっては人生の一大事業ともいえる「出産」についても、慌てることなく、落ちついて対処できたのですか。

紺野　いえいえ、とんでもございません（笑）。全てのことが未知との遭遇といった印象で、刺激的な、摩訶不思議な体験でした。わが身のことながら、楽しかったです。

西丸　あとでも触れますが、紺野さんはテレビで科学番組をお持ちのほどですから、なにかとクールに対処できる方だとは思っていましたが、その紺野さんが、刺激的な、摩訶不思議な体験と表現するほどですから、出産とは男性にはとても想像できない驚くべき出来事なのでしょう。もっとも、お仕事を抱えての育児の方のご苦労が大きいのではありませんか。

紺野　育児と仕事を完全に両立することなど無理ではないでしょうか。私の場合、いずれにも許容範囲というものがありまして、その一線を越えて育児なり仕事なりをこなそうとすると、演技に生活感が滲み出てしまったり、つまらないことで家族に当たったりという弊害が生じますので、あくまでその範囲内で可能な仕事はお引き受けするといった自然体でこなしています。

西丸　女優として、〝不完全燃焼〟な部分を感じたりはしません？

紺野　いまでなくては、生涯、演じることのできない役柄が回ってきたら、子どもを放り出して仕事を選ぶかもしれません（笑）。しかし、幸か不幸かこれまでそういう機会はありませんでした。現在の自分にとって最も大切なことは何かを常々、考えるようにしていますが、いまのところ私にとってそれに該当するのが、母親である私を必要としてくれる子どもとともに過ごす時間です。一歳を過ぎたかわいい姿をこの目に焼きつけておくうえで、子どもとの時間は貴重なものです。

西丸　何が大切か。だれであれその優先順位を日頃から念頭に置いておく必要があるのかもしれません。女優紺野美沙子といえば、理知的なイメージが先に立ちますが、いまのようなお話をうかがうと、別の顔をかいま見たような気がします。

ところで、その理知的な印象を定着するうえで大きな役割を果たしたといえる「紺野美沙子の科学館」ですが、ずいぶん、息の長い番組ですね。

知的好奇心を満たす驚き

紺野　十五年続きました（一九九九年三月で終了）。お蔭様で番組がもとになったサイエンス・エッセイ集も出版させていただきました。

西丸　エッセイ集に、自分の本が出るときの〝不安〟がつづられていたように思います。私も経験しましたが、だれも買ってくれなかったらどうしようといった心配は確かにあります。

紺野　発売の当日、本屋さんに何軒も電話を入れて、こんなタイトルの本は入りましたかって様子をうかがったり、出版社に連絡して、本屋さんにまだ置いてないそうですって泣きついてみたり（笑）。もう大変でした。いま考えてみると、顔が赤くなります。

西丸　私も発売日には本屋さんに行って様子をうかがったことがありました。もっとも、大作家といわれるような方でも案外、そういうものだといいます。話を戻しますが、「科学館」では本当に楽しそうに驚いたり喜んだりしています。あれは演技ではないのですね（笑）。

紺野　サイエンスの世界を観察するなんて暮らしのなかでは滅多にないことです。普段なら「へーえ」の一言で終わってしまう事柄が、詳しく、具体的に目にでき、なぜそのような現象が生じるのか、その理由を教えていただけるのですからとても新鮮です。

西丸　紺野さんの表現を借りるなら、世の中には「へーえ」の一言で済ませてしまうことが少なくありません。たとえば、建設中のビルの屋上のクレーン車は、いったいどうやって地上におろすのか――。

横浜にて

紺野　普通なら屋上のクレーンを目にしても、そこまで考える人は少ないと思います。いまの先生の疑問の種明かしをすれば、クレーンは最終的に解体されたうえで、エレベーターで降ろされるんですよ。もちろん番組で得た知識の受け売りです（笑）。

西丸　妙な驚きなら心臓に悪いけど、いまお話にあったような驚きの連続なら、知的好奇心を満たすうえからも大いに歓迎すべきでしょうね。

紺野　この先、何年も何年も同じような番組に出演させていただくことができたら、私にとってはよきボケ防止法にもなると期待できそうです。

西丸　知的好奇心を失わないこと、そして、文章を書くこと——たしかに痴呆症防止に役立つでしょうね。

紺野　痴呆症といえば、私も最近、人の名前や顔を思い出せないことが少なくありません。仕事柄、台詞を記憶するといった瞬間的な集中力は持続しているのですが、忘れるのも早くて。

西丸　台詞を覚えるといった記憶力は二十代が最も優れているといいます。その後は、ゆるやかなカーブを描いて衰えを見せはじめます。でも心配することはありません。若々しい紺野さんには余計なお話かもしれませんね。しかし、四十代ぐらいから患者が発生するアルツハイマーとなると面倒です。専門的な表現をすれば「脳の原発性変性による神経細胞の変質、消失による脳の萎縮で生じる痴呆症」のことです。原因は不明ですし、徘徊や妄想、幻覚など伴います。寿命がつきるまでだれであれ、充実した毎日を送りたいと望んでいるはずですが——。

教育と四つのキーワード

紺野　六十代、七十代の方を目にして感じることは、その生き方にずいぶん個人差があるなあということです。培ってきた経験や能力を十分に発揮できる場が確保できれば、まだまだイキイキと毎日を過ごせるお年寄りも少なくないはずです。その辺はいかがなのでしょう。

西丸　たとえば、ボランティアを例にとりますと、うちのセンターの場合はほぼ一〇〇%女性です。男性が一人、混じったり混じらなかったりという状況です。会社を退いた年配の男性はいったいどこに姿を消したのだろう、福祉を支えるには男性の力がもっともっと必要なのだと声を大にして叫びたい思いです。

紺野　年齢に関係なく元気な方にはぜひ参加してほしいですね。七十代が八十代のお世話をしてもおかしなことはなにもないわけですから。

西丸　高齢化社会のキーワードとして私がよく口にするのは、「自立」「共生」「調和」「創造」の四つです。いくら高齢化が進んだからといって、基本的には自分のことは自分でしなくてはなりません（自立）。そして自立しようと努力する人には周辺の人々が手を差しのべたくなるものなのです。元気なうちは人に尽くすことも可能です（共生）。でもでしゃばってはいけませんね。周囲とのバランスにも意を払うことが大切です（調和）。そのような状況に、適当な刺激、そしてクリエイティブ（創造）な「発想」がスパイスとして加われば高齢化社会とはいえ潑剌とした社会が実現するのではないでしょうか。

紺野　日本の男性は家庭では自分のことは何もせず、なんであれ母親や妻にしてもらう方が多いようです。高齢者福祉のボランティアに男性の姿が少ないという現実は、そもそもそういった家庭のあり方から生まれてきたように思います。

西丸　なるほど、ご指摘の通りかもしれません。

紺野　本格的な高齢化社会がやってくることを知識として知ってはいても、私を含めて若い世代はまだまだ実感としてとらえているとはいえないでしょう。自立、共生、調和、創造――という四つのキーワードをいまのうちから肝に銘じておかないと、年をとってから悲惨な状況に直面しないとも限りません。

西丸　自分のことは自分で――というのは、言うは易いが、自らを振り返ってみても、実行に移すのはなかなか難しい。ですから、三十代くらいの若い人には、老婆心を発揮して、いまのうちから心掛けておいたほうがいいよと機会があるたびに忠告しているんです。

紺野　幼いころからしっかり「教育」しておかないと、日本の風土にはこれからもボランティア精神は根づかないのではないでしょうか。

西丸　おっしゃるように、本来、ボランティア精神とは、ゆったりと育てていくべきものなのかもしれません。

紺野　私が中学生のころ、娘の顔も分からなくなった母方の祖母が自宅におりました。寝たきりの状態でした。三年間、家族みんなで介護していたんです。そんな状況を目にして育ちましたので、お年寄りを家庭で介護するとはどういうことなのか、なんとなく分かるのです。その点、核家族が進んだ現代に生きる子どもたちは、そういう体験をする機会がほとんどなくなりましたよね。

西丸　教育で大変なのは、十年もしないとその効果がはっきり確認できないことです。核家族には〝継承〟という視点が欠落しています。在宅介護をしようにも、まるで白紙の状況ですから戸惑うばかり。将来を見据えた教育が必要です。

紺野　家庭教育の柱となるべき、父親が忙しすぎて存在感が薄くなっていますしね（笑）。

西丸　私も、決して人ごとみたいに言ってはいられないのですが（笑）。最後に、女優としての今後の抱負をお聞かせください。

紺野　端的に表現すれば、見て下さる方に喜んでもらえるような、いい仕事がしたいですね。こんな私でも、何かのお役に立てるのなら——といった気持ちです。

西丸　いまの言葉は、また、そのまま福祉のこころにも通じるように思います。そのお気持ちを忘れることなく、女優としてはもちろん、ひとりの人間としてより大きく成長するよう期待しております。本日はありがとうございました。

〔対談後述〕　紺野美沙子さんとお会いしていて安心なのは、いつお会いしても、どこでお会いしても、変わらないその人柄のせいだろうか。最初にお会いしたころは、まだ独身で、いまから思えば、もっともっとお若かった筈だ。それなのに、あのちょっとおっとりとした話し方も、つぶらな瞳も、スリムで清楚な感じも、あのころと変わっていない。私からみれば、年齢を感じさせない不思議な存在ということになる。

ご承知のように、紺野さんはエッセイも書く。たしかいままでに四冊の本を出版されているが、それらを楽しく読ませていただいた。

楽しいなかにも、その端々に、紺野さんらしい知的なものが感じられる。女優と、家庭、それに育児と三大役をこなすことは、本当に大変だろうと思うのだが、対談でも話しておられたように、サラリとやってのけている。

「職業柄でしょうか。常に客観的に自分の姿を眺めるクセがついておりますので……」とおっしゃる面も確かにあるが、軽く飲んで、たまに歌う演歌を聞いていると、どうしてどうして……、意外性を見ると同時に、何故かほっとするのである。

一段と核家族化が進むなかで、現代の子供たちが、家族というものの必要性を体験できないことに心をいためる。そして、こんな私でも何かのお役に立てるのならという紺野さんは、爽やかだった。

これから一層円熟という言葉があてはまるだろう女優としての紺野美沙子さん。加えて、家庭人として、母親として、さらに社会の一員としての活躍に期待している。（與）

こころを癒す音楽

吉川久子

よしかわ・ひさこ●フルート奏者。一九六一年東京生まれ。ソリストとしてクラシックほか胎教のための音楽会などで活躍。CDに「インティーモ」「夢たちのコンチェルト」「天使のセレナーデ」等。放送学園大学等で特別講義も担当している。

母親のリラックスが狙い

西丸　きょうは対談だけではなく、突然、医療センター（横浜市総合保健医療センター）のお年寄りを前に演奏までお願いし失礼いたしました。それにしても、フルートの音色って、本当にいいものです。みなさん、とても喜んでいました。なかには「赤とんぼ」や「七つの子」の曲に合わせて歌を口ずさむ方もおいででした。

吉川　曲が終わるごとに大きな拍手を頂戴して、とても感激しました。

西丸　ところで吉川さんは長年にわたってマタニティーコンサートを開いていらっしゃるとか。どんな動機からお始めになったのですか。

吉川　ことしでもう十二年目になります。最近では胎教音楽がブームになったりもしていますが、私が妊婦の方たちを対象にコンサートを始めたころはまだ一般に馴染みの薄いものでした。胎教といっても、お腹の赤ちゃんに何か教え込むというのではなく、音楽を聞いたお母さんにリラックスしていただくことが狙いでした。

西丸　妊娠中はイライラしたりストレスを感じるお母さんが確かに多いようです。そういう気持ちを音楽で和らげる、ということですか。

吉川　そうです。それと同時に、妊娠時の思い出深い曲になればと――。将来、大きくなったお子さんと、その曲について語り合っていただけるなら嬉しいのですが。

西丸　長年、演奏しておいでですから既にそういう親子もたくさん生まれているのではないですか。

吉川　ありがたいことに、そういう親子もおいでです。いずれそのお子さんが大人になって赤ちゃんができたときに、お母様と一緒にコンサートにおいでいただければ最高です。親子三代にわたって、私のフルートを聞いていただくことが夢なのです。

西丸　音楽は、言葉を交わさなくても共感が得られるというか、互いのコミュニケーションが広がるものなのですね。そんな音楽の力に着目して、医学の世界でも近頃では音楽療法を取り入れるようになってきました。盛んに試みている大学もあるようです。

吉川　私もその分野に興味がありまして、学会などから出される文献などに目を通しています。

西丸　どんな音楽を聞かせたらより大きな効果が得られるのかも、面白いテーマです。たとえば、悲しげな音楽を延々と聞かせて、とことん泣かせると逆に開き直って立ち直ったりするケースもあるようです。

吉川　私の場合は、こころ優しい曲を演奏して気持ちをリラックスしていただくことが多いです。以前に世界の子守歌を集めていたこともあって、子守歌や童謡、日本の古い民謡などが中心になります。

西丸　誰にとっても忘れられないこころの歌ですね。

吉川　ところが、日本の古い歌って、だんだんと縁遠くなってきていて、普段はあまり耳にしない方が増えているようです。演奏すると、どこかで耳にしたことがあるなと、徐々に思い出してきますが、曲のタイトルも内容も知らずにいたりすることがよくあるのです。

西丸　子供のころ母親が歌ってくれた子守歌とか地方に伝わる数え歌とか、曲調はなんとなく思い出せても、いったい何という曲だったかなということも珍しくありません。

吉川　コンサートで中国地方の子守歌を演奏したときのことです。客席にいた定年前後の男性が急にハンカチを目に当てて泣きだしてしまって。タイトルも何も知らなかったけれど、子供のころ、いまは亡きお母さんがいつも歌って寝かしつけてくれた曲だったというのです。私もついもらい泣きをしてしまいましたが、フルートって泣くと吹けなくなる楽器なので困ってしまいました（笑）。

西丸　そういえば、さきほど演奏していただいたとき、古い歌に目を潤ませている方もおいででした。

吉川　私もそれに気がついて、実は、ああ、泣いちゃだめですよってこころのなかで話しかけながら演奏していたんです。

西丸　年をとると、表現方法が下手になってくるというのか、無表情になるものです。ところが、音楽を聞くことによって、無意識のうちに感情を吐露できる。いいもの、美しいものはシャープだなあと感じました。

高齢化社会と音楽療法の役割

吉川　さきほどの音楽療法の話に関係してきますが、昔の曲を聞いて亡き父母や祖父母のことを思い出し、それがきっかけとなって、たとえば、痴呆症のお年寄りの症状が好転するような効果が生まれたら嬉しいですね。

西丸　現在の日本社会では三・五人の若い世代が、六十五歳以上のお年寄り一人を支えている勘定ですが、将来的にはその割合が一対一になります。ですから調和のとれたクリエイティブ

横浜市総合保健医療センターにて

な社会を営むためには、若者にへつらわない元気で素敵なお年寄りにならなくてはだめです。その一端を担うことになるのが音楽療法かもしれません。われわれ医療側も、その点についてもっと努力しなくてはなりません。

ところで吉川さんがコンサートで演奏するのは子守歌とか日本の歌が多いのですか。

吉川 そうとは限りません。クラシックや映画音楽などいろいろな曲を演奏します。大学で講師をしていて最近感じるのですが、クラシックというだけで敬遠してしまう若者も少なくありません。ですから、初めてクラシックに出合った学生さんでも興味を持って聞いていただけるように、たとえば、シューベルトには十五人も兄弟がいたとか、ドボルザークは家業を捨て両親の反対を押し切って音楽家になったとか（笑）。そういった作曲家などにまつわる愉快なエピソードを披露しながら演奏するようにこころ掛けています。

西丸 フルートを始められたのはいつごろのことですか。

吉川 先生について習いはじめたのは十二歳の頃です。それ以前に学校の授業でリコーダーに触れ、とても凝ってしまいました。明けても暮れても笛ばかり。学校の帰り道でもいつも吹いていたものですから、近所のおばさんが「ほら、お宅のお子さん、お帰りよ」ってよく母に知らせてくれたといいます。

西丸 「笛吹童子」ならぬ〝笛吹き少女〟だったわけですね（笑）。

吉川 そのうちに縦笛より横笛に憧れるようになり、フルートを手にするようになったわけです。

感動を分かち合う媒体としての音楽

西丸　フルートという楽器についての知識はあまり持ち合わせていないのですが、歴史は古いのですか。

吉川　現在の姿になったのは百年ほど前のことです。意外と歴史は浅いのです。フルートを金管楽器だと思っておいでの方が多いのですが、実は木管楽器なんです。先生はご存じでした？

西丸　いいえ、残念ながら。ただ、銀色に輝いていますから金管楽器と思ってしまいます。

吉川　私のフルートも銀色ですが、金もあれば銅も、また、それをミックスした色合いもあります。それぞれ音色も異なり、金色は華やかな音で、銀色は一層澄み渡るような音色です。好みによって使い分けるのですが、私は銀のピュアな感じが気に入っています。

西丸　同じフルートでも随分違うものなのですね。勉強になりました。笛という楽器のジャンル自体、とても幅広く、奥の深いものなのでしょうね。

吉川　フルートをはじめとして現在の形をとる前も、笛は人々の生活に密着したものでした。たとえば、笛で病を呼んだり、振り払ったりした歴史もあるようです。

西丸　「病は気から」といいますが、その気の部分を揺り動かすような効力が音楽そのものに存在するのかもしれません。

吉川　逆に、気の持ちようで音楽、また音そのものに対する反応が変化することもあります。たとえば、日頃、耳にしているはずの時計の秒針の音が妙に気になったり、寝ているときにかかってくる電話のベルの音がうるさく大きく感じたり――。

西丸　そう考えると、音楽と人間の気持ち、そして潜在意識の関係を、もっともっと突き詰めていく必要がありそうです。

吉川　先日、鎌倉で先天性の障害を持った人たちを前にコンサートを開きました。演奏を始めると、なぜか、大声で泣きだす人がいたのです。感激して泣きだしてしまったらしいのです。でも拍手の瞬間を待っていてくれて、こんなにたくさんの拍手を頂戴したのは初めてではと驚くほど、曲が終わるつどにアンコールのような盛大な拍手をおくられました。本当に感動してしまいました。

西丸　いいなあ。そういう風に音楽を媒体にして、人々と感動や感激を分かち合えるということは。

吉川　おっしゃるとおりです。音楽の関係者以外の、いろいろな方にお会いできるのが私にとってのかけがえのない財産だとこころから思います。

西丸　マタニティーコンサートだけではなく、痴呆症のお年寄りや先天的に障害をもつみなさんにも感動を与え、こころを揺り動かすような、〝天使の調べ〟にも似た演奏をこれからもお続けください。

吉川　ありがとうございます。最近、音楽家は運動選手と同じで体力が勝負だと感じることがあります。でも、ちょっと声をかけられ、応援していただくと、もうやめられないと思うほどの魅力があります。私の演奏がどれほどお役に立てるかわかりませんが、力の限りお手伝いできれば嬉しいです。医療センターのお年寄りの前で演奏できるよう、いつかまたお声をかけてください。

西丸　ぜひお願いいたします。その日を楽しみにしております。ありがとうございました。

〔対談後述〕　吉川久子さんが、マタニティーコンサートというのを始めて、十年を超えたという。これは女性のフルート奏者として、いかにも優しい、しかも素敵な発想だと思っている。

良い音楽は、人のこころを和らげ、なごませる。母親となる人たちに、そんな音楽を聴いてもらうことが願いという吉川さん。そしてフルートの演奏会や、ジョイントコンサートなど多忙なスケジュールの中でも、その思いは一層ひろがってゆくという。

吉川久子さん。彼女にお会いした人たちは、みな口を揃えて〝みるからに育ちのよい、しっとりとした感じの美しいひと〞と言うが、そのとおりかも知れない！　子供のころ、リコーダーに凝って、明けても暮れても笛を吹いていたとか。学校の帰り道、カバンを背負ってリコーダーを吹きながら歩く可愛い姿が目に浮かぶ。いや失礼、いまでも可愛いですが……。

対談の前に、私の勤務していた医療センターで、気軽にお年寄りたちのために演奏して下さった。身体の不自由な人も、いつも黙りこんでいる人も、少し痴呆の始まっている人も、みんな眼を輝やかして、なかには眼をうるませながら聴きいっている姿は、実によかった。

いま医学の領域でも、音楽療法をとり入れている機関も増えてきたのだが、確かに何か手応えがある、そういう感じを私は持っている。〝先生、またここに来て演奏させて下さい〞と言って下さった吉川さん。本当にありがとうございました。音楽を介して、通じあうこころとこころ。いいなあ。

（與）

生きる糧とこころの不可解

大島　渚

おおしま・なぎさ●映画監督。一九三二年京都生まれ。五四年京都大学法学部卒業後、松竹大船撮影所に助監督として入社。「愛と希望の街」（五九年）で監督デビューし「青春残酷物語」（六〇年）で日本映画革新の旗手に。他に「日本の夜と霧」「白昼の通り魔」等。国際的監督としての評価を得、「愛のコリーダ」など生んだ。

リハビリと社会活動

西丸　医者がこんな発言をしては不謹慎かもしれませんが、薬というものをあまり口にしたことがなくて、どちらかといえば、これまでは「信じれば片栗粉でも効くんだ」といった無茶も口にする部類の人間でした（笑）。ところが最近、血圧が急激に高くなったこともあって、これまでの考えをあらためなくてはいけないかなと考えさせられました。監督は一年前に脳出血でお倒れになって、現在、リハビリ中ですが、お見受けしたところ、ご病気前とあまり変わりがないように思われますが。

大島　リハビリがどれほどの効果をあげているのか、自分ではわかりませんが、だいぶ回復しましたねと周囲からは声をかけていただいております。

西丸　テレビ番組にも出演しておいでです。ある意味でいいリハビリになっているのではないでしょうか。

大島　ディレクターたちもそういって起用してくれています。病気をしてもなんらかの形で社会活動が可能なのだという一つの例証にはなったと思います。

西丸　同じような病気で頑張っている方たちの励みにもなります。

大島　病院へ通い始めた当時は、テレビなどに顔をさらしてきましたから、じろじろ見られるだろうなと気になりました。ところが、実際には皆さんあまり関心を示さない。考えてみれば、患者さんというのは自分のことで精一杯ですから、当然です。

西丸　ご病気をなさって、人生観が変わってしまったといったことはございませんか。

大島　ぼちぼちそういう変化も表れてくるかもしれませんが、いずれにしろこんなドラスチックな形で自分が倒れようとは予想したこともありませんでしたから、ただもう驚いて——いつか自然にくたばるだろうくらいにしか行く末をイメージしておりませんでしたので。

西丸　血圧が高かったとか、動脈硬化があったとか、そういうことはなかったのですか。

大島　頑健な質ではなかったので、それなりにからだには気をつけておりました。ただ、僕は最高で九六キロほど体重があった時期があって、一〇〇キロに到達したらお祝いだ（笑）なんて思っていたほどだったんです。というのは、僕等の世代は食べるものも食べられない戦中育ちですから、食べて太るということが大変うれしかったという記憶があります。ただし、さすがにそれくらいに肥えると体調がすぐれなくて——。それでも血圧は大丈夫でした。

敵を描く視点とテーマの重さ

西丸　同じ時代をくぐり抜けた者として、一〇〇キロのお祝いをしてやろうというお気持ちも分からぬではありません。戦争といえば、監督には十数ヵ国の映画人と共同でお作りになった「戦場のメリークリスマス」（一九八三年日英ニュージーランド合作、出演／デビッド・ボウイ、坂本龍一ほか）という作品がございます。拝見して、それまでの日本映画にはない視点、つまり、敵と味方、それぞれの目から戦争が描かれていて、オヤッと感じた記憶があります。

大島　反戦映画も含めて日本の戦争映画の特徴のひとつに、日本人は敵、つまりアメリカ軍やイギリス軍のことは何も知らない、考えない、よって戦いの相手との関係を描こうにも表現できなかった点を挙げることができます。反戦映画であればあるほど、自分はこんなに苦労したんだと自らを慰め、傷をなめるような作りなんです。外国の作品は、その点、敵は敵なりに人間として何を考えていたのだろうかと追及する姿勢があります。

西丸　日本の映画というと、まず主題があって、観客は一つ一つ納得し、自己満足を感じながらストーリーを追う作品が主流だったと思います。ところが「戦場のメリークリスマス」には、「後はおまえが自分で考えろ」とポンと球を投げ返されたようなシーンが時々あって、それまでにない面白さを感じたものです。

大島　いまお話にあったような映画を見ながら僕も成長したわけですが、やがて撮影所に入り映画を作る立場になってあれこれ考えるうち、日本人のことだけ念頭に置いた戦争映画なんて何になるんだ、戦争は相手の国があってこそ成り立つもの、敵もまた同じ人間、戦争の本当の姿を描くには相手方の行動や心理も描かなくてはならないはずだと思うようになったんです。

西丸　敵を知り、己を知ってこそ、本当の戦になります。

大島　五十歳を過ぎて、敵国との関係において日本の戦争を見つめ直す映画「戦場のメリークリスマス」をやっと世の中に送り出せたのですから、映画の実現までに、この世界に足を踏み入れてから数十年の歳月がかかったことになります。一つの映画のテーマには本来、それくらいの重さがあると考えています。

西丸　テーマをあたためる時間が長いほど、いい作品ができるのかもしれません。

大島　映画の成否は、作り手がどれだけその対象に執着し、対象の本質に迫ることができるかにかかっているように思います。

大島渚邸にて

不思議なこころの魅力

西丸　相手のことをどこまで知って理解するか——という観点は、医学の世界にも通じます。つまり、これまでの日本の医学は、「なぜこのような病気にかかったのか」「どのような治療法を用いれば治癒するのか」だけを視野に入れ、肝心の患者は、いったいどのような思いを抱いて病と向き合っているのかを埒外に置いた、まるで「患者不在」の状況にあったのです。ところが、医学の力だけでは、いまのところどうすることもできない病気もあるのだということを認識して、医学の有りようが大きな転換期を迎えています。どういうことかといえば、病状の回復に向け努力することはもちろんですが、それ以上に、患者のこころに寄り添って不安や孤独を和らげてあげることが大切なのだと考えられるようになったのです。

大島　人間のこころは不思議なものですから、薬を与える以上に病気に対しての効果があるのかもしれません。人間には、自分で自分のこころが分からないこともあります。僕の場合でいえば、何が面白いといって、なぜその映画を撮ろうとしているのか、なぜそのテーマに魅力を感じているのか分からない以上のことはありません。

西丸　監督には犯罪をテーマにした映画や犯罪者を主人公にした作品がたくさんおありですが、なぜそのような作品に興味を抱いたのか、やはりお分かりにならないのですか。

大島　おっしゃるとおり、なぜなのか自分でも分からないのです。なかでも犯罪者自らがなぜそのような犯罪を実行に移してしまったのか理解できないような犯罪におおいに興味を感じ、意識的にそういうテーマを選択するようになりました。言ってみれば、僕は犯罪者に対して、なぜ君はそんな罪を犯してしまったんだいと問いかけながら映画づくりをしてきたのです。もっとも、映画をつくるためには、その理由を説明し周囲を説得しなくてはなりませんから、なんだかよく分からないけどやりたいんだ、といった類の発想をする僕のような監督は、苦労しましたよ（笑）。

西丸　監督の作品には〝哲学的〟だという印象があるのですが、その背景にはいまお話にあったような事情も影響しているのでしょう。ところで、フランスで撮影し初の芸術ハードコア・ポルノと評された「愛のコリーダ」（七六年）もそんな発想から生まれたのですか。パリで、偶然、拝見して、「哲学的で硬派の大島監督が、なぜ」と驚きました（笑）。

大島　何事に対しても徹底することが好きですし、それが僕の生き方なんです。ですから、「愛」をテーマにするのなら他の人間にはできない地点まで到達してみたい、「究極の愛」「究極の性」を描きたいと挑戦しました。当時の日本で許される性表現の範疇では満足できなかったのです。

西丸　かなりの冒険でしたね。

大島　大冒険でした。

意識に影響する映画

西丸　ところで、こんな発言をしては映画関係者の気分を害するかもしれませんが、現在の日本の映画は海外の作品に比べてレベルがいまひとつのように思います。

大島　日本の映画は、根本的に単なる娯楽になっています。テレビドラマの延長線上というか、日本映画全体の流れがその程度の位置づけしかされていないのではないでしょうか。
西丸　スクリーンとブラウン管とでは全く異なるのですがね。
大島　どこが違うとお考えです？
西丸　大きなスクリーン、サウンド、立体感——居間のテレビですと、主体はあくまで自分であってテレビではないのですが、映画館では主客が逆転して、私が「従」となります。ですから、映画館という空間で大きな画面を見つめていると、意識のどこかが映画から何らかの影響を受けているのだと感じられます。私などは、とても魅力的でこころ引かれるスペースなのですが、しかし、残念ながら映画館はガラガラです（笑）。
大島　テレビの世界にも映像文化は花開いていると思います。しかし、それがわれわれの暮しの文化的な糧になっているのかと問われれば、首をかしげざるを得ません。そして、一般の人びとが何年かに一度しか映画館に足を運ばないのは、生きる糧になるような作品にめぐり合う可能性が小さいことを知っているからです。人類の創造した文化遺産である映画ですが、現代の日本ではその機能が十分に生かされてはいないようです。それは、ひょっとすると日本全体の文化の「波」といったものが、下降線を描いている証拠かもしれません。
西丸　映画に未来は？
大島　映画の作品自体のレベルは回復可能ですが、映画館という文化、つまり、映画館という空間で映画を楽しむという文化が、かつてのように息を吹き返すかとなると悲観的です。
西丸　「映画館文化」の衰退は返す返すも残念です。しかし、新しく誕生する作品に期待が持てるのであれば、なかでも監督にはぜひ再び世界に通用する映画を撮っていただきたい。そのためにも一日も早い回復をお祈りしております。お疲れのところ、本日はお邪魔をいたしました。

〔対談後述〕　大島渚監督は、現在リハビリ中と伺っていたので、対談などをお願いするのは、どうだろうかと思っていた。ところが担当者から、「どうぞ」とご快諾をいただいたという知らせで、早々に藤沢のお宅にうかがうことになった。

和風の、実に瀟洒なお住居で、思わず、うーん流石は……と、編集者と顔を見あわせてしまった。大島さんは、いつものようにきちっと着物を着ておられ、奥様の小山明子さんも暖かく迎えて下さった。そしてとてもお元気そうなので、闖入者としては、少しほっとした次第である。

お疲れにならないだろうかと思いながらも、いろいろとお話を伺ってしまった。

日本という環境のなかで、後々にまで残る映画を作ることの難しさを感じる。例えば大島監督の代表作の一つ、〝戦場のメリークリスマス〟にしても、テーマを暖めて映画の実現までに実に長い年月が必要だったことがわかった。「映画の成否は、作り手がどれだけその対象に執着し、対象の本質に迫ることができるかにかかっている」という言葉を伺いながら、確かに名作というのはそういうものと納得すると同時に、もう一つ、製作費などのプラスアルファがあるように感じていた。

映画を単なる娯楽とせず、そこに芸術性、さらには後々まで残る感動のようなものを持った作品が、果たして今後出てくるのだろうか、そして映画館、劇場の衰退をどう理解すればよいのだろうか。それは、映画を作る側だけでなく、私たち観客にも責任があるように思えてならない。

大きな理想を持ちつづけながら、この世界で活躍される大島さんだが、淡々と語られたその内側の気持ちが、私には強く伝わってくるように感じられた。　（與）

尾崎左永子

源氏物語にみる日本人の心

おざき・さえこ●作家、歌人。『源氏の恋文』で日本エッセイストクラブ賞（八四年）、神奈川文化賞（九八年）、『夕霧峠』で迢空賞（九九年）受賞。歌集に『さるびあ街』『彩紅帖』『春雪ふたたび』など、評論に『源氏の薫り』『梁塵秘抄漂游』などある。現代語訳『新訳　源氏物語』（小学館）全四巻が出版された。東京女子大学卒。東京生まれ。

視覚で読み聴覚で読む

西丸　お会いするときは、ほとんどいつもお着物をおめしになっています。まさに、源氏物語をはじめ古典に造詣の深い尾崎さんにふさわしいなという印象をもっておりました。

尾崎　ほかの方に比べれば、着る機会は多いかもしれません。着物は日本の気候に合っています。夏は涼しくて、冬は暖かくて。楽に着付けをすれば、洋服より着やすいのではないでしょうか。「成人の日」など気の毒になりますね。きゅうきゅうに締めつけられて――そもそも母親世代が着物に身をつつむ機会が少ないのですから無理もありません。

西丸　日本の伝統文化がひとつ廃れてしまったような気がします。

ところでもうひとつ、尾崎さんに抱いているイメージがあるんです。それは、言葉が非常に丁寧であり、語尾まではっきりおっしゃる方だなあということです。そういう方は、着物をきちんと身につけられる方と同様、いまの日本には少なくなりました。

尾崎　王朝時代を描いた古典には、言い消《け》つ、つまり、はっきりした意思表示は避ける言い方がよろしいのだといったことが書かれていますが、なにぶん、わたくしは東京生まれの江戸っ子なものですから。

西丸　そもそも放送作家でいらした尾崎さんが言葉というものに関心が深いのは当然ともいえるわけですが、このたび刊行した現代語訳源氏物語をお書きになるうえでも、その経験は何かと生きてらっしゃることと思います。

尾崎　人間にはものを読むとき、自分の〝幻の声〟といったものに耳を傾けながら、好みのスピード、テンポで読んでいるようなところがあります。視覚はもちろんですが、聴覚でも読んでいるといえるのです。ですから、わたくしは「耳から入る原稿」を心がけて現代語訳の仕事を進めました。そのようにしたのも結局のところ、放送作家当時、文章というものは声にして読んでもらえば分かりやすいのだということを経験で知ったからです。

西丸 人にものを伝えるには、話し言葉だけではダメだということは経験的にもよく分かります。禅宗のある高僧の本に「言葉だけではなく、眼耳鼻舌身《げんにびぜっしん》、つまり五感を総じて話すことで初めて相手に伝わる」とあるのを読んだ記憶があります。

ところで、唐突で失礼な質問かもしれませんが、尾崎さんは恋をなさったことはございますか（笑）。

尾崎 さあ（笑）、あるんでしょうねえ。どうしてまたそんなことを。

西丸 源氏物語を現代語に訳していただくには恋心のある方こそふさわしいような気がしたものですから。

尾崎 四人姉妹の末っ子ですから、男の方との付き合い方や男性心理を知らないまま大きくなったかもしれません。ですから、いまになって、人を傷つけてきたんじゃないかしらって後悔することもあるんです。

西丸 そういったご経験も、源氏物語を訳すうえで役立ったのかもしれませんね（笑）。冗談はさておき、源氏物語を現代の不倫小説と同列に論じる向きもあるようですが、内容的に似ているといえばいえないこともないようには思いますが、まったくそれは当たっていないのではないでしょうか。いつの時代にも通じる男女の愛憎など普遍的なものを描いた原作者の力量によって源氏物語は歴史に残る文学に高められたのであり、だからこそ千年の時を越えて現在もなお多くの人びとの支持を得ているのですからね。

尾崎　源氏物語は決して不倫などといった底の浅い男女の関係を描いたものではありません。当時、既に男性社会になっていましたから女性は政治権力、権力闘争から離れた地点にいて、より純粋な目で人間の本性や生き方を見つめることが可能だったのです。源氏物語は作者が女性だったからこそ生まれた作品ともいえます。

価値基準の根底は「好き」「嫌い」

西丸　それにしても当時の貴族社会は文化的な意味でハイレベルでした。尾崎さんもお書きになっていましたが、たとえば、恋心を伝える歌に対しては歌で返答するセンスなどやはり素晴らしいものを持っていたんだなと感心します。

尾崎　歌に対して歌で答えを返すのですから、それ相応の教養がなくては対応できないのです。男性中心の社会とはいえ、申し出に応じるかどうか、その〝拒否権〟は女性にありました。まったくその気がなかったら歌を返さなければいいのです。ただ、あなたなんかイヤだわと応じたとすれば、それ自体、〝脈〟がある証拠といえます。というのは、いつの時代にも女性には、この男の人は別にわたしじゃなくたって構わないのかもしれない——という意識があって、一度は拒否の姿勢で対応する傾向にあるからです。王朝時代というのは、その辺の男女のアヤをたまたま歌や手紙でやりとりしていたのです。

西丸　現在ならさしずめ歌のかわりに携帯電話がその役割をはたしているのかもしれません

鎌倉にて

（笑）。

尾崎　人間の価値基準の根本には、好きなのか、嫌いなのかといった本能的とも動物的ともいえる感性のようなものがあるのではないかと、常々考えているのですが、平安時代の人びとは現代のわれわれに比べ、そのようなセンスにより忠実、純粋だったような気がします。

西丸　現代の女性たちが結婚を考える場合、そこには当然、お相手が金持ちで自分の家もあるとか、有名な大学を出ていていい会社に勤めているとか、親の面倒を見なくてすむといった、相手そのものの本性とはかかわりのない要因が大きな役割を果していることを考えると、王朝の女性たちは確かにピュアな、いまの女性たちには叱られるかもしれませんが、より〝邪念〟の少ない価値判断を下していたのかもしれません。

尾崎　ただ、結婚となれば、当時は単に本人がその男性を受け入れるかどうかといった問題だけではなく、その周辺の人びと、つまり乳母とか従者、その家族などたくさんの人びとの生活がかかってくるわけですから、経済的な理由から気のすすまないままに結婚することもあったわけです。

西丸　みんなの暮らしのためだからといやがる姫君を乳母らがなだめすかすようなケースも珍しくなかったのでしょうね。

尾崎　いつの時代にもあることですからね。男女のかかわりを考える場合、本能的なものとともに、文化的な要素も大切です。たとえば、結婚の相手は同程度の文化的環境で成長した者同士でなくては、現代でもうまくいかないケースが多いのではないでしょうか。そういう意味で、「結婚とは文化である」と考えています。

西丸　ひとつ屋根の下で暮らしてみると、それまでと違って、どうしても合わないなあという部分が出てきても不思議ではありません。最近、お嫁にいきたがらない女性も少なくありませんが、そういった警戒感もあるように見受けます。源氏物語にはさまざまな境遇の女性たちが登場しますが、それに類するような姫君といいますと。

尾崎　光源氏と同じような身分に生まれ、同じような育ちかたをした朝顔宮がいます。彼女は光源氏とはツーカーの間柄で、彼の女友達なのです。周囲は結婚してもおかしくはないと見ているのですが、結局は一緒になりません。彼女の考えはこうです。つまり、ほかの女性たちのように、いつ来るのかわからない男を待つことに耐えるだけの人生でいいのかしら、それだったら結婚なんかしないで友達のままの方がいいわ、と。いま風にいえば、「危険な関係」のままおいておく。非常に現代的といえます。

西丸　なるほど、いまの世の中にもそういう女性は少なくありません。ほかにそういう現代感覚に富んだ女性といえば？

尾崎　浮舟という女性は三角関係のもつれから自殺まではかり、結局は自らの意思によって出家することで精神的な自立をはたします。そういう意味でやはり意外に近代的女性でしょうね。それに、いわばアガペー（神的精神愛）とパトス（人間的情熱）の相剋みたいなところがあって、紫式部がもしそのような意識をもって書いたとすれば、源氏物語という作品はやはりめったに生まれない小説であり、だからこそ千年の歳月をこえて読みつがれてきたのではないでしょうか。わたくしは、源氏物語は大心理小説だと考えています。

ところで、先生にうかがいたいのですが、源氏物語をご覧になって、ご専門の立場から興味をおもちになる点はございますか。

病理学的にも興味ひく作品

西丸 遺伝学的な面白さはじめ、いろいろな分析が可能であり、そういう意味からも興味深い作品です。

尾崎 病理学的な側面から源氏物語にメスを加えた例はこれまで耳にしたことはありません。ぜひ、お書きになってください。

西丸 とてもできそうにはありませんよ（笑）。

尾崎 でもそのような目から見つめていけば、たとえば、源氏物語には欠かせない「もののけ」など分かりやすくなるかもしれませんね。

西丸 最近では「もののけ姫」といった映画が大ヒットしましたが、そもそも、「もののけ」とはどのような意味だったのでしょう。国語辞典には「人にたたりをする生霊」などと記されていますが。

尾崎 もののけとは、目には見えないけれども存在するものの気配、たとえて言えば、嫉妬だとか政敵を追い落としたあとの負い目など、潜在意識として存在し、見えない気配となって迫ってくるもののことでしょうね。紫式部はその気配を感じとった人間が、そのときどのような反応を示すのかといった領域にまで踏み込んで書いています。ですから、さきほども申し上げたように源氏物語は心理小説だと思うのです。

西丸 光源氏の父親の弟である前東宮の妃だった六條御息所《ろくじょうのみやすんどころ》は、二十歳で未亡人となり光源氏との関係が深まるわけですが、源氏の正妻である葵上が子どもを無事に産んだと知ってこころ乱れあらためて自らの嫉妬の深さに驚くとともに、もののけとなって葵上にとりつこうとしたのではないか——と錯乱状態になりますね。

尾崎　なんとなくからだから護摩をたく芥子の匂いがする、それはわが身を抜けでた生霊が、つわりで苦しむ葵上にとりつこうとしたとき、回復を祈る修法《ずほう》の煙がからだにしみついたからではないかと考えるのです。六條御息所は衣服をかえ、黒髪を洗うなどしますが香りはとれません。自らへの疑惑、執念のうとましさに錯乱を深める六條御息所はかわいそうですよ。

西丸　精神医学的にもとても興味のある症状ですね。六條御息所の場合、自らの置かれている状況を把握、認識していますから分裂症などとは違いますね。追い込まれたうえでの錯乱状態とあって、医学的に見ても同情を禁じ得ません。

尾崎　六條御息所に対して、単に嫉妬に狂った女の業というひどい評価をする向きもあるけれど、むしろそれは心理的、生理的な意味での女らしさでしょう。わたくしは六條御息所はとてもかわいい女性だったと思いますよ。ただ、そういう女性たちを描き源氏物語という世界を築き上げた紫式部という女性とはあまりお友達になりたくないような気がします。

西丸　それはなぜですか。

尾崎　あくまで控えめで自らを表に出すことなく、それでいて横目で周辺の人間模様を冷静に観察していたわけですから、きっと意地悪な女性だったんですよ（笑）。もっとも、そうでなくちゃ作家にはなれないのでしょうけれど。

西丸　それは意外です。尾崎さんは紫式部に心酔しているものとばかり思っていました。女性の心理とはどのようなものなのか、源氏物語を読み直しながら、あらためて勉強しなくちゃという気になりました。いつの時代の男女にも参考になるお話を本日はありがとうございました。

〔対談後述〕 私の記憶では、尾崎左永子さんの洋服姿を拝見したことがないように思う。何かの折にお会いするとき、いつも素敵な着物で、それを見事に着こなしておられるので、さすがは……と、そのたびに感服していたものである。それが、私には日本文学を専攻というか、特に源氏物語の大家というにふさわしい方に思えていた。

そして、この対談では、着物からくる印象などという浅いものとは違って、尾崎源氏とでもいうか、彼女の源氏物語に対する姿勢を垣間見せていただいたのである。薄っぺらな私の源氏物語の知識などどこかに吹き飛んで、この物語を読むときの見方を教えていただいたような気がした。当時の貴族社会の文化的レベルの高さは感じていたものの、もう一つ突っ込んだ内面を読み取らなければ意味のないことを教えられたのである。だから、私にとっては、なかなか楽しい対談となった。その余波か、尾崎さんに〝恋をしたことがありますか〟などと失礼なことをお聞きしたりして、赤面の至りというところである。

でも尾崎さんからこの物語に出てくる女性たちの心理分析を伺ったりして、恋の悲しさや辛さ、そして嫉妬に揺れる女心の一部でも感じとれたことは、私のなかで、いつか役立つのかもしれない！

それにしても、私はよほど単純にできているらしい。なにしろ尾崎さんの話を伺ったあと、京のみやこならぬ鎌倉の街を、私、すっかり光源氏になりきって、浮舟はどうしているだろうか、六條御息所はかわいい女性だったのさなどと思いながら、駅まで歩いてしまったのだから……。

（與）

地球市民のひとりとして

ジェラルディン・ウィルコックス

ジェラルディン・ウィルコックス●英国生まれ。一九八一年来日。横浜在住。国際難民奉仕会日本本部会長、元横浜国際婦人会会長、横浜カントリー&アスレティッククラブ理事長、元横浜外国人墓地管理委員会会長。日本在住外国人と市民との交流、親善につとめ、社会奉仕活動を積極的に展開してきたことで第四十五回横浜文化賞を受賞。

いつでもどこでもできることを

西丸　ウィルコックスさんのことは以前からお名前は存じあげていました。私の住んでおります横浜には「横浜文化賞」という、それぞれの分野でユニークな活動をしている人を市が表彰する賞があるのですが、ウィルコックスさんは平成八年度の受賞者でいらっしゃいましたね。

ウィルコックス　はい。ありがとうございます。

西丸　実は私は昨年の受賞者でして、そんなこともあって親しく感じておりました。

ウィルコックス　ああ、そうでしたか。それはおめでとうございます。

西丸　ありがとうございます。ウィルコックスさんは来日されてどのくらいですか。

ウィルコックス　十六年になります。

西丸　お国は英国ですね。

ウィルコックス　はい。英国北東部の海辺の街で育ちました。かつては造船業がさかんだったところで、ちょっと横浜と似ていて、そういう点では横浜は親しみやすかったんです。

西丸　港町独特の雰囲気が同じだったんでしょうね。初めて横浜にいらっしゃった当初から積極的にボランティア活動をなさっていた。そのことが横浜文化賞の受賞理由でもあったわけですが、未知の国でのボランティア活動のきっかけは何だったんでしょう。

ウィルコックス　横浜に来てすぐ横浜国際婦人会のメンバーになりました。地域のボランティアに参加するためにです。私にとって世界のどこにいても、そこで何か自分のできる奉仕をするというのは当然のことでした。幼いころから孤児院や病院で奉仕する母の姿を見て育っていますから、職業のほかにいつもうちこめる仕事を持つのは当然と思っていました。ですから私の海外生活も三十年になりますが、夫の赴任先のドイツでもギリシアでも奉仕活動をしていたんですよ。ドイツで息子が生まれましたが、育児に追われる時期はそれなりに、そのときできる範囲のことを無理せず続けてきました。横浜では会が、主にお年寄りと子どものためのボランティアに熱心だったので、私にもできると思って参加したのです。

西丸　その後、横浜国際婦人会会長としてリーダーシップを発揮されました。

ウィルコックス　はい。前後して難民のための援助活動に取り組むようになりました。それまでアジアにおける難民についてよく知りませんでしたから、タイ、カンボジア、ベトナムなどの難民キャンプを視察して大きなショックを受けました。

西丸　ウィルコックスさんが国際交流、親善のために奉仕されていることは知っていましたが、難民救済活動も早くからされていたんですね。

ウィルコックス　ええ、テレビや新聞などでも報道されますが、実際現地に行って直接難民のかたたちに会うと、その苦しさ、深刻さが迫ってきて、どうすればいいか、何をすればいいか真剣に考えるようになりました。日本に帰ると仕事があり住む家があり安全な暮らしがあって、まるで別世界のよう。でもそれが現実なんだと思うと、いてもたってもいられない気持ちでした。

西丸　行く先々でできることを、とさりげなくおっしゃいますが、その行動力には感服いたします。

ウィルコックス　大変ね、よくなさいますね、と言ってくださる方がいらっしゃいますが、それは私がこういった活動を通してどんなに貴いものを得ているかご存知ないからなんです。素晴らしい体験をさせていただいているのは私なのだから感謝するのは私の方です。私が中しあげたいのはボランティアをつうじて私が何を得たかということなんです。特にここ二、三年とてもラッキーでした。私自身、家族の理解や支援を受けて活動していますが、難民キャンプを回ると家族の絆の強さ、大切さ、重さといったことを教えられます。

日本は世界の一部だという認識

西丸　もう少し詳しく難民キャンプでの活動をきかせていただけますか。

ウィルコックス　アフリカのタンザニア、ルワンダ、またバルカン半島にあるボスニアにも行きましたが各地の難民の悲惨な状況に胸塞がれる思いでした。もちろんそんな中でも奇跡だと思える光景にも出合いますが。

西丸　奇跡とおっしゃいますと。

ウィルコックス　たとえば、地雷で足を失い二度と歩けないだろうと言われていた人が、各国の人びとの協力でちょうどいい義足を贈られ、ピッタリと体にあってすぐにずんずん歩き、途中で松葉杖を放り出したことがあります。まさに奇跡です。

西丸　感動的ですね。

ウィルコックス　そういう光景を目の当たりにするといかに厳しい状況でも心打たれる出来事はあるのだという気になります。が、それは私が足を失ったことなどないから「心打たれる出来事」などと言っていられるわけで、そういう目にあった人は絶望の淵にいるはずです。その絶望のなかにある人たちが再び生きようとしている光景、また読み書きを習おうとする人がいて教えるボランティアの人がいて、という光景、それも私には奇跡のように思えるのです。

ウィルコックス邸にて

西丸　ウィルコックスさんのようにボランティアが当然視されるお国の方にとって、日本のボランティアのありようにはどのような印象をお持ちですか。私の勤務している医療センターにはお年寄りがたくさんいて、難民問題よりも老人問題のほうが切迫しているのですが……。

ウィルコックス　それは英国でも同じです。今や世界的な問題ですよね。

西丸　傍らから見ていますと、ボランティアの方たちの、私がやってあげます、私が、私が、という意識が強くて、お年寄りとしっくりいかないところがあるみたいなんです。それならもういいよ、ということになってしまうんですよ。

ウィルコックス　よくわかります、その気持ち。私の父がそうですから（笑）。

西丸　日本ではボランティアの歴史が浅いので、だんだんよくなってくるとは思うのですが。

ウィルコックス　それはすぐにそうなりますよ。日本にはまだ老人の世話は家族のなかだけでなんとかする、という閉鎖性があるのではないでしょうか。ボランティアをする側にも受け手にも遠慮があるのではありませんか。

西丸　ボランティアを定着させるためには、やはりボランティア・スピリットといったものを小さいうちから教えていかなくてはならないのでしょうね。ヨーロッパでは子どもたちが夏休みなどになんでもいいから社会奉仕活動をする、と聞きました。

ウィルコックス　そうです。社会科の単位としてカリキュラムに組み込まれています。

西丸　日本でももっと学校でそういうことを教えなくてはいけないですね。

ウィルコックス　私はときどき日本の子どもたちに話をする機会があって、そのたびに思うのですが、最も子どもたちに理解してもらわなくてはいけないなと思うことは、日本も世界の一部であるということです。つまり、自分たちのこの生活だけがすべてではなくいろいろな国、いろいろな状況の人が世界にはたくさんいるということを教えなければ。私も島国育ちなのでよくわかりますが、世界的な広い視野を持たせて育てたほうがいいのではないでしょうか。これはどこでも同じです。世界中の人がお互いのことをもっとよく知らなくてはならないと痛感します。

西丸　そのとおりですね。地球市民のひとりとしてきちんとした人間を育てる教育を、と思うのですが……。

心のゆとりを持って人生を楽しむ

ウィルコックス　日本の子どもたちは、束縛が多く自由時間が少ないようでかわいそうです。自分の時間を楽しむ余裕がなければ奉仕の精神は育たないと思います。教育は確かに大事なことで、私もひとり息子にはずいぶん勉強しろとがんばらせましたが（笑）、思いやりとかボランティアの精神は、やはり心のゆとりから生まれてくるのではないでしょうか。自分のことだけで精一杯という狭い心からではなく。

西丸　余裕がないんですよ。時間的にも精神的にも。

ウィルコックス　ただ私は、ゆとりということに関しては教育制度ではなく家庭に問題があると思っています。とかく学校教育が批判されますが、いずれにしろ子どもに関しては親が問題です。これは日本も英国もどこでも同じですが、まず家庭で、親の責任で子どもをしつけなければなりません。幸せな家庭、きちんと機能している家庭で育てば、子どもたちはどこかに逃避する必要もないでしょう。私は、本来的に人生は楽しむものと思っていますから、勉強や仕事だけじゃ生きていけない、と心のゆとりを持てるように息子を育ててきたつもりです。

西丸　自分のための時間があって、気持ちに余裕があり、人生を楽しむゆとりがあって、はじめて社会奉仕の精神が自然に芽吹くということですね。

ウィルコックス　難民の人たちがどんなに気の毒でも代わってあげることなどできないし、状況を変えることはできない、ならばそのときでき得る限りの努力をするしかないのではないでしょうか。

西丸　話は変わりますがウィルコックスさんは横浜の外国人墓地の管理委員会の会長として「横浜外国人墓地資料館」の建設に尽くされました。

ウィルコックス　資金面での苦労は多少ありましたが、おかげさまで良いものができてうれしいです。もっとも私個人がしたことではなく多くの方のご協力があってのことです。私がいろいろなことに首を突っ込むのは、本当は銀行家になりたかったのに若いとき結婚して、その夢がかなわなかったからなんです。だからいまだに、なりたいものを探しているという状態です（笑）。

西丸　お子さんはドイツ生まれとおっしゃいましたが、国際人として育てられたわけですね。

ウィルコックス　彼はもうパーフェクトの息子です（笑）。弁護士になって欲しかったのですが、私のなりたかった銀行家になりました（笑）。アメリカ人女性と結婚し赤ちゃんがいます。今、ロンドンに住んでいるのですが、昨年のクリスマスに赤ちゃんを連れてここで休暇を過ごしました。私はただ座って孫娘の顔を見て笑っているだけでいい役目、楽しかったですよ。

西丸　私生活も充実し、常にボランティアの先頭に立って世界各地を回られる、そのご活躍の秘訣は、やはり健康でしょうか。

ウィルコックス　確かに健康には恵まれています。カンボジアで寄生虫病に感染しましたが大丈夫でしたし、今まで倒れたことはありません。

西丸　今後のご予定は。

ウィルコックス　アメリカのＮＧＯ（非政府組織）と協力してすすめているプロジェクトの視察にまいります。規則正しい援助のために何度も協議して、大きな組織の動いていないところを網羅するように活動しています。寄付金集めも私の仕事なんです。海外視察などは自費ですから「横浜文化賞」の副賞でお金をいただけたのは助かりました。

西丸　副賞をそういうことにお使いになるのは素晴らしいことですよ。

ウィルコックス　難民には教育が大切です。教育なしには、生活をたてていくチャンスはないのです。ですから私たちのプロジェクトは識字教育のプログラムを作り、自立のための支援をしていくのが中心です。

西丸　できることから実行に移そうということですね。

ウィルコックス　それは明日からでもできると思いますよ。ボランティアは特別なことではないんです。私の息子にはたくさんの国籍の違う友達がいますが、あの人はどこそこの国の人だ、というコメントをつけたことはありませんし、私も一度も聞いたことがありません。友達は友達、それだけです。

西丸　そのとおりですね。また海外視察にお出かけになるそうですが、どうぞお気をつけて。キャンプで待っておられる難民の方たちのためにも、かわいいお孫さんのためにも健康第一で、お元気でご活躍ください。

〔対談後述〕　横浜にある外国人墓地が資金難で、その管理もままならないという話から、ウィルコックスさんのお名前を知った。外国人墓地管理委員会の会長として、見事にその手腕を発揮されて立て直し、また資料館も建設されたのである。同時にエネルギッシュな日本国内でのボランティア活動。対談をしながら、美しい優しい笑顔で話すウィルコックスさんを見ていて、どこにそんなパワーがひそんでいるのだろうと思いつづけていた。

横浜市の持っている最もビッグな賞、横浜文化賞を平成八年度に受賞されたのも、これらの活動が評価されたからだった。

対談のなかにも出てくるが、英国北東部の海辺の街で育った彼女は、幼いころから孤児院や病院で奉仕する母親の姿を見ていたという。だから職業のほかに、いつもうちこめる仕事を持つのは当然と思っていたそうだ。

日本のボランティア活動が、おくれをとっているのも、小さい時からボランティア・スピリットを身体で学ぶ欧米のような教育や環境との差異にあるのかも知れない。そして世界的な広い視野を持たせながら子どもを育ててゆく、親の責任で子どもをしつけてゆく。勉強や仕事だけでは生きてゆけない、と心のゆとりを持てるように育ててゆく。そんな何気ないウィルコックスさんの一つ一つの言葉が、私には重く胸をうつ。日本の子どもたちのことを、私たちの一人一人が本当に真剣に考えなければと、心から思う。

さらに、難民の問題にまで活動の範囲を拡げている、そんな彼女を見ていて、まさに地球は一つなのだし、国とか人種などというレベルを越えているのが羨しい。私も老骨に鞭打って、生命ある限りささやかであっても、私なりのやり方で考えてゆきたい。（與）

農業の視野に「人間」を

中井弘和

なかい・ひろかず●静岡大学教授、一九九五年四月～九九年三月まで農学部長。三九年福井県生まれ。京都大学大学院農学研究科修士課程修了。専門は植物育種学、持続可能型農業科学。人間環境科学科で、イネの耐病性品種や自然農法に合う品種育成の研究をしている。

自然からかけ離れた存在

西丸　こうして先生のお部屋（学部長室）におりますと、額縁の「自然」という二文字が大変印象的です。

中井　自然農法に関心を寄せてきたからでしょうか、「先生には〝自然〟が似合うから」（笑）と、中国の書家がプレゼントしてくれました。

西丸　農業の分野にかぎっても、最近では、農薬や化学肥料、さらには遺伝子組み替え等の問題が大きく取り上げられるなど、残念ながら現代人は〝自然〟から、かけ離れた存在になりつつあるような気がします。

中井　同感です。そういう意味からも実は、人間のからだに興味を覚えています。先生は法医学者ですから当然、肉体というものに深い関心をお持ちのことと思いますが、私たち農学者もこれからの時代は、土や作物だけではなく、からだもまた生態系の中に位置づけて循環していくような農業を確立するために力を注がなくてはならないと思うからです。私は自然農法を提唱し実践した宗教家岡田茂吉さんに深い関心があるのですが、それは、作物を育てる視野の中に、人間の身体も心もまた置かなくてはならないのだという岡田さんの発想が、時代を先取りしていたからです。

西丸　人間もまた自然の中で生きているのだ、生かされているのだというお考えが、そこにあるように思います。ところで、自然農法産の食材だけをつかった料理をはじめて食べる機会を得たとき、自然農法の作物はこんなに美味しいのに、一般の農家はなぜ化学肥料や農薬をつかうのだろうと思ったものです。生産量を少しでも多くしようということなら、もっと根本的に病気や虫に強い品種を開発した方がいいように思いますが。

中井　ウィーン（オーストリア）に置かれている国際原子力機関で、原子力エネルギーを利用し、人工的に突然変異を起こして病気に強い稲をつくる研究に携わっていたことがあります。現在では特定のDNAを取り出して、別の生物種に組み込む遺伝子組み替え技術が流行っていますが、私がやってきたのはもっと荒っぽいことです（笑）。つまり、突然変異の確率を高めるために放射線を照射したのです。

西丸　収量以前の問題として、強くて丈夫な子どもを育てたいということですか。

中井　そうです。これまでは化学肥料を多く与えても負けない耐肥性や、広い範囲で栽培できる広域適応性などを持つ〝スーパーエリート〟を作って広めたいという考え方が農学者の主流でした。ノーマン・ボーローグ博士によって始められた〝緑の革命〟と呼ばれる小麦や稲の育種が、その代表的なものです。ところが、非常に優れた品種が農地に入ると、その土地の在来種は駆逐され、さらに灌漑設備などを必要とするために土地は荒廃してしまいます。博士はノーベル平和賞を受賞しましたが、結果的には陰の部分が多かったのではないでしょうか。時間を限定して考えれば、科学は人間に非常に大きな恩恵をもたらしますが、最終的には環境破壊を引き起こしてしまう負の部分も持ち合わせています。

西丸　人間の世界のどこかに、「ここまでなら研究、開発をすすめてもいいぞ」とジャッジする大きな力が存在すれば助かります（笑）。

中井　「自然」にジャッジしてもらうのがベストなのですが――。たとえば、現在の農業のあり方は、いずれ立ち行かなくなると思いつつも行動に移す人は少ないのではないでしょうか。有機農法や自然農法について、マスコミでもいろいろと取り上げられていますが、実践している農家はまだまだ少数派です。

西丸　自然農法の優れている点を理解はしていても、一般の農家は、ついていくことは難しいと考えているということでしょうか。自然農法に取り組み成功している農家も少なくないのですから、より多くの農家が自然農法にシフトを移すかと思いましたが、事はそう簡単に進んではいないようです。

中井　自然農法に挑戦したい人はたくさんいるのです。ただ、そういう人たちが気軽に相談できるような研究者や技術者はまだ多くありません。

西丸　ＪＡなどが指導することはできないのですか。

中井　ＪＡそのものは変わってきているとは思います。しかし、農薬や化学肥料などを売らなければならない立場です。ただ、ＪＡのシステムは独立性がありますから、自然農法を推進している地区もあります。

光と土壌温度に〝生命力〟の差

西丸　農業に素人のわれわれは、自然農法といえば、単に、農薬や化学肥料を与えないで作物を栽培することだと思ってしまいがちです。

中井　農薬や化学肥料を与えないこともそうですが、自然農法は健康な土づくりからはじめます。農薬や化学肥料についていえば、突然、散布や投与をやめてしまうと、土は禁断症状を起

静岡大学にて

して作物の収量は著しく落ち込んでしまいます。多くの農家は、その時点で「やっぱりだめなんだ」と自然農法をあきらめてしまうのです。収量の低下を防ぎつつ、それまでの農業から自然農法へ、いかに移行を果たすかという技術が、まだ浸透していないのです。

西丸　なにごとも成功するためには時間が必要ですが、もっと周囲に仲間がいればいろいろと相談しあえるはずです。

中井　自然農法あるいは有機農法というと、単純に、むかしの農業に戻るのかと思われる方も多いらしくて、「先生、江戸時代に戻るのが、そんなにいいんですか。すごい飢饉もあったじゃないですか」という質問を、しばしば受けます（笑）。日本の稲の品種は、一般に思われているよりも多様性に富みます。しかし、現在実際に栽培されているものは、非常に限られています。コシヒカリなどは全国の作付面積の三〇％を越えています。その土地に適応した品種を育てれば、多少の天災では収穫量にあまり変化はありません。江戸時代の飢饉にしても、今ほどではないにしても、偏った品種を栽培したことによる人為的なミスもあったのではないかという指摘もあります。

西丸　冷害などの天変地異に耐えられるような農業の基礎をつくり、収量を減らさずにすませる。こうしたことが自然農法でも可能になるわけですね。その背景には科学の貢献もあるかと思います。

中井　科学の力は無視できません。たとえば、〝分析機器〟の発達です。データを集積、分析することによって、科学的に自然農法の優位性が明らかになります。一般の人たちに対し、科学者として客観的なデータを提供していくことは大変重要なことだと思います。

西丸　自然農法産米と慣行農法産米を比較したとき、おいしさ、栄養価で自然農法産米に軍配が上がったというデータがあるようですが、他にどのような相違が認められるのですか。

中井　自然農法産米は〝生命力〟も旺盛です。生命力というのはなお抽象的な概念ですが、私たちはいろいろな角度から生命力を科学的に評価する試みをしており、その優位性を明らかにしつつあります。たとえば、光の測定です。生物は何らかの光を発しています。自然農法産米と慣行農法産米を光の測定機にかけて、自然農法産米の方が強い光を発しているデータを出しています。だからどうなんだという部分はまだ解明できてはいませんが。

西丸　実は、人間のからだも光を発していることが、医学的に証明されています。発光の強い人が生命力があるのかどうかは分かりませんが。

中井　光ばかりではなく、土壌の温度にも差があらわれます。大冷害に見舞われた一九九三年、われわれは岩手県松尾村の水田で自然農法に関しての実験を行ったのですが、その年の収量が激減してしまった慣行農法に対し、自然農法は平年とあまり変わらない収穫を上げることができました。なぜそうなったのか、その理由は断定できませんが、自然農法の水田の土壌温度が、慣行農法のそれに比べ、一～三度、高かったのは事実です。

西丸　土壌温度が慣行農法に比べて高いというより、本来そうあるべきものが、慣行農法によって温度の低い環境につくり変えられてしまったように思います。

中井　おっしゃるとおりです。地球温暖化と言いますが、実は足下の地球すなわち土は冷えているともいえます。その原因は多様ですが、農薬や化学肥料によって、土中の微生物などがいなくなってしまうという、人為的な原因からそうなってしまったのだということができます。

西丸　慣行農法に限界がきていることや環境にも悪影響をおよぼすということは、みんな知っているんです。どう方向転換していくかが問題です。

中井　たぶん、生き方そのもの、価値観から変えていかなければいけないような気がします。

西丸　物質的な豊かさにどっぷりと浸かったわれわれには困難な課題です。法医学に長く携わってきて感じることは、社会環境がすさんでいた昭和二十年代から三十七、八年ぐらいまでと、物質的には豊かで満ち足りているはずの現在の社会が、凶悪な犯罪とか薬物乱用の多発という点で非常に似かよっているということです。高度成長期のハングリーな時代には、世相は非常に落ちついていました。人間という動物は、やはり満ち足りてはいけないんじゃないかと思ってしまいます。

中井　稲についても同じようなことがいえるようです。化学肥料はスムーズに稲の体内にとりいれられるようになっていますから、稲自身には、栄養分を獲得する努力はあまり必要ないのです（笑）。

トータルにとらえる視点を

西丸　農家のみなさんは、それぞれにご苦労を重ねた末に収穫のときを迎えるわけですから、本来なら大きな喜びに包まれるはずだと思うのですが、農薬や化学肥料に大きく依存している農家には、うれしさも中くらいなり——といった心理が働くのではないでしょうか。

中井　アメリカの場合では、有機農法の実践農家には、跡継ぎをどうしようといった後継者問題はあまりないんです。一方、慣行農法の農家では、農薬なんかの問題も発生してきますから、家庭でも愚痴が出てしまったりするのでしょう、父親のなんだか寂しい後ろ姿を見て、後を継ぐのはやめようという若者が増加するといった問題も出ています。それに対して、私がこれまでに接してきた国内の自然農法農家は、いずれも活き活きとして、本当の意味での実りの喜びを感じているように思います。

西丸　慣行農法ですと、やはり農家自身の健康の問題なども生じてくるわけですね。

中井　農学部の学生には、やはり農家の子が多いのですが、ほとんどの農家は慣行農法です。そして、たくさんの親御さんが体調を崩しています。農家は自然に接して生きていきます。本来なら健康に恵まれるはずなのですが。やはり農薬の使いすぎが、大きな原因になっているのではないかと疑ってしまいます。

西丸　農業後継者のためにも、なんとか手を打たなくてはならない問題ですね。後継者たちが自然農法を志しても経営が安定するまで長い時間が必要です。その〝芽〟がきちんと実るか心配です。

中井　そういう後継者を育てようと、私たちの大学では平成八年から人間環境科学科を新設しました。奇妙なことに、これまでの農学部の学問の対象から「人間」は除外されていました。先ほども申し上げましたが、人間の身体や心を視野に入れた、農学教育をこれからは積み重ねていかなければと考えています。

西丸　トータルにものを考える――二十一世紀は、そういった視点が欠かせない時代になるんでしょうね。

中井　これまでの農学は育種、遺伝、作物栽培などの分野が、それぞれに孤立していました。

これからは専門分野を越えてすべてを併せ持ち、さらに人間と自然が永続的に共存可能な農業システムを探究していかなければなりません。

西丸　医学の分野にも、たとえば、患者の病状によっては内科医は手を下すことができず、同じ内科の専門医に担当を譲らなくてはならないケースがあります。患者さんにすれば、一人のお医者さんに何でも相談できる方が安心でしょう。専門分野以外はわからないといった医療のあり方を変革し、患者さんをトータルに見つめる方途を探る必要があります。

中井　農業も医学も結局は人間のためにあり、人間は自然の大きな流れの中で生きているということでしょうか。人間と土は、一体であるといった宗教的な考え方もあります。われわれは、それと同様の道を歩みはじめているのだと思います。

西丸　人はいずれ土に帰るという発想は、以前からありました。

中井　仏教には「身土不二」という言葉があります。その土地に実るものを食べるのが体にはいいのだという意味です。本来は身体と土は同じものという意味でしょう。旧約聖書「創世記」には「初めに神は天地を創造された。神は土のちりで人を形づくり、その鼻に息を吹き入れられた。人はこうして生きるものとなった」という記述があります。

西丸　「人すなわち土」という考え方は、仏教でもキリスト教でも同じようです。人間の肉体や心まで視野に入れた農業を――という理念は、将来の地球環境はもちろん、人間の生き方を考えるうえでも重要な意味を持ってくると思います。貴重なお話をありがとうございました。

〔対談後述〕　静岡大学農学部のキャンパスは、小高い丘の上にあって、そこからの眺望は素晴らしい。

農学部長という肩書の中井弘和教授との対談ということで、少々緊張していたのだが、お会いしてすぐにそのお人柄がわかるような気がしたのである。学究肌の方なのに、優しさ暖かさが伝わってくる。

私は、日ごろから農薬や化学肥料をふんだんに使用する農法は、本当に良いのだろうか、人体にいつか影響が出てくるのではないかと思っていたので、中井さんのお話は、実によく理解できた。

研究者としての中井さんのお話に、しばしば自然という言葉が出てくるのが印象に残る。そして自然を尊重するなかで、自分の研究との競合、そして合体をお考えのように見える。これからの時代、農学者も土や作物だけでなく、身体もまた生態系の中に位置づけて循環していくような農業を確立するために力を注ぎたいという中井さんの言葉に同感する。しかし、例えば自然農法が優れていると解っていても、従来の慣行との間に生れるジレンマや利害、いいかえれば総論は賛成でも各論となるとというような事柄が、難しい問題としてあるのだろう。だが、いま農学教育も大きく変わりつつあるなかで、〝人間の身体や心を視野に入れた〟考え方、一例として大学での人間環境科学科の新設など時宜を得たことだし、一歩一歩ではあろうが、中井さんの〝農業も医学も結局は人間のためにあり、人間は自然の大きな流れの中で生きている〟というお考えに近づきはじめたのだと思う。

中井さんの理想が、大学教育という場で、学生の一人一人に伝わり、よき土壌となるよう願っている。中井さん、いいお話をありがとうございました。

（與）

真の全人的医療とは

新田和男

にった・かずお●医学者、成城診療所所長。専門は癌化学療法・免疫療法。一九二六年生まれ。東京大学医学部卒。国立予防衛生研究所技官として抗癌剤などを研究開発。米国留学後、国立予防衛生研究所抗生物質部生物室長、国立がんセンター化学療法部長など。日本癌学会功労会員、㈶エム・オー・エー健康科学センター専務理事。

「物質」と「臓器」の偏重に陥る現代医療

西丸　日本は世界でも一、二位を競う長寿国になりました。その背景には医学の進歩、医療技術の発展があるわけですが、では、みなさん健康で元気に暮らしているかといえば、たとえば、エイズのようなこれまでなかった病気が増えてきたり、結核が復活しつつあったり、子どもたちの間に生活習慣病の予備軍が大勢いたり……といった具合で、決して長寿を喜んでばかりはいられないのが現状です。

新田　癌や循環器系の病気ばかりではなく、アトピーのように昔はなかった病気の患者さんも増加しています。医療費を見ても、保険医療だけで年間二十七兆円にもなり、三十兆円を超えるのも時間の問題と言われています。平均寿命が伸びたからといって、とても手放しでは喜べません。

西丸　医学の進歩には目覚ましいものがあります。医療機器の向上ばかりではなく、たとえば、遺伝子レベルの治療で先天性の疾患や癌を克服しようという研究まで進んでいます。でも、病気や健康への不安はなくならない。なぜでしょう。

新田　癌の専門医として二千例以上の患者さんを診療してきて、不安が消えない最も大きな原因のひとつと思われるのは、「医療そのものに対する考え方に存在する大きな欠陥」です。それにプラスして、環境汚染の問題や劣悪化している食生活などが影響しているのではないでしょうか。

西丸　「大きな欠陥」とは、具体的には、どのようなものとお考えですか。

新田　まず、現代の医療が「物質」を偏重していること、ふたつ目には「臓器医療」に陥っていることです。

西丸　物質偏重とは、患者さんのこころの部分がないがしろにされているという意味ですか。

新田　「こころ」にも通じると思いますが、僕は人間というものは「肉体」と「霊性」が合体して生きている存在だと考えていますので、根本的にはその「霊性」といったものが、現代の医療の視野の外に置かれていることが問題だと考えています。

西丸　現代の医療は人間を単なる物質である「肉体」という観点からとらえるばかりで、たとえば、心臓に故障があれば心臓を治療し、脳に欠陥が発見されればそれを治療する……つまり、「臓器医療」にも通じるのですが、結局、肉体という器の綻びが発見されればその部分に対症療法を施しているに過ぎず、本当の意味での治療にはならない。もっと人間性を尊重した全人的な見地が大切だと僕も考えています。

新田　全人的医療と言われますが、一般的には、病気の原因を、単に人間の肉体細胞のみに探り治療するのではなく、患者さんの心はもちろん、家庭や社会生活の中にも、病の背景因子を探り、治療していこうというものですね。僕はこれに加えて、さきほどもお話ししたように、人間には肉体的な部分と霊的な部分がありますので、それらを包括した「全人的医療」という観点から患者さんに対応することが大切だと思います。ですから、医療とは、単に「病気」を治すことで良しとするのではなく、こころを含めて「病人」の健康を回復し、さらに家族関係までも良くするものでなくてはならないと考えています。

西丸　患者さんの「人間性」という観点から考えても、一般の医療現場が如何に傲慢さに満ちたものか、反省すべき点が多々あったと思います。

新田　信頼の医療という言葉がよく使われるようになりましたが、まず医者と患者の信頼関係が大切だということは言うまでもありません。

西丸　データを重視しようという医療にも落とし穴があります。少し前の話ですが、知人から「お腹が痛い。誰かお医者さんを紹介して欲しい」と依頼があったので、ある大病院の医師を紹介したことがあります。診察を受けたら、検査の結果は一週間後に出るからそのときにまたいらっしゃいと言われたといいます。ところが数日してお腹の痛みに我慢できなくなって、近所の病院に救急車で担ぎこまれてしまいます。診察の結果、盲腸だということが分かりました。僕は紹介した医者を、おまえ、満足に患者の話も聞かないで、薬も出さず、検査だけして一週間待ってろって言ったそうだなって、怒鳴りつけてやりました。

新田　僕は患者さんに、問診はもちろん、聴診、打診全てします。年配の患者さんのなかには、「ああ、久しぶりで診察らしい診察を受けました」（笑）と、感謝してくださる方もいます。

西丸　今の世の中、診察のときに聴診器すら当てない若い医者も決して少なくないらしいです。「首振り診療」ってご存じですか。

新田　それ、なんです？

西丸　医者は患者さんの話に耳を傾けながらコンピュータの端末画面に目をやって、症状やら出す薬の分量やらの情報をうなずきながら打ち込んでいくわけです。ですから、結局、患者さんの顔に目を向けるのは、診察が終わって、「はい、どうも」と言うときだけ（笑）。時代が変わったとはいえ、患者さんと人間的な触れ合いのあった昔はよかったなあと思います（笑）。

新田　むしろ、それが大切なことだと思うのですが。

東京・成城診療所にて

西丸　こんな話も聞きます。外科医からは「手術はうまくいったよ。でも、患者は三日後に死んじゃった」（笑）なんて……。これでは手術がいくらうまくいったって、どうにもならない。何かが変なんです。

新田　抗癌剤が使われ始めた当時は、抗癌剤はよく効いた、でも、患者さんは副作用でダメだった、なんて時代がありました。どこか似ています。

西丸　病状や治療方法について、医者が患者さんに説明し同意を得るインフォームド・コンセントの重要性が認識され、徐々に実行されるようになりました。結果、外来が込み合うようになった。経営面から考えると、高額な医療機器を揃えているクリニックは、一人でも多く診察しなければなりません。両立させるのは大変です。

新田　この診療所では、予約制で一日に十三人から多いときで十五人くらいの患者さんを診察します。なかには、一時間ほど時間がかかってしまう患者さんもいます。もっと時間が必要なときには、休日返上で患者さんと話し合う場合もあります。

西丸　ただ、経営のことを考えると……（笑）。

新田　ええ、正直に申し上げて、今の医療制度は、長い時間をかければ診療報酬をたくさんいただけるという仕組みにはなっていないので、経営が成り立たなくなる心配もあります。

西丸　それはそれとして、医者が患者さんと意思の疎通をはかりながら治療を進めることは、結構なことだと思います。それに加えて患者家族の存在も忘れてはいけません。「患者」と「その家族」そして「医者」、このトライアングルの相互の連絡がスムーズに行われれば、今より医療は絶対にうまくいくと思います。

新田　医療というのは、その三者、場合によっては信頼関係にある友人や知人を含めた共同作業といえるのじゃないでしょうか。

西丸　癌で父親を亡くした人が、「親父が死ぬときには手を握って見送ってやりたかったのに、いよいよ最期を迎えたとき、家族は外に出て下さいと医者に命じられて、その願いは叶わなかった」と残念がっていました。医者は最後まで手を尽くそうとしたのでしょう。しかし、たとえば、もう駄目ですからどうぞ最後のお別れをしてくださいと家族に申し出たとして、家族によっては、病院は最後まで手を尽くしてはくれないのかとマイナス・イメージを抱いたり、逆に、手を握って見送ることができて感謝しているとプラスのイメージを持ったりと、さまざまな反応があると思います。ですから、常日頃から、こういうケースにはこうして欲しいといったことをよく話し合い、トライアングルの意思の疎通を図っておくことが大切です。

新田　仰る通りだと思います。でも、まだ家族を外に出して最後まで自分の務めを全うしようという医者はいい方です。先程も話に出ましたが、世間には診察もしないでデータだけで、あなたはこれこれの病気だからこれこれの薬を出しますよ……といった医者も登場しているとか。もっと患者の立場に身を置き、気持ちを察することが大切ですよと言いたいですね。

西丸　医療って、なんなんでしょうね（笑）。医者がこんな発言をしては、いけないのかもしれませんが。

新田　そんなことはありません。僕も疑問に思うことがありますよ。ですから、今、そうしたことが医者だけでなく、様々な方面で真剣に考えはじめられている、大きな変革の時といえるのではないでしょうか。

「奇跡」の連続にミイラ取りがミイラに

西丸　ところで、東京大学医学部を卒業後、先生は国立予防衛生研究所抗生物質部厚生技官として抗癌剤の開発、研究に携わり、その後も米国の大学で癌細胞の研究をなさったり、国立がんセンターの化学療法部長や千葉県がんセンター研究局長などを歴任なさっています。経歴を拝見すると、バリバリの科学者といった印象です。その先生がどのようなきっかけでＭＯＡとつながりを持つようになられたのですか。

新田　一九五八年頃のことです。それまで国立予防衛生研究所の技官として、抗癌剤のザルコマイシンやブレオマイシン、抗結核剤のカナマイシン等の研究、開発に従事していました。当時、ふとしたことから、ＭＯＡの思想と哲学そのものである岡田茂吉先生の論文を拝読する機会がありまして、結局、積み上げたら一メートルにもなるだけの論文に目を通すことになり、その内容にこころを動かされました。ただ、ひとつだけ、どうしても医者として信じられない点があったんです。それが「浄霊」でした。

人間は肉体と霊的なものからできていて、日々の、人を憎んだり、羨んだり、好ましくない言葉を浴びせたり、傷つける行為などによって、どうしても霊性が曇る、たまった曇りが自然の恵みで解けて清まる時に、それが肉体に現れてくるのが病気や不幸であり、それは浄化作用であると。そして、霊性を清め、高めることでそれは改善されるというのです。この教えは理解できなくはなかったのですが、その方法が「浄霊」で、手をかざすだけで病気がよくなるという考え方には、医者としてどうにも合点がいかなかったのです。

西丸　よく分かります。正直に申し上げて、いま僕は先生の数十年前の姿と一緒です。「そんなことがあるのだろうか」と。

新田　まだ若かったこともあって、これは世の中を惑わすものに違いないから、なんとかやめさせなくちゃいけないと〝正義感〟に燃えました。医者にかかれば完治する患者さんだっているだろうにと義憤を覚えたのです。ではどうするか。結局、自分で確かめてみようということになりました。

西丸　医者というのは、なんでも自分の目で確かめないと、なんとなく信用しない〝人種〟なんですよね。それでいかがでした？　現在の先生のお姿を拝見すれば、その結果をうかがうまでもないのかもしれませんが。

新田　医者の自分には、不思議な、あり得ないようなことばかりで、驚きの連続でした。

西丸　すべてをうかがうわけにもまいりませんので、まず最初の〝奇跡〟をご披露ください。

新田　二十歳前の結核の青年でした。片方の肺が三分の二ぐらいダメになっていて就職できない、先生は顔が広いだろうからなんとかしてくれと言います。保健所でレントゲンを撮ったら本当に肺が冒されていて、どうにもならないなあと思いながら、それでも勤めていた予防衛生研究所に口を利いたんです。十日ほどして、今度は研究所で胸の写真を撮りました。そしたら、影が消えているんです。もう、びっくりしました。彼の話では、その十日ほどの間、徹底して浄霊をいただいたといいます。彼のケースだけでなく、そういった出来事が次つぎと起こりまして……。

西丸　〝正義感〟に燃えていた先生もギブ・アップせざるを得なかった。

新田　はい。ミイラ取りがミイラになりました（笑）。

西丸　先生のこれまでのお話から十分に「全人的」な視点が感じられます。具体的には、どのようなことが行われているのでしょう。自然治癒力ということから考えて、薬の使用も控えるのですか。

新田　希望する患者さんには浄霊も行っています。薬については、必要なときにはもちろん出しますが、できるだけ用いることなく自然治癒力を高めていくことを心掛けています。

西丸　僕はよく「本当の名医とは、薬を出さないものなんだ」という話をします。患者さんのなかには、ちょっと風邪を引いたから、くたびれたから注射を一本打ってくれ……という方が少なくありません。そんなときは、必要もないのに薬を体内に入れて、体にいいわけないだろ、注射でショック死するケースだってあるんだぞと脅かすんです。でも、そうすると「あの医者は注射一本打ってくれないんだ」と不満を口にする患者さんもいます。それでなくても、薬漬け医療の時代ですから、患者さんの体を思いやってそう説得するんですがね。

自然治癒力といえば、食の問題も絡みます。こちらの診療所では、ＭＯＡ自然農法産の食品を基本に据えた食事指導を患者さんにしているとうかがっています。やはり人間の霊性といったものと関係があるのでしょうね。

新田　自然農法というと、一般的には農薬や化学肥料を使うことなく作物を栽培することだと解釈している方がほとんどなのですが、実は岡田先生が仰っているのはそれだけではありません。素晴らしいなあと感心するのは、人間に肉体と霊的なものが存在するのと同様に、野菜や穀物などにも、体的なものと霊的な面があるのだとお考えになったことです。

西丸　作物にも霊的なものが存在するのですか。

新田　作物の体的なものは人間の肉体の栄養となり、霊的なものは人間の霊性の栄養になると仰っています。ただそれは、人間の霊的なものとは異なって、「スピリット」「精」と表現した方が適切かと思います。つまり、人間にとってスピリッチュアルな意味での栄養になるというのです。農薬や化学肥料をつかう慣行農法では、土壌中の小動物や微生物本来の生態系が失われて土が死んでしまい、本来なら作物が吸い上げるはずの「土の精」がなくなっているんです。人間がそんな作物を摂取しても霊的な栄養にはならないから自然農法のものを口にしなさいと岡田先生は説いたのです。

自然食にお花、人間性尊重の診療所

西丸　そういったお考えのもとに患者さんに対する日々の食事の指導をなさっているわけですね。

新田　専任の栄養士が、病人食であることを考慮に入れたうえで、自然食を中心とした指導をしています。食事もですが、全人的医療の一環として、患者さんにはお花も楽しんでもらっているんですよ。

西丸　生け花をするんですか。

新田　はい。直観的に「美しい」と感じるこころ、感動することが大切です。それは宗教にも芸術にも通じているのではないでしょうか。

西丸　「理屈」ではなく、「感動」ですね。

新田　逆に感動とか霊的なものに科学で説明を加えようとしても、いまはまだ不可能です。浄霊も岡田先生は、「超科学」なんだと表現しています。今後、科学がその形態を変えて、いずれ「超科学」として、霊的なものに近づいていくことを期待していますし、われわれもそういう方向に舵取りができるよう力を尽くしていくつもりです。

西丸　その意味で先生が専務理事をしておいでの㈶エム・オー・エー健康科学センターはやはり、その辺りの研究がなされているのですね。

新田　センターが設立された目的は、健康と食、運動、こころ、休養、芸術そして自然・社会・生活環境などとの関係を、総合的な見地から調査、研究するとともに自然順応型の健康法を提唱して心身の健康増進に寄与することにあります。特に同センターの生命科学研究所では、食物の持つ霊気、浄霊等、目に見えない、サトル（希薄な）エネルギーの存在とその働きなどを研究しています。この診療所の治病成果を健康科学センターでの研究にいかし、また、同センターの基礎的な研究が診療所で活用されていけば、病理的、疫学的研究も進み、それを社会に還元していくことができると思います。まだ緒についたばかりですが。

西丸　冒頭でご指摘いただいた現代医療の「欠陥」にも見えるように、科学を万能とする考え方は、既に綻び始めています。『星の王子さま』という童話に、確か、本当に大切なものは目に見えないんだ、といった内容の一節があったかと思いますが。

新田　もしかしたら人間は、普通では考えられないような潜在能力を持って生まれるのではないでしょうか。しかし、そんなことはあるわけがないのだという周囲の〝常識〟がいつの間にか染みついてしまって、その能力が発揮できなくなっているのではないか、その意味でも、真の健康づくりは本人自身がつくり出すものであると、そんなふうに理解しています。

西丸　医学に限らず、新しい時代への視界が開かれるようなお話を、本日はありがとうございました。

〔対談後述〕 新田和男さんの勤務される成城診療所。そこは、現代医学にどっぷりとつかりきることを拒否しているようにみえる。これは、いつの日でも、だれにでもあてはめることはできないが、私の個人的な感覚では、これはなかなか良いことなのだ。

この診療所は、あの宗教家岡田茂吉氏によって開かれたと言ってもよい。以前対談をした静岡大学の中井弘和先生も、岡田茂吉さんに深い関心を持っていると言われたが、岡田さんは、早くから自然農法を提唱され、人間の身体や心をその視野においておられた。そしてまた、ご自身が東京美術学校（現東京芸術大学）に籍をおいていたように、芸術こそ人々に安らぎを与えるという信念を貫き、箱根・熱海に美術館を開き、そしてそれが世界的なMOA美術館につながってゆく。これはたしか、氏の生誕百年記念として開館されたと記憶している。

私は宗教のことはよくわからない。しかし、この科学科学と迫られる時代に、診療所にせよ、美術館にせよ、そこに人間性を追求し、あるスタンスを持って対していることに好感が持てる。新田さんは、以前、研究所でペニシリンや抗生物質の研究をされていた学究の徒であるが、この一見非科学的に見えた宗教に不信感を持ち、体験的にとび込んだのだそうだ。そして、人間という生物の不思議さに共鳴して今日に至られたようだ。

慈愛、人間愛という言葉を感じさせる物静かな新田さんは、〝患者さんには、訴えをしっかり聞いて、必ず聴診器をあてて診るんです〟と言われる。安らぎのある嬉しい言葉である。 （與）

喜びを与える生き甲斐

やなせたかし

やなせ・たかし●漫画家、詩人。一九一九年高知県生まれ。戦後、東京・三越百貨店の宣伝部へ。その後、漫画家として独立。アニメ『やさしいライオン』で毎日映画コンクール大藤信郎賞（七〇年）。アンパンマンがはじめて絵本になったのは七二年。同年、『詩とメルヘン』の編集長に。童画、絵本、作詞など多彩な分野で活躍している。

アンパンマンに込めたメッセージは「正義」

西丸　鞍馬天狗にスーパーマン、鉄腕アトム――いつの時代のヒーローも、強さと優しさ、かっこよさで子どもたちの心をとりこにしてきました。先生が生みの親、育ての親である「アンパンマン」もまた、現代の子どもたち、殊に小さな子どもたちのヒーローになりましたが、これまでのヒーローたちに比べて、より優しさに満ちあふれているのではないでしょうか。それは、まん丸い、見るからに庶民的で、優しそうなキャラクターからくるイメージもあるように思います。このヒーローに、先生はどんな願いを託しているのですか。

やなせ　絵本や漫画にへ理屈は必要ないのかもしれません。ただ、年齢を重ねるとともに自分の作品に何かしらのメッセージを込めたいと考えるようになりました。それは何かといえば、ぼくは戦争体験者で終戦時には中国大陸にいたこともあって、「正義」ということなんです。

西丸　ヒーローといえば、ほとんどは「正義の味方」です。あらためて「正義」をアピールしなくても、子どもたちには自然に理解してもらえるのではありませんか。

やなせ　たしかにそういう面はあります。ただ、「正義」というものは、ときに頼りなくて、簡単に〝逆転〟しかねないものです。戦争でそれを痛感しました。つまり、ぼくたちは中国の民衆を救うための戦争だと教えられていました。実際、紙芝居を持って村々を回ったりして中国の人たちに喜んでもらい、ああ、ぼくらは正義のために戦っているんだと信じていたのです。ところが、戦争に負けた途端、その正義は、一転、「不正義」とされました。

西丸　あの時代、終戦を境にして、あらゆる価値観はガラリと変わってしまいました。正義とは、力とともにあるものなのかもしれません。

やなせ　そうなんです。正義は勝者とともにあって、敗者の正義は存在しません。ですから、ぼくは正義というものは、もっと単純なことだと考えるようになりました。つまり、飢えであれ税金が払えないのであれ、目の前に困っている人がいたら、ともかくまず手を差しのべるのが民衆の求める正義なのではないかと思うようになったのです。

西丸　それが、アンパンマンに、どう結びついていくのでしょう。

やなせ　アンパンマンは、たとえば、おなかがすいて倒れそうな人がいると、飛んでいって、まず自分の顔をちぎって食べさせてあげるんです。そのうえ、食べさせてあげることで、自分のエネルギーは、ひどく低下してしまいます。

西丸　きょうお会いするに当たっては、孫のビデオやらを借りて勉強してきたつもりなのですが（笑）、付け焼き刃はまぬがれなかったようです。アンパンマンがわが身をちぎって、困っている人たちを助けることを忘れておりました。現実の世界では、飢えた人間が目の前にいたとして、食べ物を分けてあげる人間がどれほどいるか。アンパンマンは優しくて、偉い。

やなせ　自分の顔を食べさせてあげるというキャラクターにしたのは、あんパンは一種のファースト・フードでそのまますぐ食べられるからであり、実は、正義を実行しようとするなら、常に自ら傷つく覚悟が必要だということを知ってほしいという思いがあったからなんです。冒頭にお話しした「正義」とは、そういった意味での正義なのです。

西丸　たとえば、電車の順番待ちをしているとき、割り込んできた酔っぱらいに注意したら、傘の先で目をさされてケガをしてしまったといった事件も耳にします。

やなせ　正しいことでも、かかわり合いになることを恐れて、見て見ぬふりをする人たちもたくさんいます。

西丸　おっしゃるように、正義を実現するためには犠牲を覚悟しなくてはなりません。

やなせ　ところが、たとえば、スーパーマンにしてもウルトラマン、仮面ライダーにしても、もちろん、敵にぶん投げられたりはしますが、結局のところ、顔や手を相手に食べられるなんてことはなく、いつも勝利者となります。そこには、正義は傷を負うことなくいつも勝つものであり、悪は滅びゆくものであるというルールができているような気がします。

すべてに欠かせないバランス感覚

西丸　たしかに、ウルトラマンなどとは異なると思います。たとえば、バイキンマンというキャラクターの存在です。子どもたちの目には、バイキンマンはアンパンマンと対決する悪いやつと映るのでしょうけれど、われわれから見ると彼も非常に優しいところがあります。素直なんです。

やなせ　こんなことを先生にお話ししては釈迦に説法となりますが、たとえば、われわれの腸のなかには健康に役立つ細菌と害を与える細菌がいて健康のバランスがとれているわけですし、コレステロールにだって善玉と悪玉があり、やはりバランスをとっています。どちらか一方のみが勢力を拡大してはアンバランスとなり、健康上、うまくありません。世の中、すべてそれと同じで正常なバランスがなによりだと思います。

西丸　アンパンマンを見て思ったことのひとつに、そのバランス感覚があります。一見、バイ

DEGAS
REMBRANDT
INGRES
DURER
EMIL NOLDE
GOYA
BONNARD
MONET
PISSARRO
MODIGLIANI
SEURAT

やなせスタジオにて

キンマンなんてもっと徹底的にやっつけちゃえばいいのに、なんだかアンパンマンは頼りないなあという印象を受けるのですが、あるポイントまできたら、やっつけるのをやめておくのがバランス感覚なんですよね。つまり、相手が立ち直れないほどには勧善懲悪を実行しないのです。そこにまた優しさが感じられます。

やなせ　ですから、バイキンマンは、やられてもやられても、また登場するのです。

西丸　アンパンマンがいまや子どもたちのヒーローになったのは、そのような犠牲もいとわぬ、バランス感覚にすぐれた優しさが、理屈ではなく直観的なものとして、子どもたちに、ストレートに受け入れられたからなのでしょう。

やなせ　きっとそうでしょう。いまお話ししたように、理屈をこねながら描いたアンパンマンですから、はじめは子どもたちに喜んでもらえるとはとても思えませんでした。

西丸　映画やビデオになり、たくさんのキャラクター商品まで登場するなんて、夢にも考えていなかったわけですね。

やなせ　出版社にも、評論家にも、とても評判が悪かったんです。でも、子ども、それも幼児が、ぼくの言わんとするところを素直に受け止めてくれた。あんパンには、あんこが入っていますが、ぼくのアンパンマンという作品には、作者の人生の哲学めいたメッセージを入れたのです。ちょっと心配でしたが、今はそれで良かったと思っています。

「気楽芸術」で美を楽しめるものに

西丸　先生は子どもたちに、夢と希望を与えたいとよくおっしゃってきました。

やなせ　愛だとか正義、夢なんて口にすると古いなあって言われかねない時代ですが、実際、なにしろ古い人間なんですからね、ぼくは。

西丸　先生は七十九歳ですけど、ぼくも七十一歳ですから、愛や夢や正義を求めようとする先生の気持ちはとてもよく理解できます。その気持ちがひとつの形となったのが、故郷の高知県香北町に誕生したアンパンマン・ミュージアムです。大変人気をあつめているとうかがっています。

やなせ　人口六千人ほどの過疎の町で、ぼくの家は代々庄屋をつとめ、おじいちゃんは村長でした。庄屋、村長の子孫としては、なんとしても町のお役に立たなくてはと考えました（笑）。もっとも、それはあとからつけた理屈で、ほんとうは年をとってきたし、作品も散逸させたくないなあと、これからのことを思い巡らしていたところ、町の協力を得られることになったのです。お陰様で、昨年オープンしてからこの二年間で五十万人もの人に全国からお越しいただき驚いています。

西丸　ミュージアムができたはいいが、いったいどれくらいの人たちがやってくるか、行政側も心配だったでしょうね。

やなせ　小さな町ですから、財政的に建物の維持管理だけで大変です。山を削って、もっと大きな規模のものにしようという話もあったのですが、ぼくは身分相応なものでいい、山なんか切り崩すな、空いているスペースをうまく利用し、長く維持できる施設にしようと提案したんです。ところが、開けてビックリ、大人や子ども、なかでもまだ口もきけないような一歳半から二歳くらいの子どもたちが大勢やってくるんです。

西丸　あまり小さな子どもでは、せっかくやってきても、なにがなにやらよく分からないのでは。

やなせ　ぼくもそう思って、お母さんに「赤ちゃんじゃ、ミュージアムなんて来たいと思わないだろうし、楽しくないでしょうに」と質問したら、「いえ、この子はちゃんとわかりますよ、ほら、いまアンパンマンと言って喜んでいます」なんてもっともらしい顔をするんです。ぼくには、アーアーって声を出しているだけに聞こえるんですけど（笑）。

西丸　お父さんやお母さんが、はじめのころのアンパンマン世代なんでしょう。ですから子どもより自分たちの方が楽しんでいるのではありませんか。

やなせ　そうかもしれません。なかには、子どもと一緒に楽しんでいるうちに、アンパンマンに〝はまってしまった〟という大人もいます。いずれにしろ、そんな小さな子どもたちがやってくるミュージアムは、あまり例がないように思います。

西丸　先生の作品をみせていただいて、もうひとつ感じるのは、ポエジーというか詩的感性です。実際に先生は、漫画や絵ばかりではなく、知らない日本人はいないんじゃないかと思われるほど広く歌われてきた『てのひらを太陽に』をはじめたくさんの詩を書いておいでです。また、二十五年にわたり、『詩とメルヘン』という雑誌の発行をつづけてこられました。

やなせ　この雑誌はプロの詩人でも中学生でも、おじいちゃんでもまったく区別なく、作品本位で選び掲載しています。ですから、小学生の作品でも、巻頭にポンと載せたりすることがあります。面白い作品だなと思えばだれの作品であれ取り上げてきました。だいたい、現代詩とよばれるものは難しくてまったく分からないし楽しくない。そこで、ぼくのようにもっと詩を楽しみたいと思っている人たちのために『詩とメルヘン』を出すことにしたんです。

西丸　ミュージアムもそうですが、一般的に芸術、美術というものは難解になりがち。先生はそれを、だれでも楽しめるものにしています。素晴らしいことです。

やなせ　あまり理屈にとらわれない、「気楽芸術」（笑）でいいように思います。

西丸　先生は人生を楽しんでおいでです。

やなせ　何事も難しいことは口にしない、へ理屈は他の方におまかせし、楽しい方へ、楽しい方へと流れてしまう性分なんです。

西丸　来年二月には、八十歳。イキイキとした生き方に感心します。

やなせ　生きるということは、結局、一生懸命に仕事をすることではないでしょうか。ぼくの場合、仕事とはイコール人に喜んでもらうことなんです。たとえば、そば屋さんならおいしいそばで食べる人に喜んでもらい、歌い手なら聴き手に感動を与える歌をうたう。それぞれのできる範囲で、人に喜んでもらうことは自分にもまたうれしいこと。それが生き甲斐になります。

西丸　数カ月前まで、寝たきりとか痴呆症のお年寄りのお世話をするセンターにつとめていて、いまのお話に通じる四つのことを感じていました。つまり、自分のことはできるだけ自分でする、人の役に立つ、みんなと調和を保つ、そして、クリエイティブな精神を忘れない——ことです。まさに先生は、そういう生き方をされています。

やなせ　人生の終点はだれにでもやってきます。どうせ死ななくてはならないのなら、そのときまで、ああ人生って面白かったなあと思えるほうがいいじゃないですか。だから、物事を明るく、前向きにとらえるようにしているんです。そうしないと、損ですよ。

西丸　人間のからだ、細胞というものは、死が訪れるまで生きつづけるようにできています。

それならその日まで、悔いのないように生きなくてはとあらためて感じました。本日は、優しさとパワーいっぱいの楽しいお話をありがとうございました。

〔対談後述〕　今回、やなせたかしさんにお会いして、まず驚いたことは、その若さだった。アンパンマンが生れて、もう二十数年。当然私などの大先輩と承知はしていた筈なのに、対談中、ずーっとある負い目を感じていたのは何故だろう。

　戦争を体験したやなせさんは、「正義」の脆さを痛感し、正義とは勝者とともにあって、敗者の正義は存在しないと悟られた。そして、目の前に困っている人がいたら、まず手を差しのべることが民衆の求める正義、さらにその正義を実行するなら、常に自ら傷つく覚悟が必要なのだというやなせさんの思いには、素直に納得できる。

　この思想ともいえる考え方が、アンパンマンを生んだのだと思う。だからアンパンマンは、常に一方的に無傷な勝利者ではなく、時に傷つき、いつもバイキンマンのような宿敵がいる。それは単なる漫画という見方ではなく、多分に人間的で、バランス感覚があり、しかもヒーローという、そこにやなせさんの体験に基づいた人生哲学があるのだろう。

お話を伺っていて、アンパンマンのこと、ミュージアムのこと、『詩とメルヘン』のこと、どれもこれも非常にすっきりとして、しかも一本筋が通っていて、実に気持ちの良い勉強をさせていただいた。

　人生を楽しい方へ楽しい方へと生きてゆく、そして仕事イコール人に喜んでもらうこと、それがまた生き甲斐と言い切るやなせさんは素晴らしい。死ぬときまで、物事を明るく前向きにとらえて、人生をエンジョイしたいとおっしゃるこの青年に乾杯！　（與）

新井由紀子

ペインクリニックとコミュニケーション

あらい・ゆきこ●山梨医科大学卒業。横浜市立大学医学部附属病院研修医を経て、同大医学部麻酔科入局。一九九六年六月横浜労災病院麻酔科勤務、九七年六月横浜市立横浜市民病院麻酔科勤務。九九年六月より横浜市立大学医学部附属病院麻酔科学教室助手、ペインクリニック外来担当。

こころから生まれる痛み

西丸　「安楽死」をテーマにした座談会の折りに、ある作家から、安楽死という考え方はあまり好きになれない、なぜなら、痛みも生きているから感じられるのであり、それを乗り越えて黄泉の世界へ旅立つほうが人間らしいのではないかと日頃考えているからだという発言があって、なんだか僕は理想的にすぎる意見のような気がして、反射的に、「かっこいいですねえ」と、ちょっと皮肉もこめて言葉を返した記憶があります。

新井　人間にはそれぞれのお考えがありますからなんとも言えませんが、痛みを抱えて診察にやってくる患者さんを目にしていると、やはり少しでも痛みを和らげてあげたいし、自分もまた、いつか疼痛に苦しむようなことになったら、やはり痛みをなんとかしてほしいとお願いすると思います。

西丸　病に苦しむ人にとり、痛みはまさに苦痛であり、大きな悩みです。殺してくれと泣き叫ぶほどの痛みに苦しんでいた癌の患者さんが、モルヒネで痛みが治まると、看護婦さんに「あんたのご飯は？」「きょうは、きれいだね」なんて、コロッと言い出して驚かされたことがあります。ことほど左様に、痛みは患者さんのクオリティー・オブ・ライフに大きな影響を与えるわけです。そういう意味で、ペインクリニックには大きな期待が寄せられているわけですが、まず、そもそもペインクリニックとは何か、麻酔とはどのような相違があるのかといった点からお聞かせください。

新井　専門的なご説明をまずさせていただくと、ペインクリニックとは、「おもに疼痛を和らげることを目的とした医療分野」のことです。お話にもあったように、痛みは日常生活を困難にし、精神的な不安を招きます。疼痛をとりのぞくことによって、患者さんの困難や不安を軽減しようというのがペインクリニックの狙いです。

西丸　さまざまな薬剤が開発されていますから、痛みのコントロールも楽になってきているのではないでしょうか。

新井　おっしゃる通りですが、ただ、薬剤では緩和できない痛みも少なくありません。

西丸　そんな場合はどうするのでしょう。

新井　神経を麻痺させたり破壊したりする薬を注射することによって痛みをのぞく「神経ブロック」という治療をこころみます。

西丸　ペインクリニックには、どのような患者さんが治療に訪れるのですか。

新井　水痘・帯状疱疹ウイルスが原因の帯状疱疹痛がもっともおおいです。ほかには、三叉神経痛などの神経痛、癌にともなう疼痛、脳梗塞等による視床痛——とさまざまな患者さんがいます。

西丸　腰痛、頭痛なども診ていただけるわけですか。

新井　もちろんです。すべての痛みが対象になります。麻酔との比較でいえば、痛みをとる、和らげるといった点ではどちらも同じだと思います。ただ、麻酔の場合、患者さんとは手術のときだけのお付き合いになってしまいます。

西丸　麻酔科の先生の場合、患者さんと接する機会は手術前のほんの少しだけです。腎臓結石の破砕手術をうけた知人は、麻酔科の先生には背中を見せただけ、お互い満足に顔も合わせませんでした、背中を通じてのコミュニケーションでおしまいでしたよと笑っていました。

新井　ペインクリニックの場合、痛みを取りのぞくまでには時間が必要になりますから、お互いのコミュニケーションをはかり、患者さんとの信頼関係を築くことが大切です。

西丸　痛みの原因はからだの故障ばかりには求められません。ストレスなどが引き起こすこころの問題から痛みが生じる可能性もありますから、患者さんの話にじっくり耳を傾けるなど時間的な余裕が必要ですね。

新井　ペインクリニックは、あくまで痛みをとるのが主眼ですが、患部に注射をすることで血液の循環をよくし、結果的に痛みを和らげたり、いまご指摘があったように、じっくりと語り合うことによって、患者の不安を解消し、安心感を与えることで症状を改善するなど、こころの有りようも作用します。

西丸　聞くところによれば、推理作家の夏樹静子さんは、長い間、腰痛に悩まされ、何人もの医者にかかっても原因がわからず、結局のところ、さまざまなストレス、つまり、精神的なものが作用して腰痛を起こしていることが判明したといいます。

新井　こころに原因のある病気は、からだのどの部位に、どういった症状が出るのか推測できない部分があります。ですから、ペインクリニックにおいでになる患者さんの症状の原因について、しばしば神経科のお医者さんに相談します。

西丸　そもそも新井先生がペインクリニックを志願した理由は、患者さんとのより一層の交流、コミュニケーションを望んだからだとうかがっていますが……。

新井　はじめは医学部を卒業してごく普通の麻酔科医になったのですが、おっしゃるように、

横浜駅にて

患者さんとの触れあいをもっと深めたいとの願いから、患者さんといろいろお話しのできるペインクリニックの担当も希望しました。

西丸　では、麻酔科医になったのはなぜですか。

新井　突発的なことにもすぐ対処しなくてはならないスピード感みたいなものが、内科医とは違って面白いんじゃないかなと思ったものですから選びました。でも、さきほどお話にあったように、患者さんとまともに顔を合わせることもなくて――。

西丸　ペインクリニックと同時に、麻酔科医として、いろいろと大きな手術も体験なさったと思います。医師として、自分の置かれたポジションの重みから生じるストレスのようなものを感じたことは。

新井　心臓外科の患者さんの麻酔は、とても緊張しました。手術の後で患者さんがなかなか目覚めないときなど、もしかして、わたしの麻酔のせいじゃないかしら――と心配になったこともあります。

西丸　医者が悩む、心配するということは、より患者に近い位置に立つことを意味しますから、患者さんとしては歓迎すべきこと。笑い話のようなこんな話があります。直腸の検査の経験がなかったので、横浜市大でうけたときのことです。担当の先生が上手に検査器具をあやつるんで、「うまいもんですねえ」と褒めたんです。そしたら、いや、実はって白状してくれたんですが、仲のいい先生たちが集まって、検査にともなう患者さんの痛みをどうすれば軽減できるか自分たちで体験してみようということになって、毎月集まっては自分たちのお尻を提供しあって、器具の刺しっこの訓練をしているんだそうです（笑）。「きみたち、変態じゃないの」って、思わず言ってしまいました。でも、それくらいやってくれる医者ばかりだといいのだけれど。

新井　わたしも、患者さんはどんな気持ちなんだろう、確かめてみようと、ブロック注射を経験したことがあります。

西丸　どんな感じでしたか。

新井　痛かったです（笑）。針を刺すのでチクリとしますし、お薬を入れるときには言いようのない圧迫感があって。患者さんはこんなに苦しいんだ、もっとゆっくりお薬を入れてあげるようにしなくちゃいけないなと反省させられました。

患者と家族、医者のトライアングルが大切

西丸　骨折した患者さんの痛みを知るため、わざわざ骨を折るバカはしなくていいのだけれども、むかしから「鬼手仏心」という言葉にあるように、仏のようなこころを持って、患者さんのこころのうち、目には見えない部分を見つめる努力が大事じゃないかなと、近頃、若手の医者に説くようにこころ掛けています。患者さんにとって、からだの痛み、そして、こころの痛みまで理解してもらえるお医者さんに巡り合うことは、とてもうれしい出来事に違いありません。

新井　ただ、言葉のかけ方ひとつをとってみても、患者さんとの接し方はむずかしいなあと実感することも少なくありません。若輩者ですので、知識の不足している分は、明るさを忘れず患者さんに対応することで補おうと胆に銘じているのですが、たとえば、癌の痛みに苦しんでいる患者さんに、「がんばりましょうね」なんて声をかけていいのかしら、と考えこんでしまうことがあります。

西丸　そういう言葉はあまり口にしない方がいいという意見もあるでしょうね。しかし、さっきもお話ししたように、たとえば、癌の患者さんのなかには、耐えがたい痛みに「死にたい、殺して」と医者に懇願するケースもありますから、そんなとき、患者さんに同調するあまり、「はい、わかりました」なんてことになったら、これは困りもの（笑）。おっしゃるように、患者さんと接するのはむずかしさを伴います。診察にあたって、人を見るというか、この患者さんなら神経も図太そうだし、麻酔に付随してもしかするとこんな事故が発生するかもしれませんと正直に説明しても大丈夫だろうとか、逆に、この患者さんは神経質そう、気をつけなくちゃとか相手の性格や人間性をまず頭に入れておくことはありませんか。

新井　たとえば、神経の細やかそうな患者さんには、この辺りまでにしておこうとか気をつかいます。神経ブロックには副作用をともなうケースもありますから、ほんとうはすべて説明し、了解を得たうえで治療に当たらなくてはならないのですが——。

西丸　インフォームド・コンセントについていえば、アメリカなどでは徹底して実践されています。もっともそれは、医者が自分の身を守るための防御策とも思える部分もありますが。患者にもしものことがあり、たとえば、手術にともなう危険性について医者の説明が十分でなかったと家族が判断すれば、すぐ裁判沙汰になるお国柄ですから。

新井　患者さんばかりではなく、その家族との意思の疎通もおろそかにできません。

西丸　東海大学で安楽死事件が起きたときに痛感したことですが、優れた医療には、患者とその家族、お医者さんの三者の関係がとても大切なのです。このトライアングルがしっかりと結ばれなくては、本来、医療というものはうまく機能しないのです。横浜市大病院と深いかかわりのある、僕や新井先生には頭の痛い出来事となった、患者さんを取り違えて手術をしてしまうという大きな事件は、専門化、分業化の進んだ医療現場におけるコミュニケーションの欠如を浮きぼりにしたかっこうです。

新井　考えられないような事件でしたが、二度とあのようなアクシデントをなくすためには、先生のおっしゃる医療現場のコミュニケーションが必要なのですね。

西丸　ただ、どこの大学病院、大病院でも同様の事件が起こりうる可能性を秘めているようです。たとえば、看護婦さんを対象にしたある調査によれば、九〇%以上の看護婦さんがなんらかのミス、または、いま少しでミスをおかす体験をしたことがあると回答を寄せています。怖いことです。病気にならないのが何よりです（笑）。

新井　健康に過ごせれば、それに越したことはないのですが――。インフォームド・コンセントばかりではなく、米国などでは癌の告知についても同様に、患者やその家族からお医者さんが訴えられる裁判が発生していると耳にしました。

西丸　医師が癌の告知をするケースは、日本ではおよそ七〇数%です。アメリカの統計では告知率がほぼ一〇〇%に達しています。調べてみると、ある癌患者の家族が、患者が亡くなった後、告知のなかったことを知って訴えを起こし、医者は多額の補償金を支払わなくてはならなくなったケースがあり、その影響もあってのことのようです。

新井　国民性や人生観、歴史的な背景、あるいは宗教など国情が異なりますから、日本で完全に告知がなされるような時代はやってこないのではないでしょうか。

西丸　「ほんとうのことは聞きたくない。何がなんでも騙し通してくれ」という患者さんも日本にはおいでなわけですからね。いずれにしろ医療の現場においては、医者の人間性や医者への信頼感が、患者さんにとって何よりの薬になるように思います。

新井　医療事故などのトラブルも、患者さん側と医者側に信頼関係が存在すれば、あらかじめ防げる場合もあるはずです。

西丸　むかし、医療事故を起こした当事者の医師から「死人に口なし」みたいな発言があって、その人間性を疑った経験があります。一方で、ロサンゼルスで監察医をしていた友人トーマス・ノグチのお父さんのように、町医者をしていて麻酔事故を起こしてしまったんだけど、長期間にわたる医療活動をつうじて患者家族、町の人たちと信頼関係を築いていましたから、訴えられるようなこともなかった医者もいます。患者が亡くなったときには、ほんとうに申し訳ないと手をついて頭を下げたそうです。医者もいろいろです。先生は将来、どんなお医者さんになりたいのですか。

新井　最先端の医療に取りくむより、どちらかというと、最終的には町のおじいちゃんやおばあちゃんといろんなお話をしながら診療する、普通の町医者になりたいと思っています。

西丸　これまでも、機会があるたびに話してきたことですが、これからは、お医者さんと患者さんが一体になって考えていく時代になればいいなあと、僕は願っています。たとえば、患者さんが「オレは鰻を食いたい」と望んだら、医者はそれを認めて、その後をどうフォローするかを検討し、患者と話しあうような時代です。だから、医者はもちろんだけど、患者さんにもお医者さんに対して「一緒に考えて」と要求し、医者から提示された治療メニューのなかから、最終的に自分にもっとも適していると判断した治療法をチョイスできるだけの「賢さ」を身につけてほしいと日頃から望んでいます。僕の考えをどう思われますか。

新井　賛成です。医者は患者さんにとって最善だと信じた治療を施します。しかし、治療をうけるのは患者さん。無理強いするようなことはしたくありません。私も、患者さんと相談のうえで治療法の決められるお医者さんになりたいです。

西丸　医学知識を身につけた、患者さんにとってのよき相談役、アドバイザーといった役どころといえます。そのような医者が増えることが、二十一世紀の日本の医療をヒューマニティーあふれたものに再生させることにつながるかもしれません。専門の分野においてはもちろん、ひとりの医師として、病に苦しむ患者さんにとって、「女神」のような存在になりますようご活躍ください。

〔対談後述〕　対談の最後を飾って下さる方として、今回は若いドクターに登場していただいた。医療の未来に夢を持ち、しかも未知なるものを秘めた、そんな新井さんである。

大学病院の麻酔科、そのなかでペインクリニックを専攻しておられるが、動機が、患者さんとの触れあいをもっと深めたい、もっと話をきいてあげたい、ということだったそうだ。嬉しいこころである。患者の痛みや苦しみは、患者になった人にしかわからないという。だからこそ、それを知ろう、わかろうとする努力が、われわれ医師には求められる。

昨今の医療ミスにはじまるもろもろの医療にかかわる不祥事は、まさに世紀末だ。医療関係者よ、奢るなかれ。初心にかえって欲しいと願わずにはいられない。〝痛み〟は、肉体的なものに限らず、精神的なものに起因することも少なくない。特にいまのような社会では、心の問題も無視されてはならないだろう。

治療の対象が、患者という人間である限り、そのなかで、その人の人間性や人生観が尊重されていて欲しいものである。人間には、強く生きる力と、同時に寿命というものも与えられているのだろう。そして人にはそれぞれ、考え方、生き方、人生観がある。医学が、医療が、そんな人間らしさを尊重しながら発展して欲しい。

このごろ私は、医療とは、その人、その患者さんが、寿命を全うできるようサイドから強力にサポートするものではないかと思うようになった。ともあれ、対談をして、私の新井さんへの期待は大きくふくらんだ。もう私などの医者としての出番は、確実になくなりつつあるように思う。これからは、若い優れた人たちに託してゆかなければ……。頑張れ！新井由紀子さん。

(與)

あとがき

人と対談するというのは、実に難しい。聞き手としては、こちらが話し過ぎてはいけないと思うし、あまり無口でも相手が困る。特にはじめてお会いする人の場合、どういうご性格かもわからず、一方的にこちらのペースでお話ししても失礼になる。それに限られた時間内に、その人の持つ個性、良さ、考え方、生き方などを、うまく引き出すことが要求されるからである。

私自身、対談の経験はあるものの、聞き手に廻ったのは、初めてと言ってよいほどで、毎回が悔いの残る結果となり、相手方に失礼だったのではないかと、心配している。

この度の対談集の大半を占める対談は「ポワル」という雑誌に掲載されたものである。この雑誌は季刊だったので、年四回、計三十人の方々にお話を伺う機会をもった。したがって、約七年余の歳月がかかっているが、初期のものが色あせているとは思わない。

すすめる方々がいて、ここに、これまでのものを一冊の本にまとめる機会を得た。題名は、雑誌で使っていた〝こころの羅針盤〟というタイトルを、そのまま使用させていただくのが良いと思った。これを読まれた方が、各対談者の言葉から感じた何かを、その読者ご自身の人生の羅針盤にのせていただければと思うからである。

羅針盤。それは航海する船にとって、一番大切な計器であることは言うまでもない。人生はよく航海にたとえられるが、船を人にたとえるならば、エンジンは心臓部であろう。また配線、スイッチなど電気系統などは、人の神経系統に相当する。乗組員の活力ともなる食事については、人では消化器系統がつかさどると言えるだろう。そして、その船がどこに向かうかは、羅針盤を持つブリッジ（操舵室・船橋）の役割となる。人間でいえば、大脳をベースにする脳の機能といえるのではないだろうか。

人間の場合、その生きてゆく方向・指針を決める羅針盤は、形こそ見えないが、大脳の機能に収納されていることになる。

それにしても、対談に登場していただいた方々は、皆さん非常にタフであり、強靭な精神を持っておられると感じた。やはり第一線で活躍するには、身も心も健康であることが求められるのだろうと実感する。それだけではない。何よりも、しっかりとした目標・目的を持っておられることが素晴らしい。

対談をしていただいた方々は、その後も、当然それぞれにご活躍中で、そのご様子を見聞するとき、またお会いして、お話を伺ってみたいと思ったりする。本書に収められた対談には、先に申し上げたように、歳月が経ったものもあるが、すべて当初のままにしてあることをご了承いただきたい。

そして対談後に、その方々の事情で異動があった方もおられる。一部お相手をお願いした方々の略歴と重複することをお断りして、数名の方々の近況について触れておきたい。

松浦雄一郎さんは、広島大学医学部附属病院長を経て、いま医学部長の要職についておられるし、紙屋克子さんは、札幌麻生脳神経外科病院の看護部長から副院長を経て、現在筑波大学大学院医科学研究科社会医学系の教授に栄転された。藤倉まなみさんは、環境庁本庁に戻られ、矢部丈太郎さんは、公正取引委員会の審査部長、事務総長を経て退官。現在は、大阪大学の大学院法学研究科の教授になられた。各氏とも今後一層のご活躍が期待されるところである。そして、一九九九年十二月、この校正をしていた私に、悲しい知らせが入った。サカタのタネ社長、金子善一郎さんが逝去されたという。私的なことで恐縮だが、本年六月、畏友柳原良平氏（画家・イラストレーター）の船の個展の席で、偶然お会いしてお話ししたことが思い出される。お元気そうだったのに、本当に信じたくないことだ。対談のとき、青年のように眼を輝かして、学生時代の話、ハイブリッドの話をして下さった。そして、〝あの対談の本は、いつ出るんですか〟と聞かれたお姿が瞼に浮かぶ。いまは、こころからご冥福をお祈りしたいと思う。

対談集というのは、いろいろな意味で、なかなか本にしにくいものと聞いているが、今回、雑誌「ポワル」の編集を担当されたかまくら春秋社のご好意とご努力で、これが実現した。

本書の出版にあたって、いろいろご盡力下さった同社の田中愛子、近藤美樹、八木寧子さんに対し、ここに改めてお礼の言葉を申し上げたい。

平成十一年師走　　西丸與一

初出一覧　小山内美江子（「ポワル」九四年冬号）／田沼武能（同九四年春号）／大島　清（同九二年夏号）／木庭久美子（同九二年秋号）／佐野　洋（同九三年冬号）／結城了悟（同九三年春号）／井上禅定（同九二年春号）／辻村ジュサブロー（同九三年秋号）／松浦雄一郎（同九五年冬号）／紙屋克子（同九三年夏号）／黒田玲子（同九四年夏号）／三木　卓（同九五年夏号）／名取裕子（同九四年秋号）／ＥＰＯ（同九五年春号）／藤倉まなみ（同九五年秋号）／毛利子来（同九七年秋号）／堀　由紀子（同九六年夏号）／山崎洋子（同九六年春号）／矢部丈太郎（同九六年冬号）／金子善一郎（同九六年秋号）／紺野美沙子（同九七年春号）／吉川久子（同九七年冬号）／大島　渚（同九七年夏号）／尾崎左永子（同九八年冬号）／ジェラルディン・ウィルコックス（同九八年春号）／中井弘和（同九八年夏号）／新田和男（同九九年春号）／やなせたかし（同九八年秋号）

西丸與一（にしまる・よいち）

法医学者。医学博士。横浜市立大学名誉教授。1927年東京生まれ。横浜市立大学医学部卒。同大医学部長を経て横浜市総合保健医療センター長等歴任。1955年から神奈川県監察医を務め、8千体以上の遺体解剖を担当。著書に『法医学教室の午後』『法医学教室との別れ』『法医学あら・かると』など。

こころの羅針盤

著者　西丸與一

発行者　伊藤玄二郎

発行所　㈱かまくら春秋社
鎌倉市小町二－一四－七
電話〇四六七（二五）二八六四

印刷所　東京製版印刷

平成十二年三月十四日発行

ISBN4-7740-0135-X C0095